MEISJE MET DE PAREL

Van Tracy Chevalier verscheen eveneens

Vallende engelen
De jonkvrouw en de eenhoorn
Ik droomde in blauw

Tracy Chevalier

MEISJE MET DE PAREL

ZILVER POCKETS
UITGEVERIJ BZZTôH

Zilver Pockets® worden uitgegeven door Muntinga Pockets,
onderdeel van Uitgeverij Maarten Muntinga bv, Amsterdam

www.zilverpockets.nl

Een gezamenlijke uitgave van Muntinga Pockets, Amsterdam en
Uitgeverij BZZTôH bv, 's-Gravenhage

Oorspronkelijke titel *Girl With a Pearl Earring*
Published by arrangement with Andrew Nurnberg Associates
Limited

Vertaald door Frans en Joyce Bruning
Omslagontwerp Studio Eric Wondergem BNO
Omslagillustratie Johannes Vermeer, *Meisje met de parel*,
Mauritshuis, 's-Gravenhage
Zetwerk Stand By, Nieuwegein
Druk Bercker, Kevelaer
Uitgave in Zilver Pockets november 2002
Twaalfde druk april 2005

ISBN 90 417 6106 3 NUR 302

Voor mijn vader

1664

Mijn moeder had me niet verteld dat ze kwamen. Later zei ze dat ze me niet zenuwachtig wilde maken. Het verraste me, want ik dacht dat ze me goed kende. Mensen die me niet kenden, dachten altijd dat ik rustig was. Als baby huilde ik niet. Alleen mijn moeder zag mijn kaak verstrakken, mijn al wijdopen ogen zich nog verder opensperren.

Ik was in de keuken groente aan het snijden, toen ik voor onze voordeur de stemmen hoorde – die van een vrouw, zo helder als glimmend koper, en van een man, diep en donker als het hout van de tafel waarop ik aan het werk was. Het waren van die stemmen die we in ons huis maar zelden hoorden. In hun stemmen kon ik dure vloerkleden horen, boeken en parels en bont.

Ik was blij dat ik eerder op de dag de stoep voor het huis zo flink had geschrobd.

Mijn moeders stem – een kookpot, een schenkkan – kwam vanuit de voorkamer dichterbij. Ze kwamen naar de keuken. Ik duwde de prei die ik aan het snijden was op zijn plaats, legde vervolgens het mes op tafel, veegde mijn handen af aan mijn schort, en kneep mijn lippen samen om ze glad te maken.

Mijn moeder verscheen in de deuropening, met een waarschuwing in haar ogen. Achter haar moest de vrouw haar hoofd buigen omdat ze zo lang was, langer dan de man die achter haar liep.

Heel ons gezin was klein van stuk, zelfs mijn vader en broer.

De vrouw zag eruit alsof ze in een harde wind had gelopen, ofschoon het een stille dag was. Haar muts stond scheef, zodat er blonde krulletjes uitpiepten die nu als bijen voor haar voorhoofd fladderden, waarnaar ze nu en dan ongeduldig mepte. Haar kraag moest nodig rechtgetrokken worden en was niet zo helder als hij kon zijn. Ze duwde haar grijze mantel van haar schouders naar achteren en toen zag ik dat er onder haar donkerblauwe jurk een baby groeide. Die zou komen tegen het eind van het jaar, of eerder.

Het gezicht van de vrouw zag eruit als een ovaal dienblad, soms glinsterend, dan weer dof. Haar ogen waren als twee lichtbruine knopen, een kleur die ik maar zelden samen met blond haar had gezien. Ze deed alsof ze me nauwgezet opnam, maar kon haar aandacht niet op me gericht houden; haar ogen flitsten door de keuken.

'Dit is dus het meisje,' zei ze abrupt.

'Dit is mijn dochter Griet,' antwoordde mijn moeder. Ik knikte onderdanig naar de man en de vrouw.

'Zo. Erg groot is ze niet. Is ze sterk genoeg?' Toen de vrouw zich omdraaide om de man aan te kijken, bleef het heft van het mes waarmee ik bezig was geweest in een plooi van haar mantel haken, zodat het van de tafel viel en over de vloer tolde.

De vrouw uitte een kreet.

'Catharina,' zei de man rustig. Hij sprak haar naam uit alsof hij kaneel in zijn mond had. De vrouw hield stil, het kostte haar duidelijk moeite haar zenuwen in bedwang te houden.

Ik deed een stap naar voren en pakte het mes op; het lemmet veegde ik schoon aan mijn schort voordat ik het weer op tafel legde. Het mes had de groente geraakt. Ik duwde een stukje wortel terug op zijn plaats.

De man keek naar me met ogen die grijs waren als de zee. Hij had een lang, hoekig gezicht en zijn gelaatsuitdrukking was rustig, in tegenstelling tot die van zijn vrouw, wier ogen flakkerden als een kaars. Hij had geen baard of snor en daar was ik blij om, want zo zag hij er knap uit. Hij droeg een zwarte cape over zijn schouders, een wit overhemd en een mooie kanten kraag. Zijn hoed zat op haren gedrukt die rood waren als door de regen gewassen bakstenen.

'Wat was je aan het doen, Griet?' vroeg hij.

De vraag verraste me, maar ik was verstandig genoeg dat niet te laten merken. 'Ik was groente aan het snijden, meneer. Voor de soep.'

Ik rangschikte groente altijd in een cirkel, elk soort met zijn eigen segment als een taartpunt. Er waren vijf segmenten: rodekool, uien, prei, wortelen en rapen. Ik had een mesrand gebruikt om elk segment vorm te geven en in het midden een schijfje wortel gelegd.

De man klopte met zijn vinger op de tafel. 'Zijn ze gerangschikt in de volgorde waarin ze in de soep gaan?' opperde hij terwijl hij de cirkel bekeek.

'Nee, meneer.' Ik aarzelde. Ik kon niet zeggen waarom ik de groente had gerangschikt. Ik plaatste ze gewoon zoals ik voelde dat ze moesten liggen, maar ik was te bang om dat tegen een heer te zeggen.

'Ik zie dat je de witte kleuren gescheiden hebt,' zei hij en hij wees naar de rapen en de uien. 'En het oranje en het paars passen niet bij elkaar. Hoe komt dat?' Hij pakte een reepje kool en een stukje wortel en schudde die als dobbelstenen in zijn hand.

Ik keek mijn moeder aan, die heel even knikte.

'De kleuren vechten wanneer ze naast elkaar liggen, meneer.'

Hij trok zijn wenkbrauwen op alsof hij zo'n antwoord

niet had verwacht. 'En ben je lang bezig de groente te rangschikken voordat je de soep maakt?'

'O nee, meneer,' antwoordde ik verward. Ik wilde hem niet het idee geven dat ik lui was.

Vanuit mijn ooghoeken zag ik iets bewegen. Mijn zusje Agnes keek om de deurstijl en had het hoofd geschud bij mijn antwoord. Ik loog niet vaak. Ik sloeg mijn ogen neer.

De man draaide zijn hoofd wat om en Agnes verdween. Hij liet de stukjes wortel en kool in hun segmenten vallen. Het snippertje kool viel gedeeltelijk in de uien. Ik wilde mijn hand uitsteken en het voorzichtig op zijn plaats duwen. Ik deed het niet, maar hij wist dat ik het wilde doen. Hij stelde me op de proef.

'Genoeg gekletst,' zei de vrouw. Aangezien ze zich ergerde omdat hij aandacht schonk aan mij, keek ze fronsend naar mij. 'Morgen dan?' Ze keek haar man aan voordat ze de kamer uitschreed, met mijn moeder achter zich aan. De man keek nog één keer naar wat er in de soep zou gaan, knikte tegen me en volgde de vrouwen.

Toen mijn moeder terugkwam, zat ik bij het groentewiel. Ik wachtte tot ze wat zou zeggen. Ze kromde haar schouders alsof ze de winterkou voelde, ofschoon het zomer was en warm in de keuken.

'Je gaat morgen bij hen beginnen als dienstbode. Als je het goed doet, verdien je acht stuivers per dag. Je kunt bij hen wonen.'

Ik kneep mijn lippen opeen.

'Kijk niet zo naar me, Griet,' zei mijn moeder. 'We hebben geen keus, nu je vader niet meer kan werken.'

'Waar wonen ze?'

'Aan de Oude Langendijk, op het kruispunt met de Molenpoort.'

'De Papenhoek? Zijn ze katholiek?'

‘’s Zondags kun je thuiskomen. Dat hebben ze goedgevonden.’ Mijn moeder pakte de rapen met twee handen op, schepte ze op tegelijk met wat rodekool en uien en liet ze in de pot met water vallen die op het vuur stond. De taartpunten die ik zo zorgvuldig had gemaakt, waren kapot.

Ik liep de trap op om naar mijn vader te gaan. Hij zat vooraan op zolder bij het raam, waar het licht op zijn gezicht viel. Zo kon hij nog een heel klein beetje zien.

Vader was tegelschilder geweest. Zijn vingers waren nog blauw van het schilderen van cupido’s, deernen, soldaten, schepen, kinderen, bloemen, vissen en andere dieren op witte tegels, die daarna werden geglazuurd, gebakken en verkocht. Op een dag ontplofte de oven, en ontnam hem zijn ogen en zijn werk. Hij had nog geluk – twee andere mannen kwamen om.

Ik ging naast hem zitten en pakte zijn hand.

‘Ik heb het gehoord,’ zei hij, voordat ik iets kon zeggen. ‘Ik heb alles gehoord.’ Zijn oren hadden de kracht van zijn ontbrekende ogen overgenomen.

Alles wat ik wist te zeggen, klonk verwijtend.

‘Het spijt me, Griet. Ik had het voor jou graag beter gedaan.’ De plek waar zijn ogen hadden gezeten, waar de dokter de huid had dichtgenaaid, zag er verdrietig uit. ‘Maar hij is een goede heer en eerlijk. Hij zal je goed behandelen.’ Over de vrouw zei hij niets.

‘Hoe kunt u dat zo zeker weten, vader? Kent u hem?’

‘Weet je dan niet wie hij is?’

‘Nee.’

‘Weet je nog het schilderij dat we een paar jaar geleden gezien hebben in het stadhuis, dat Van Ruijven tentoonstelde nadat hij het had gekocht? Het was een gezicht op Delft vanaf de Rotterdamse en de Schiedamse Poort. Met een hemel die zo'n groot deel van het schilderij innam, en het zonlicht op sommige gebouwen.'

'En in de verf zat zand om de stenen muren en de daken ruw te doen lijken,' voegde ik eraan toe. 'En er waren lange schaduwen in het water en kleine mensjes op de oever het dichtst bij ons.'

'Dat bedoel ik.' Vaders oogkassen verwijdden zich alsof hij nog ogen had en weer naar het doek keek.

Ik herinnerde het me goed, herinnerde me dat ik vaak op diezelfde plek had gestaan en Delft nooit had gezien op de manier van de schilder.

'Was die man Van Ruijven?'

'De opdrachtgever?' Vader grinnikte. 'Nee, nee, meisje, hij niet. Dat was de schilder. Vermeer. Dat waren Johannes Vermeer en zijn vrouw. Jij gaat zijn atelier schoonhouden.'

Bij de paar dingen die ik met me meenam, had mijn moeder nog een muts gevoegd, een kraag en een schort, zodat ik er elke dag een kon wassen terwijl ik de andere droeg en er altijd netjes uit zou zien. Ze gaf me ook een versierde kam van schildpad, in de vorm van een schelp, die van mijn grootmoeder was geweest en die te mooi was om door een dienstbode te worden gedragen, en een gebedenboek waarin ik kon lezen als ik wilde ontsnappen aan het katholicisme om me heen.

Terwijl we mijn spulletjes bijeenzochten, legde ze uit waarom ik voor de Vermeers moest gaan werken. 'Je weet dat je nieuwe meester de voorzitter is van het Sint-Lucasgilde, en dat ook was toen je vader vorig jaar dat ongeluk kreeg?'

Ik knikte, nog steeds geschrokken dat ik voor zo'n kunstenaar ging werken.

'Het gilde zorgt zo goed mogelijk voor zijn mensen. Weet

je nog die spaarkas waarin je vader jarenlang
Dat geld is voor meesters die het moeilijk heb
nu. Maar het is niet toereikend, weet je, zek
zijn leertijd zit en er geen geld binnenkomt.
anders. We nemen geen openbare liefdadighei
we het zonder kunnen. Toen hoorde je vader dat je m
meester een dienstbode zocht die zijn atelier kon schoonhouden zonder iets te verplaatsen, en hij noemde jouw naam, met het idee dat Vermeer als voorzitter, en op de hoogte van onze omstandigheden, waarschijnlijk wel zou helpen.'

Ik overdacht wat ze had gezegd. 'Hoe maak je een kamer schoon zonder iets te verplaatsen?'

'Natuurlijk moet je dingen verzetten, maar je moet een manier vinden om ze precies zo terug te plaatsen dat het lijkt of er niets verstoord is. Zoals je dat ook voor je vader doet, nu hij niet meer kan zien.'

Na het ongeluk van mijn vader hadden we geleerd dingen neer te zetten waar hij ze altijd kon terugvinden. Maar zoiets doen voor een blinde man was één ding. Het was heel iets anders het te doen voor een man met de ogen van een schilder.

Agnes zei niets tegen me na het bezoek. Toen ik die avond naast haar in bed kroop, bleef ze zwijgen, al keerde ze me niet de rug toe. Ze lag naar het plafond te staren. Toen ik eenmaal de kaars had uitgeblazen, was het zo donker dat ik geen hand voor ogen kon zien. Ik draaide me naar haar toe.

'Je weet dat ik niet wil weggaan. Ik moet het doen.'

Stilte.

'We hebben het geld nodig. Nu vader niet kan werken, hebben we niets.'

'Acht stuivers per dag is niet zoveel geld.' Agnes had een

ɔrre stem alsof haar keel was bedekt met spinrag.

'Het zorgt voor brood op de plank. En een beetje kaas. _ at is niet zo weinig.'

'Ik zal nu helemaal alleen zijn. Jullie laten me helemaal alleen. Eerst Frans, nu jij.'

Van ons allen was Agnes het meest van streek geweest toen Frans het vorig jaar wegging. Hij en zij hadden altijd gevochten als kat en hond, maar ze had dagenlang gepruild toen hij eenmaal weg was. Met haar tien jaar was zij de jongste van ons drie kinderen en ze had nooit eerder meegemaakt dat Frans en ik er niet waren.

'Moeder en vader zullen er nog zijn. En 's zondags kom ik jullie bezoeken. Bovendien was het geen verrassing toen Frans wegging.' We hadden al jaren geweten dat onze broer aan zijn leerlingschap zou beginnen als hij dertien werd. Vader had flink gespaard om voor het leercontract te betalen en hij had er eindeloos over gesproken hoe Frans een ander aspect van het vak zou leren, daarna terug zou komen en dat ze samen een tegelfabriek zouden beginnen.

Nu zat vader bij het raam en sprak nooit meer over de toekomst.

Na het ongeluk was Frans twee dagen thuisgekomen. Sindsdien was hij niet meer geweest. De laatste keer dat ik hem zag, was toen ik naar de fabriek was gegaan waar hij leerling was, aan de andere kant van de stad. Hij zag er uitgeput uit en zijn armen zaten onder de brandblaren van het uit de oven halen van de tegels. Hij vertelde me dat hij van zonsopgang werkte tot zo laat dat hij soms zelfs te moe was om te eten. 'Vader heeft me nooit gezegd dat het zo erg zou zijn,' mompelde hij wrokkig. 'Hij zei altijd dat zijn leerlingentijd hem had gevormd.'

'Misschien was dat ook zo,' antwoordde ik. 'Het heeft hem gemaakt tot wat hij nu is.'

Toen ik de volgende morgen klaar was om te vertrekken, schuifelde mijn vader, voorttastend langs de muur, naar de stoep. Ik omhelsde mijn moeder en Agnes. 'Voordat je het weet is het weer zondag,' zei mijn moeder.

Mijn vader gaf me iets wat in een zakdoek was gewikkeld. 'Als herinnering aan thuis,' zei hij. 'Aan ons.'

Het was mijn favoriete tegel van hem. Aan de meeste van zijn tegels die we thuis hadden, mankeerde op de een of andere manier iets – stukjes eraf of scheef gesneden of de afbeelding was vaag doordat de oven te heet was geweest. Maar deze had mijn vader speciaal voor ons bewaard. Het was een eenvoudige afbeelding van twee figuurtjes, een jongen en een ouder meisje. Ze speelden niet, zoals kinderen gewoonlijk deden op tegels; ze liepen gewoon, en leken op Frans en mij als we samen wandelden – vader had heel duidelijk aan ons gedacht toen hij het schilderde. De jongen liep wat voor het meisje uit, maar had zich omgedraaid om iets te zeggen. Hij had een ondeugend gezicht en verwarde haren. Het meisje droeg haar muts zoals ik de mijne droeg, niet zoals de meeste andere meisjes, met de banden onder hun kin gebonden of achter in hun hals. Ik had het liefst een witte muts die met een brede rand om mijn gezicht gevouwen zat, zodat mijn haren helemaal bedekt waren, en waarvan de punten aan weerszijden van mijn gezicht in plooien neervielen en zo mijn gelaatsuitdrukking verborgen. Ik hield de muts stijf door hem te koken met aardappelschillen.

Ik liep weg van ons huis en droeg mijn spulletjes in een samengebonden schort. Het was nog vroeg – onze buren gooiden emmers water over hun stoep en de straat voor hun huizen en schrobden ze schoon. Dat zou Agnes nu doen, net als veel van mijn andere taken. Ze zou minder tijd hebben om op straat en langs de grachten te spelen. Haar leven ging ook veranderen.

De mensen knikten naar me en keken nieuwsgierig toen ik voorbijliep. Niemand vroeg waar ik heen ging of riep een paar vriendelijke woorden. Dat hoefden ze niet – ze wisten wat er met een gezin gebeurde als een man niet meer kon werken. Het zou iets zijn om later over te praten – de jonge Griet wordt dienstbode, haar vader heeft het gezin in de ellende gebracht. Maar ze zouden zich niet verkneukelen. Hun kon gemakkelijk hetzelfde overkomen.

Ik had mijn hele leven al door die straat gelopen, maar ik was me nooit zo bewust geweest dat mijn rug naar mijn huis was gekeerd. Toen ik echter het eind van de straat bereikte en de hoek omsloeg, zodat mijn familie me niet meer kon zien, ging het lopen me wat gemakkelijker af en kon ik om me heen kijken. De ochtend was nog koel, de lucht was als een vlak grijswit laken dat strak boven Delft was gespannen, de zomerzon was nog niet warm genoeg om het weg te branden. De gracht waarlangs ik liep, was een spiegel van wit licht, getint met groen. Naargelang de zon helderder werd, zou de gracht donkerder worden tot de kleur van mos.

Frans, Agnes en ik zaten vaak langs die gracht en gooiden er dingen in – kiezelsteentjes, stokken, ooit een kapotte tegel – en stelden ons voor wat ze op de bodem zouden raken – geen vissen, maar schepsels uit onze verbeelding, met veel ogen, schubben, handen en vinnen. Frans bedacht de interessantste monsters. Agnes was het bangst. Ik maakte altijd een eind aan het spelletje; ik was te zeer geneigd de dingen te zien zoals ze waren, net zoals zij dingen konden bedenken die niet bestonden.

Er voeren een paar boten in de gracht, op weg naar het marktplein. Het was echter geen marktdag, want dan was de gracht zo vol dat je het water niet meer zag. Eén boot vervoerde riviervis voor de kramen op de Hiëronymusbrug.

Een andere lag diep in het water, beladen met bakstenen. De man die de boot voortboomde, riep me een groet toe. Ik knikte alleen maar en boog mijn hoofd zodat mijn gezicht schuilging achter de rand van mijn muts.

Ik liep over een brug over de gracht en sloeg af naar de open ruimte van de Markt, waar het zelfs nu al druk was met mensen die kriskras door elkaar liepen, op weg om de een of andere boodschap te doen – vlees kopen in de Vleeshal, of brood bij de bakker, of ze droegen hout dat gewogen moest worden in de waag. Kinderen deden boodschappen voor hun ouders, leerlingen voor hun meesters, dienstboden voor hun huishoudens. Paarden en wagens dokkerden over de stenen. Rechts van me stond het stadhuis, met zijn vergulde voorgevel en gezichten van wit marmer die vanaf de sluitstenen boven de ramen omlaag keken. Links van me stond de Nieuwe Kerk waar ik zestien jaar geleden was gedoopt. Zijn hoge, smalle toren deed me denken aan een stenen vogelkooi. Vader had ons eens meegenomen naar boven. Ik zal nooit het uitzicht over Delft vergeten, elk smal stenen huis en steil rood dak en natuurlijk de stadspoort bleven in mijn geheugen gegrift, piepklein maar toch scherp. Ik vroeg mijn vader of elke Hollandse stad er zo uitzag, maar hij wist het niet. Hij had nooit een andere stad bezocht, zelfs Den Haag niet, twee uur te voet bij ons vandaan.

Ik liep naar het midden van het plein. Daar vormden de stenen een ster met acht punten, binnen een cirkel. Elke punt wees naar een ander deel van Delft. Ik zag het als het middelpunt van de stad en als het middelpunt van mijn leven. Frans en Agnes en ik hadden op die ster gespeeld sinds we oud genoeg waren om naar de Markt te rennen. In ons favoriete spel koos ieder van ons een punt en een van ons noemde een ding – een ooievaar, een kerk, een kruiwagen, een bloem – en dan renden we in die richting om dat ding te zoeken. Op die manier hadden we het grootste deel van Delft verkend.

Maar één punt hadden we nooit gevolgd. Ik was nooit naar de Papenhoek gegaan, waar de katholieken woonden. Het huis waar ik zou gaan werken, stond net tien minuten van ons huis, de tijd die het duurde om een pot water aan de kook te brengen, maar ik was er nooit langsgelopen.

Ik kende geen katholieken. Er waren er niet zoveel in Delft, en geen in onze straat of in de winkels waar we kochten. Het was niet zozeer dat we hen uit de weg gingen, maar zij bemoeiden zich met niemand. Ze werden in Delft getolereerd, maar van hen werd verwacht dat ze hun geloof niet naar buiten brachten. Ze hielden hun diensten besloten, in bescheiden gebouwen die er aan de buitenkant niet uitzagen als kerken.

Mijn vader had met katholieken gewerkt en vertelde me dat ze niet anders waren dan wij. Ze waren misschien wat minder ernstig. Ze hielden van eten en drinken en zingen en spelen. Hij zei dat bijna alsof hij hen benijdde.

Nu volgde ik de punt van de ster en liep veel langzamer over het plein dan alle anderen, want ik zag er tegenop die vertrouwde plek te verlaten. Ik stak de brug over de gracht over en sloeg linksaf de Oude Langendijk in. Links van me liep de gracht evenwijdig aan de straat en scheidde hem zo van de Markt.

Op het kruispunt met de Molenpoort zaten vier meisjes op een bank naast de openstaande deur van een huis. Ze zaten in volgorde van hun lengte, vanaf de oudste die ongeveer zo oud leek als Agnes, tot de jongste, die waarschijnlijk ongeveer vier jaar was. Een van de middelste meisjes had een baby op haar schoot – een grote baby die waarschijnlijk al kon kruipen en die al gauw zou kunnen lopen.

Vijf kinderen, dacht ik. En één onderweg.

De oudste was aan het bellenblazen door een mosselschelp aan het uiteinde van een holle pijp, bijna precies zoals mijn vader voor ons had gemaakt. De anderen sprongen op en klapten de bellen stuk als ze voorbijdreven. Het meisje met de baby op haar schoot bewoog zich niet veel; ze ving maar weinig bellen, al zat ze naast de bellenblazer. De jongste aan het uiteinde zat het verst weg, ze was de kleinste en had weinig kans om bij de bellen te komen. De tweede jongste was het vlugst, ze sprong achter de bellen aan en klapte haar handen eromheen. Zij had het lichtste haar van allevier, zo rood als de droge stenen muur achter haar. De jongste en het meisje met de baby hadden beiden blonde krullen zoals hun moeder, terwijl de oudste even donkerrood was als haar vader.

Ik keek toe hoe het meisje met het lichtrode haar naar de bellen sloeg en ze vlak boven de grond liet klappen, vlak voordat ze uiteen zouden spatten op de vochtige grijswitte tegels die diagonaal in rijen voor het huis waren gelegd. Zij zal een lastpost zijn, dacht ik. 'Je kunt ze beter niet zo dicht boven de tegels stuk klappen,' zei ik. 'Anders moeten die opnieuw worden geschrobd.'

Het oudste meisje liet de pijp zakken. Vier paar ogen staarden me aan met dezelfde blik, zodat er geen twijfel bestond dat ze zusjes waren. Ik kon allerlei kenmerken van hun ouders in hen zien – hier grijze ogen, daar lichtbruine ogen, hoekige gezichtjes, ongeduldige bewegingen.

'Ben jij de nieuwe meid?' vroeg de oudste.

'Ze hebben ons gezegd naar jou uit te kijken,' onderbrak die met het helderrode haar voordat ik kon antwoorden.

'Cornelia, ga Tanneke eens halen,' zei de oudste tegen haar.

'Ga jij maar, Aleydis,' beval Cornelia op haar beurt de jongste, die met wijdopen grijze ogen naar me keek, maar zich niet bewoog.

‘*Ik* ga wel.’ De oudste had zeker geconcludeerd dat mijn komst toch belangrijk was.

‘Nee, ík ga.’ Cornelia sprong op, rende voor haar oudere zus uit en liet mij alleen met de twee rustiger meisjes.

Ik keek naar de woelige baby op de schoot van het meisje. ‘Is dat je broertje of je zusje?’

‘Broertje,’ antwoordde het meisje met een stem zo licht als een veren kussen. ‘Hij heet Johannes. Je mag hem nooit Jan noemen.’ De laatste woorden sprak ze uit alsof ze een bekend refrein waren.

‘Zo. En hoe heet jij?’

‘Lisbeth. En dit is Aleydis.’ De jongste lachte tegen me. Ze waren beiden keurig gekleed in bruine jurken met witte schorten en mutsen.

‘En je oudste zus?’

‘Maertge. Je mag haar nooit Maria noemen. Onze grootmoeder heet Maria. Maria Thins. Dit is haar huis.’

De baby begon te jengelen. Lisbeth liet hem op haar knie op en neer huppen.

Ik keek op naar het huis. Het was zeker deftiger dan het onze, maar niet zo deftig als ik had gevreesd. Het had twee verdiepingen, plus een zolder, terwijl het onze maar één verdieping had met een kleine zolder. Het was een hoekhuis, met de Molenpoort aan de ene kant, zodat het wat breder was dan de andere huizen in de straat. Het voelde minder ingesloten aan dan veel andere huizen in Delft, die in smalle stenen rijen langs de grachten samengepakt stonden, hun schoorstenen en trapgevels spiegelend in het groene grachtenwater. De ramen van de benedenverdieping van dit huis waren heel hoog en op de eerste verdieping waren drie ramen, dicht bijeen, in plaats van de twee ramen van andere huizen in de straat.

Vanaf de voorkant van het huis was net boven de gracht

de toren van de Nieuwe Kerk zichtbaar. Een vreemd gezicht voor een katholieke familie, dacht ik. Een kerk waar ze nooit naar binnen zullen gaan.

'Zo, jij bent dus de meid?' hoorde ik achter me.

De vrouw die in de deuropening stond, had een breed gezicht, pokdalig door een vroegere ziekte. Ze had een dikke en onregelmatige neus en haar volle lippen waren samengeknepen en vormden een kleine mond. Haar ogen waren lichtblauw, alsof ze de hemel erin had gevangen. Ze droeg een grijsbruine jurk met een witte onderjurk, een muts die strak om haar hoofd was gebonden en een schort die minder schoon was dan de mijne. Ze blokkeerde de deuropening, zodat Maertge en Cornelia zich langs haar heen moesten wringen, en ze bekeek me met gekruiste armen alsof ze op een uitdaging wachtte.

Ze voelt zich al door mij bedreigd, dacht ik. Ze zal me op mijn huid zitten als ik niet oppas.

'Ik heet Griet,' zei ik en ik keek haar strak aan. 'Ik ben de nieuwe dienstbode.'

De vrouw ging van het ene been op het andere staan. 'Dan kun je maar beter binnenkomen,' zei ze na een tijdje. Ze liep achteruit het schemerige interieur in, zodat de deuropening vrij was.

Ik stapte over de drempel.

Wat ik me altijd zal herinneren van de keer dat ik voor het eerst in de voorhal kwam, waren de schilderijen. Binnen bleef ik verbaasd staan, met mijn bundel in de hand. Ik had al eerder schilderijen gezien, maar nooit zoveel in één vertrek. Ik telde er elf. Op het grootste doek zag je twee bijna naakte mannen die met elkaar worstelden. Ik herkende het niet als een verhaal uit de bijbel en vroeg me af of het een katholiek onderwerp was. Andere schilderijen beeldden meer bekende dingen uit – opgetast fruit, landschappen, schepen op zee, portretten. Ze leken van verschillende schilders te zijn. Ik vroeg me af welke van mijn nieuwe meester waren. Er was er geen bij zoals ik van hem verwachtte.

Later ontdekte ik dat ze allemaal van andere schilders waren – hij bewaarde zelden zijn eigen afgewerkte schilderijen in het huis. Hij was zowel kunsthandelaar als schilder en in bijna elke kamer hingen doeken, zelfs waar ik sliep. Het waren er bij elkaar meer dan vijftig, ofschoon het aantal nu en dan varieerde wanneer hij ze verhandelde en verkocht.

'Kom, het is niet nodig dat je hier blijft staan gapen.' De vrouw haastte zich een lange gang door die aan de zijkant van het huis helemaal tot achteraan liep. Ik volgde haar toen ze abrupt linksaf een kamer in liep. Aan de muur recht tegenover de deur hing een schilderij dat groter was dan ikzelf. Het beeldde Christus aan het kruis uit, omgeven door de Maagd Maria, Maria Magdalena en de Heilige Johannes. Ik probeerde niet te staren, maar ik was verbaasd over de afmetingen en het onderwerp. 'Katholieken zijn niet zo anders dan wij,' had mijn vader gezegd. Maar zulke schilderijen hadden wij thuis niet, evenmin in onze kerken of waar dan ook. Nu zou ik dit doek elke dag zien.

Ik dacht altijd aan die kamer als de kruisigingskamer. Ik voelde me er nooit lekker.

Het schilderij verraste me zozeer dat ik de vrouw in de hoek niet zag totdat ze iets zei. 'Zo, meisje,' zei ze, 'dat is zeker iets nieuws voor jou?' Ze zat in een gemakkelijke stoel een pijp te roken. Haar tanden, die de steel vastklemden, waren bruin geworden en haar vingers zaten onder de inktvlekken. Voor de rest zag ze er keurig uit – met haar zwarte jurk, kanten kraag en stijve witte muts. Ofschoon haar gerimpeld gezicht streng keek, leken haar bruine ogen geamuseerd.

Zij was zo'n oude vrouw die eruitzag alsof ze langer dan wie ook zou leven.

Zij is Catharina's moeder, dacht ik ineens. Het was niet alleen de kleur van haar ogen en het sliertje grijs haar dat aan haar muts ontsnapte op dezelfde manier als bij haar dochter. Zij had de houding van iemand die gewend was te zorgen voor mensen die niet zo competent waren als zijzelf – te zorgen voor Catharina. Nu begreep ik waarom ik naar haar was gebracht, in plaats van naar haar dochter.

Ofschoon ze me terloops aan leek te kijken, was haar blik waakzaam. Toen ze haar ogen halfdicht kneep, besefte ik dat ze al mijn gedachten kende. Ik draaide mijn hoofd om, zodat mijn gezicht schuilging achter mijn muts.

Maria Thins trok grinnikend aan haar pijp. 'Goed zo, meisje. Hier houd je je gedachten voor je. Jij gaat dus voor mijn dochter werken. Ze is er nu niet, ze is boodschappen doen. Tanneke hier zal je rondleiden en uitleggen wat je taken zijn.'

Ik knikte. 'Ja, mevrouw.'

Tanneke, die naast de oude vrouw had gestaan, liep langs me heen. Ik liep haar achterna en voelde de ogen van Maria Thins in mijn rug branden. Ik hoorde haar weer grinniken.

Tanneke nam me eerst mee naar de achterkant van het huis, waar de kook- en waskeukens waren en twee voorraadkamers. Vanuit de waskeuken kwam je op een kleine achterplaats vol witte was die te drogen hing.

'Om te beginnen moet dat gestreken worden,' zei Tanneke. Ik zei niets, al zag het ernaar uit dat de was nog niet voldoende was gebleekt in de middagzon.

Ze bracht me weer naar binnen en wees naar een gat in de vloer in een van de voorraadkamers, waar een ladder naar beneden leidde. 'Daar slaap jij,' zei ze. 'Laat je spullen er maar in vallen dan kun je later de boel op orde brengen.'

Met tegenzin liet ik mijn bundel in het schemerige hol vallen en dacht aan de stenen die Agnes en Frans en ik in de gracht hadden gegooid om de monsters op te zoeken. Mijn spulletjes bonkten op de zandvloer. Ik voelde me als een appelboom die zijn vrucht verliest.

Ik liep achter Tanneke aan de gang door, die toegang gaf tot alle kamers – veel meer kamers dan in ons huis. Naast de kruisigingskamer waar Maria Thins zat, meer aan de voorkant van het huis, was een kleinere kamer met kinderbedden, bedpannen, stoeltjes en een tafel waarop allerlei aardewerk stond, kandelaars, kaarsendompers en kleding, alles op een hoopje.

'Hier slapen de meisjes,' mompelde Tanneke, misschien gegeneerd vanwege de rommel.

Ze liep de gang weer in en opende de deur naar een grote kamer, waar door de ramen aan de voorkant het licht naar binnen stroomde over de vloer met rode en grijze tegels. 'De grote zaal,' mompelde ze. 'Hier slapen de meester en meesteres.'

Rond hun bed hingen groene zijden gordijnen. Er stond nog meer meubilair in de kamer – een grote kast met ingelegd ebbenhout, een tafel van blank hout, tegen de ramen aan geschoven, met een paar Spaanse leren stoelen eromheen gegroepeerd, maar wat me vooral opviel, waren weer de schilderijen. In deze kamer hingen er meer dan waar ook. In stilte telde ik er negentien. De meeste waren portretten – het leken familieleden van weerskanten te zijn. Er hing ook een doek van de Maagd Maria en een van de drie koningen die het Christuskindje aanbaden. Weinig op mijn gemak keek ik naar beide.

'Nu boven.' Tanneke beklom als eerste de steile trap en legde toen haar vinger op haar lippen. Ik klom zo stil als ik maar kon. Boven keek ik om me heen en zag de gesloten deur. Daarachter was het stil en ik wist dat hij het was.

Ik bleef staan, met mijn ogen strak op de deur gericht, en durfde me niet te bewegen voor het geval hij die opende en naar buiten kwam.

Tanneke boog zich naar me toe en fluisterde: 'Hierbinnen moet je schoonmaken, dat zal de jonge meesteres je later wel uitleggen. En deze kamers –' ze wees naar deuren aan de achterkant van het huis – 'zijn de kamers van míjn meesteres. Daar maak alleen ik schoon.'

We slopen weer naar beneden. Toen we opnieuw in de waskeuken stonden, zei Tanneke: 'Jij moet de was voor het huis doen.' Ze wees naar een hele stapel kleren – ze waren achtergeraakt met hun wasgoed. Het zou me moeite kosten dat in te halen. 'In de keuken is een waterreservoir, maar het water voor de was kun je maar beter uit de gracht halen – in dit deel van de stad is het schoon genoeg.'

'Tanneke,' zei ik zacht, 'heb jij dit allemaal zelf gedaan? Het koken en het poetsen en het wassen voor het huis?'

Ik had de juiste woorden gekozen. '*En* nog een deel van het boodschappen doen.' Tanneke zwol van trots over haar eigen ijver. 'De jonge meesteres doet natuurlijk de meeste, maar als ze in verwachting is, eet ze geen rauw vlees en vis meer. En dat is vááк,' voegde ze er fluisterend aan toe. 'Jij moet naar de Vleeshal gaan en ook naar de Vismarkt. Dat hoort ook bij je taken.'

Daarop liet ze me achter bij het wasgoed. Met mij erbij waren er nu tien mensen in huis, van wie eentje een baby, die meer kleren vuil zou maken dan de rest. Ik zou elke dag de was moeten doen, mijn handen zouden vol kloven en barsten komen door de zeep en het water, mijn gezicht zou rood worden van het boven de damp staan, mijn rug zou pijn gaan doen door het optillen van het natte wasgoed, ik zou mijn armen branden aan het strijkijzer. Maar ik was nieuw en ik was jong – het was te verwachten dat ik het zwaarste werk zou krijgen.

Het wasgoed moest een dag weken voordat ik het kon wassen. In de voorraadkamer, van waaruit je in de kelder kwam, vond ik twee tinnen waterpotten en een koperen ketel. Ik nam de potten mee en liep door de lange gang naar de voordeur.

De meisjes zaten nog steeds op de bank. Nu had Lisbeth de bellenblazer, terwijl Maertge de baby Johannes voedde met brood dat in melk was geweekt. Cornelia en Aleydis joegen achter de bellen aan. Toen ik verscheen, hielden ze allemaal op met wat ze aan het doen waren en keken me verwachtingsvol aan.

'Jij bent de nieuwe dienstbode,' zei het meisje met het helderrode haar gedecideerd.

'Ja, Cornelia.'

Cornelia pakte een kiezelsteen en gooide die over de weg de gracht in. Haar hele arm zat onder de lange krassen – ze had zeker de huiskat geplaagd.

'Waar ga je slapen?' vroeg Maertge en ze veegde haar papvingers af aan haar schort.

'In de kelder.'

'Wij vinden het leuk daarbeneden,' zei Cornelia. 'Laten we daar nu gaan spelen.'

Ze liep snel naar binnen maar kwam niet ver. Toen niemand haar achterna kwam keerde ze terug met een boos gezicht.

'Aleydis,' zei ik en ik stak mijn hand uit naar het jongste meisje, 'wil jij me laten zien waar ik water uit de gracht kan halen?'

Ze pakte mijn hand vast en keek naar me op. Haar ogen waren als twee blinkende grijze munten. Met Cornelia en Lisbeth achter ons aan staken we de straat over. Aleydis bracht me naar de trap die omlaag naar het water leidde. Toen we naar beneden keken, hield ik haar hand steviger vast, zoals ik jaren eerder had gedaan met Frans en Agnes als we vlak bij het water stonden.

'Niet aan de rand gaan staan,' beval ik. Aleydis deed gehoorzaam een stapje terug. Maar Cornelia liep vlak achter me aan toen ik de potten de trap af droeg.

'Cornelia, ga je me helpen het water dragen? Zo niet, ga dan terug naar je zusjes.'

Ze keek me aan en toen deed ze iets wat in deze situatie het ongunstigst was. Als ze gemokt of geroepen had, zou ik weten dat ik haar onder de duim had gekregen. In plaats daarvan lachte ze.

Ik boog me naar haar toe en gaf haar een klap om de oren. Ze bloosde, maar huilde niet. Ze rende de trap weer op. Aleydis en Lisbeth keken ernstig naar me omlaag.

Toen had ik een voorgevoel. Zo zal het met haar moeder gaan, dacht ik, alleen zal ik haar geen klap kunnen geven.

Ik vulde de potten en droeg ze via de trap naar boven. Cornelia was verdwenen. Maertge zat er nog met Johannes. Ik nam een van de potten mee naar binnen naar de kookkeuken, waar ik het vuur aanstak, de koperen ketel vulde en die op de vlammen zette.

Toen ik terugkwam, was Cornelia weer buiten, nog steeds met een rood gezicht. De meisjes speelden met draaitollen op de grijze en witte tegels. Geen van hen keek naar me op.

De pot die ik achter had gelaten, stond er niet meer. Ik keek in de gracht en zag hem ondersteboven drijven, net buiten bereik van de trap.

'Ja, jij gaat een lastpost worden,' mompelde ik. Ik zocht om me heen naar een stok om de pot uit het water te vissen, maar zag er geen. Ik vulde de andere pot opnieuw, droeg die naar binnen en draaide mijn hoofd zodanig dat de meisjes mijn gezicht niet konden zien. De pot zette ik naast de ketel op het vuur. Daarop ging ik weer naar buiten, dit keer met een bezem.

Cornelia stond met stenen naar de pot te gooien, waarschijnlijk in de hoop die te laten zinken.

'Je kunt nog een klap krijgen als je niet ophoudt.'

'Ik zal het tegen moeder zeggen. Meiden geven geen klappen.' Cornelia gooide nog een steen.

'Zal ik tegen je grootmoeder zeggen wat je gedaan hebt?'

Even keek Cornelia verschrikt. De stenen die ze vasthad, liet ze vallen.

Vanuit de richting van het stadhuis voer een boot door de gracht. Ik herkende de man die boomde, want ik had hem die dag eerder gezien – hij had zijn lading bakstenen afgeleverd en de boot lag veel hoger in het water. Hij grijnsde toen hij me zag.

Ik bloosde. 'Alstublieft, meneer,' begon ik, 'kunt u me helpen die pot te pakken?'

'O, nu je iets nodig hebt, kijk je naar me, hè? Dat is eens wat anders!'

Cornelia keek nieuwsgierig naar me.

Ik slikte moeizaam. 'Van hieruit kan ik niet bij de pot. Misschien kunt u hem...'

De man bukte zich, viste de pot uit het water, goot er het water uit en stak hem naar me toe. Ik liep de trap af en nam de pot van hem aan. 'Dank u. Ik ben u erg dankbaar.'

Hij liet de pot niet los. 'Is dat alles wat ik krijg? Niet eens een kusje?' Hij stak zijn hand uit en trok aan mijn mouw. Ik rukte mijn arm weg en wrong de pot uit zijn handen.

'Dit keer niet,' zei ik zo luchtig als ik kon. Ik was nooit goed met dat soort gepraat.

Hij lachte. 'Elke keer dat ik hier langskom, zal ik uitkijken naar potten, nietwaar, meisje?' Hij knipoogde tegen Cornelia. 'Potten en kusjes.' Hij pakte zijn vaarboom en duwde af.

Toen ik weer langs de trap naar de straat klom, dacht ik dat ik iets zag bewegen in het middelste raam op de eerste verdieping, de kamer waar hij was. Ik staarde, maar kon niets anders zien dan de weerspiegeling van de lucht.

Catharina keerde terug terwijl ik het wasgoed naar de achterplaats droeg. Eerst hoorde ik haar sleutels rammelen in de gang. Ze hingen in een grote bos vlak onder haar middel en stuiterden tegen haar heup. Dat leek me lastig, maar ze droeg ze heel trots. Vervolgens hoorde ik haar in de kookkeuken Tanneke commanderen en de jongen die de boodschappen van de winkels voor haar had gedragen. Tegen beiden sprak ze boos.

Ik ging door met bedlakens van de lijn te trekken en op te vouwen, luiers, overhemden, onderjurken, schorten, zakdoeken, kragen, mutsen. Ze waren slordig opgehangen, hier en daar opeengepropt zodat stukken stof nog vochtig waren. En ze waren niet eerst uitgeklopt, zodat ze overal gekreukt waren. Om ze weer toonbaar te maken, zou ik het grootste deel van de dag moeten strijken.

Catharina verscheen in de deur; ze zag er warm en moe uit, al was de zon nog niet op haar hoogste punt. Haar onderjurk kwam slordig boven haar blauwe japon uit en de groene daagse jas die ze droeg, was al gekreukt. Haar blonde haren waren kroeziger dan ooit, vooral doordat ze geen muts droeg om ze glad te houden. De krullen verzetten zich tegen de kammen die ze in een knoet moesten houden.

Ze zag eruit alsof ze rustig even bij de gracht zou moeten gaan zitten, waar het zien van het water haar zou kunnen kalmeren en afkoelen.

Ik wist niet zeker hoe ik me bij haar moest gedragen – ik

was nog nooit dienstbode geweest en we hadden er ook nooit een in ons huis gehad. In onze straat hadden ze geen bedienden. Niemand kon zich die veroorloven. Ik legde het wasgoed dat ik aan het vouwen was in een mand en knikte tegen haar. 'Goedemorgen, mevrouw.'

Ze fronste haar voorhoofd en ik besefte dat ik haar het eerst iets had moeten laten zeggen. Ik zou voorzichtiger met haar moeten zijn.

'Heeft Tanneke je het huis laten zien?' zei ze.

'Ja, mevrouw.'

'Zo, dan weet je wat je te doen staat.' Ze aarzelde alsof ze niet wist wat ze moest zeggen, en het drong tot me door dat ze evenmin wist hoe ze zich als mijn meesteres moest gedragen als ik hoe ik haar dienstbode moest zijn. Tanneke was waarschijnlijk getraind door Maria Thins en volgde nog steeds haar bevelen op, wat Catharina ook tegen haar zei.

Ik zou haar zo onopvallend mogelijk moeten helpen.

'Tanneke heeft me uitgelegd dat u me, behalve de was doen, ook vlees en vis wilt laten halen, mevrouw,' opperde ik voorzichtig.

Catharina klaarde op. 'Ja. Zij zal je meenemen als je hier klaar bent met de was. Daarna ga je elke dag zelf. En je doet ook andere boodschappen als ik je nodig heb,' voegde ze eraan toe.

'Ja, mevrouw.' Ik wachtte af. Toen ze niets anders zei, reikte ik omhoog en trok een mannenoverhemd van de lijn.

Catharina keek naar het hemd. Terwijl ik het opvouwde, zei ze: 'Morgen zal ik je boven laten zien waar je moet poetsen. Morgenvroeg direct.' Voordat ik kon antwoorden, was ze al in huis verdwenen.

Nadat ik het wasgoed naar binnen had gebracht, zocht ik het strijkijzer, maakte het schoon en zette het op het vuur om het warm te laten worden. Ik was net begonnen met strijken, toen Tanneke binnenkwam en me een boodschappenemmer gaf. 'We gaan nu naar de slager,' zei ze. 'Ik heb het vlees gauw nodig.' Ik had haar in de kookkeuken horen rondscharrelen en geroosterde pastinaken geroken.

Aan de voorkant zat Catharina op de bank, met Lisbeth op een krukje aan haar voeten en Johannes slapend in een wieg. Ze was Lisbeths haren aan het kammen en aan het nakijken op luizen. Naast haar zaten Cornelia en Aleydis te naaien. 'Nee, Aleydis,' zei Catharina, 'je moet de draad straktrekken, dat is te los. Laat jij het haar eens zien, Cornelia.'

Ik had niet gedacht dat ze allemaal zo rustig bij elkaar konden zitten.

Maertge kwam aanrennen vanaf de gracht. 'Gaan jullie naar de slager? Mag ik met ze mee, mama?'

'Alleen als je bij Tanneke blijft en naar haar luistert.'

Ik was blij dat Maertge met ons meeging. Tanneke vertrouwde me nog niet helemaal, maar Maertge was vrolijk en levendig en dat maakte het gemakkelijker voor ons om vriendelijk tegen elkaar te zijn.

Ik vroeg Tanneke hoe lang ze voor Maria Thins had gewerkt.

'O, heel lang,' zei ze. 'Een paar jaar voordat de meester en de jonge meesteres getrouwd waren en hier kwamen wonen. Ik begon toen ik niet ouder was dan jij. Hoe oud ben je eigenlijk?'

'Zestien.'

'Ik begon toen ik veertien was,' zei Tanneke triomfantelijk. 'Ik heb hier mijn halve leven gewerkt.'

Zoiets zou ik niet met trots hebben gezegd. Ze was zo versleten door haar werk dat ze er ouder uitzag dan haar achtentwintig jaar.

De Vleeshal lag vlak achter het stadhuis, ten zuidwesten van de Markt. Binnen stonden tweeëndertig kramen – al generaties lang waren er tweeëndertig slagers in Delft geweest. Het was er druk met huisvrouwen en dienstboden die vlees kozen, afdongen en inkopen deden voor hun gezinnen, en mannen die karkassen heen en weer droegen. Zaagsel op de vloer nam het bloed op en bleef aan schoenen en zomen van jurken plakken. Er hing een doordringende geur van bloed in de lucht en dat deed me altijd huiveren, ofschoon ik een tijdlang elke week daar was geweest en aan de stank gewend zou moeten zijn. Toch was ik blij dat ik op een bekende plaats was. Toen we tussen de kramen doorliepen, riep de slager waar we vroeger vlees kochten, vóór het ongeluk van mijn vader, naar me. Ik glimlachte tegen hem, opgelucht een gezicht te zien dat ik kende. Het was die dag voor het eerst dat ik glimlachte.

Het was vreemd op één morgen zoveel nieuwe mensen te ontmoeten en nieuwe dingen te zien, en dat te doen los van alle vertrouwde dingen waaruit mijn leven bestond. Als ik vroeger een onbekende ontmoette, had ik altijd familie en buren om me heen. Als ik naar een nieuwe plaats ging, was Frans erbij of mijn moeder of vader en dan voelde ik me niet bedreigd. Het nieuwe was met het oude verweven als het maaswerk in een sok.

Niet lang nadat Frans zijn leerlingschap was begonnen, vertelde hij me eens dat hij bijna was weggelopen, niet vanwege het zware werk, maar omdat hij er niet tegen kon dat het dag in dag uit allemaal zo vreemd was. Wat hem daar hield, was de wetenschap dat onze vader al zijn spaargeld had besteed aan het leerlingengeld, en hem meteen zou hebben teruggestuurd als hij thuiskwam. Bovendien zou hij nog meer vreemde dingen tegenkomen in de wereld als hij ergens anders heen zou gaan.

'Ik kom u opzoeken als ik alleen ben,' fluisterde ik tegen de slager. Daarna haastte ik me om Tanneke en Maertge in te halen.

Ze waren bij een kraam verderop blijven staan. De slager daar was een knappe man, met grijzende blonde krullen en helderblauwe ogen.

'Pieter, dit is Griet,' zei Tanneke. 'Zij zal voortaan voor ons het vlees komen halen. Je moet het zoals altijd op onze rekening zetten.'

Ik probeerde mijn ogen op hem gericht te houden, maar ik moest onwillekeurig naar zijn met bloed bespatte voorschoot kijken. Onze slager droeg altijd een schone voorschoot als hij aan het verkopen was en hij trok een andere aan als hij er bloed op kreeg.

'Ach.' Pieter nam me van top tot teen op alsof ik een vlezige kip was die hij wilde gaan roosteren. 'Wat zou je vandaag willen hebben, Griet?'

Ik keek Tanneke vragend aan. 'Vier pond koteletten en een pond tong,' beval ze.

Pieter glimlachte. 'En wat vind je daarvan, juffrouw?' zei hij tegen Maertge. 'Verkoop ik niet de beste tong van heel Delft?'

Maertge knikte giechelend terwijl ze naar de uitstalling keek van stukken vlees, koteletten, tong, varkenspootjes, worsten.

'Je zult merken, Griet, dat ik het beste vlees heb en de eerlijkste weegschaal in de hal,' zei Pieter terwijl hij de tong afwoog. 'Je zult over mij niet te klagen hebben.'

Ik keek naar zijn voorschoot en slikte moeizaam. Pieter legde de tong en de koteletten in de emmer die ik droeg, knipoogde tegen me, draaide zich om en ging zijn volgende klant helpen.

Vervolgens gingen we naar de Vismarkt, vlak naast de

Vleeshal. Zeemeeuwen zweefden boven de kramen, wachtend tot de vissenkoppen en ingewanden in de gracht werden gegooid. Tanneke stelde me voor aan de visboer – ook een andere dan die van ons. Ik moest om de andere dag vlees en vis kopen.

Toen we vertrokken, wilde ik niet terug naar het huis, naar Catharina en de kinderen op de bank. Ik wilde naar ons huis. Ik wilde de keuken van mijn moeder binnenlopen en haar de emmervol koteletten geven. Wij hadden in maanden geen vlees gegeten.

Catharina was het haar van Cornelia aan het kammen toen we terugkwamen. Ze letten niet op me. Ik hielp Tanneke met het middageten, draaide het vlees om op het vleesrooster, haalde dingen voor de tafel in de grote zaal en sneed brood.

Toen de maaltijd klaar was, kwamen de meisjes binnen; Maertge at met Tanneke in de kookkeuken, terwijl de anderen in de grote zaal gingen zitten. Ik had net in een van de voorraadkamers de tong in de vleeston gelegd – Tanneke had hem laten liggen en de kat had hem bijna te pakken gekregen – toen hij van buitenaf binnenkwam en in de deuropening aan het eind van de lange gang bleef staan met zijn hoed op en zijn cape om. Ik stond stil en hij bleef staan, met het licht achter hem, zodat ik zijn gezicht niet kon zien. Ik wist niet of hij door de gang naar me keek. Even later verdween hij in de grote zaal.

Tanneke en Maertge dienden op, terwijl ik in de kruisigingskamer op de baby paste. Toen Tanneke klaar was, voegde ze zich bij mij en we aten en dronken hetzelfde als de familie – koteletten, pastinaken, brood en kroezen bier. Ofschoon het vlees van Pieter niet beter was dan dat van de slager van ons gezin, smulde ik er lekker van, want ik had het zo lang niet meer geproefd. Het brood was rogge in plaats van het goedkopere bruine brood dat wij thuis aten, en het bier was ook minder waterig.

Ik bediende niet aan tafel en daarom zag ik hem niet. Nu en dan hoorde ik zijn stem, meestal samen met die van Maria Thins. Zo te horen konden ze het goed met elkaar vinden.

Na het diner ruimden Tanneke en ik op en dweilden daarna de vloeren van de keukens en de voorraadkamers. Alle muren van de keuken waren wit betegeld, en de open haard was met blauwwitte Delftse tegels afgezet, aan de ene kant beschilderd met vogels, aan een andere met schepen en op weer een andere met soldaten. Ik bekeek ze nauwkeurig, maar er waren er geen van mijn vader bij.

De rest van de dag bracht ik voornamelijk door met strijken in de waskeuken, nu en dan ophoudend om het vuur op te rakelen, hout te halen of de achterplaats op te lopen om aan de hitte te ontsnappen. De meisjes speelden in en buiten het huis, soms kwamen ze binnen naar me kijken en in het vuur poken, dan weer plaagden ze Tanneke toen ze haar slapend aantroffen in het vertrek naast de kookkeuken, terwijl Johannes om haar voeten kroop. Ze voelden zich nog niet op hun gemak bij mij – misschien waren ze bang dat ze klappen zouden krijgen. Cornelia keek kwaad naar me en bleef niet lang in het vertrek, maar Maertge en Lisbeth pakten de kleren die ik gestreken had en legden ze voor me weg in de kast in de grote kamer. Hun moeder sliep daar. 'De laatste maand voor de komst van de baby zal ze een groot deel van de dag in bed blijven,' vertrouwde Tanneke me toe, 'met een heleboel opgepropte kussens om haar heen.'

Maria Thins was na het diner naar haar kamer boven gegaan. Maar één keer hoorde ik haar in de gang en toen ik opkeek, stond ze in de deuropening naar me te kijken. Ze zei niets, daarom wijdde ik me weer aan mijn strijken en deed net of ze er niet was. Na een tijdje zag ik haar vanuit mijn ooghoeken knikken en wegschuifelen.

Hij had boven een gast – ik hoorde twee mannenstemmen toen ze naar boven klommen. Later, toen ik hen naar beneden hoorde komen, keek ik stiekem om de deur en zag hen weggaan. De man bij hem was gezet en droeg een lange witte veer op zijn hoed.

Toen het donker werd, ontstaken we kaarsen, en Tanneke en ik aten samen met de kinderen in de kruisigingskamer brood en dronken bier. Ik zorgde ervoor met mijn rug naar het kruisigingstafereel te gaan zitten. Ik was zo uitgeput dat ik nauwelijks kon denken. Thuis had ik net zo hard gewerkt, maar het was nooit zo vermoeiend als in een vreemd huis waar alles nieuw was en ik altijd gespannen was en ernstig. Thuis had ik kunnen lachen met mijn moeder of Agnes of Frans. Hier was er niemand om mee te lachen.

Ik was nog niet in de kelder geweest waar ik moest slapen. Ik nam een kaars mee, maar toen ik een bed, een hoofdkussen en een deken had gevonden, was ik te moe om rond te kijken. Ik liet het valluik van de kelder open zodat er koele, frisse lucht kon binnenkomen, trok mijn schoenen uit, mijn schort en jurk, zette mijn muts af, bad even en ging liggen. Ik stond op het punt de kaars uit te blazen, toen ik het schilderij zag dat aan het voeteneinde van het bed hing. Ik ging rechtop zitten, ineens klaarwakker. Het was weer een doek van Christus aan het kruis, kleiner dan dat wat boven hing maar nog verontrustender. Christus hield zijn hoofd naar achteren van de pijn en Maria Magdalena rolde met haar ogen. Ik ging voorzichtig weer liggen en kon mijn ogen er niet van afhouden. Ik kon me niet voorstellen dat ik zou slapen in de kamer met het schilderij. Ik wilde het van de muur halen maar durfde niet. Ten slotte blies ik de kaars uit – ik kon me niet veroorloven kaarsen te verspillen op mijn eerste dag in het nieuwe huis. Ik ging weer op mijn rug liggen met mijn ogen gericht op de plek waar ik wist dat het schilderij hing.

Die nacht sliep ik slecht, hoe moe ik ook was. Ik werd vaak wakker en zocht naar het doek. Ofschoon ik niets kon zien aan de muur was elk detail in mijn geheugen gegrift. Ten slotte, toen het licht begon te worden, verscheen het schilderij opnieuw en ik wist zeker dat de Maagd Maria op me neerkeek.

Toen ik die morgen opstond, probeerde ik niet naar het schilderij te kijken en in plaats daarvan bekeek ik de inhoud van de kelder in het schemerlicht dat door het raam in de voorraadkamer boven me viel. Veel was er niet te zien – een paar opgestapelde, met tapijtweefsel beklede stoelen, nog een paar andere kapotte stoelen, een spiegel en nog twee schilderijen, beide stillevens, die tegen de muur geleund stonden. Zou iemand het merken als ik de kruisiging verving door een stilleven?

Cornelia zou het merken. En zij zou het tegen haar moeder zeggen.

Ik wist niet wat Catharina – of een van hen – ervan dacht dat ik protestant was. Het was een vreemd gevoel me daar zelf van bewust te zijn. Ik was nog nooit eerder in de minderheid geweest.

Ik draaide het schilderij mijn rug toe en beklom de ladder. Voor in het huis hoorde ik Catharina's sleutels rinkelen en ik ging haar zoeken. Ze bewoog zich langzaam, alsof ze nog half sliep, maar ze deed moeite rechtop te gaan staan toen ze me zag. Ze ging me voor de trap op, langzaam klimmend en stevig de leuning vasthoudend om zich omhoog te trekken.

Bij het atelier zocht ze tussen haar sleutels, ontsloot de deur en duwde die open. Het vertrek was donker omdat de luiken dicht waren – in het licht dat door de spleten viel kon ik maar weinig zien. Het rook er schoon en doordringend naar lijnolie, een geur die me deed denken aan de kleren van mijn vader als hij 's avonds terugkeerde van de tegelfabriek. Het rook naar een mengeling van hout en vers hooi.

Catharina bleef op de drempel staan. Ik durfde niet vóór haar naar binnen te gaan. Na een gênant moment beval ze: 'Open de luiken eens. Niet het raam links. Alleen het middelste en de verste ramen. En alleen het onderste deel van het middenraam.'

Ik liep de kamer door, voorzichtig langs een ezel en een stoel, naar het middelste raam. Ik trok het benedenraam omhoog en duwde daarna de luiken open. Ik keek niet naar het schilderij op de ezel, niet terwijl Catharina me vanuit de deuropening in de gaten hield.

Er was een tafel tegen het raam geschoven, met in de hoek een stoel. De achterleuning en de zitting van de stoel waren van leer, gedecoreerd met gele bloemen en bladeren.

'Daar mag je niets verplaatsen,' herinnerde Catharina me. 'Dat is hij aan het schilderen.'

Ook al stond ik op mijn tenen, ik was te klein om bij de bovenramen en de luiken te kunnen komen. Ik moest op een stoel gaan staan, maar dat wilde ik niet doen waar zij bij was. Ze maakte me zenuwachtig, zoals ze daar in de deuropening stond te wachten tot ik een fout maakte.

Ik bedacht wat ik moest doen.

De baby was mijn redding – hij begon beneden te huilen. Catharina ging van het ene been op het andere staan. Toen ik aarzelde, werd ze ongeduldig en ging ten slotte weg om voor Johannes te zorgen.

Ik klom snel op de stoel en ging voorzichtig op het houten frame staan, trok het bovenraam omhoog, boog me naar buiten en duwde de luiken open. Toen ik naar de straat beneden keek, zag ik Tanneke bezig de tegels voor het huis te schrobben. Ze zag me niet, maar een kat die over de natte tegels achter haar trippelde bleef staan en keek naar boven.

Ik opende het benedenraam en de luiken en klom van de stoel. Er bewoog zich iets vóór me en ik verstijfde. De beweging hield op. Het was mijn reflectie in een spiegel die aan de muur tussen de twee ramen hing. Ik bekeek mezelf. Ofschoon ik er een beetje benauwd en schuldig uitzag, baadde mijn gelaat in het licht zodat mijn huid gloeide. Ik staarde verrast en stapte toen opzij.

Nu ik even tijd had, bekeek ik de kamer. Het was een grote vierkante ruimte, niet zo lang als de grote zaal beneden. Met de ramen open was hij helder en luchtig, met witgekalkte muren en grijze en witte marmeren tegels op de vloer, waarbij de donkere tegels gelegd waren in een patroon van vierkante kruisen. De muur was aan de onderkant afgezet met een rij Delftse tegels met cupido's, om de witte kalk te beschermen tegen onze zwabbers. Ze waren niet van mijn vader.

Ofschoon het een grote kamer was, stond er weinig meubilair in. Je had de ezel en de tafel die voor het middelste raam in de rechterhoek waren geplaatst. Behalve de stoel waarop ik had gestaan, stond er bij de tafel nog een van gewoon leer dat was vastgezet met koperen siernagels en op de opstaande stijlen twee gebeeldhouwde leeuwenkoppen. Tegen de verste muur, achter de stoel en de ezel, stond een kastje waarvan de laden dicht waren, met daarop verscheidene penselen geordend en een mes met een ruitvormig lemmet naast schone paletten. Naast het kastje stond een bureau waarop papieren lagen en boeken en prenten. Nog twee stoelen met leeuwenkoppen waren tegen de muur bij de deur gezet.

Het was een ordelijke kamer, zonder de warboel van het leven van alledag. Als de deur dicht was, zou het moeilijk zijn de kreten van de kinderen te horen, het gerinkel van Catharina's sleutels, het vegen van onze bezems.

Ik pakte mijn bezem, emmer met water en stofdoek en ging aan het werk. Ik begon in de hoek waar het tafereel van het schilderij was gearrangeerd, waar ik wist dat ik niets mocht verplaatsen. Ik knielde op de stoel om het raam af te stoffen dat ik met moeite open had gekregen, en het gele gordijn dat aan één kant hing; ik raakte het maar even aan om te voorkomen dat ik de plooien verstoorde. De ruiten waren smerig en moesten met warm water worden afgewassen, maar ik wist niet zeker of hij ze wel schoon wilde hebben. Dat zou ik Catharina moeten vragen.

Ik stofte de stoelen af en poetste de koperen knoppen en de leeuwenkoppen. De tafel was al een tijdje niet goed meer schoongemaakt. Iemand had rond de voorwerpen op het blad gestoft – een poederkwast, een tinnen schaal, een brief, en zwarte keramische pot, blauwe stof die opgepropt aan één kant lag en over de rand hing – maar ze moesten verplaatst worden om de tafel echt schoon te kunnen maken. Zoals mijn moeder had gezegd, zou ik een manier moeten vinden om dingen te verplaatsen en ze precies op dezelfde plek terug te zetten, zodat het leek alsof ze niet waren aangeraakt.

De brief lag dicht bij de hoek van de tafel. Als ik mijn duim langs de ene rand van het papier legde en mijn wijsvinger langs een andere, en mijn hand vastzette met mijn pink tegen de tafelrand gedrukt, moest ik de brief kunnen verplaatsen, daar stoffen en weer terugleggen waar mijn hand dat aangaf.

Ik legde mijn vingers langs de randen en hield mijn adem in, haalde toen de brief weg, stofte en legde alles in één snelle beweging weer terug. Ik wist niet zeker waarom ik dacht dat ik het snel moest doen. Ik ging van de tafel af staan. De brief leek op de juiste plek te liggen, al zou alleen hij dat weten.

Maar toch, als dit een test voor me was kon ik het maar beter doen.

Vanaf de brief mat ik met mijn hand de afstand tot de poederkwast en plaatste toen mijn vingers op een paar punten langs één kant van de borstel. Die haalde ik weg, stofte, legde hem weer terug en mat de ruimte tussen de borstel en de brief. Hetzelfde deed ik met de schaal.

Zo poetste ik zonder ogenschijnlijk iets te verplaatsen. Ik mat ieder voorwerp in relatie tot de voorwerpen eromheen en de ruimte ertussen. De kleine dingen op de tafel waren gemakkelijk, het meubilair was moeilijker – ik gebruikte mijn voeten, mijn knieën, soms mijn schouders en kin voor de stoelen.

Wat ik moest doen met de blauwe stof die slordig op een hoopje op tafel lag, wist ik niet. Ik zou de plooien niet precies zo kunnen krijgen als ik de stof verplaatste. Voorlopig liet ik hem met rust, in de hoop dat hij het een dag of twee niet zou merken totdat ik een manier had gevonden om hem schoon te maken.

Met de rest van de kamer hoefde ik niet zo voorzichtig te zijn. Ik stofte en veegde en dweilde – de vloer, de muren, de ramen, het meubilair – met de voldoening een kamer te bewerken die nodig eens flink gepoetst moest worden. In de verste hoek, tegenover de tafel en het raam, gaf een deur toegang tot een voorraadkamer vol schilderijen en schilderslinnen, stoelen, kisten, bedpannen, een kapstok en een rij boeken. Daar poetste ik ook en zette alles netjes weg, zodat het vertrek er ordelijker uitzag.

Al die tijd had ik vermeden rond de ezel schoon te maken. Ik wist niet waarom, maar ik was nerveus om naar het schilderij te kijken dat erop stond. Maar ten slotte was er niets meer te doen. Ik stofte de stoel af voor de ezel en begon toen de ezel zelf te stoffen, proberend niet naar het schilderij te kijken.

Maar toen ik het gele satijn zag, moest ik ophouden.

Ik stond nog steeds naar het doek te staren toen Maria Thins sprak.

'Een vrij ongewoon gezicht, nietwaar?'

Ik had haar niet binnen horen komen. Ze stond in de deuropening, licht gebogen met een mooie zwarte jurk aan en een kanten kraag.

Ik wist niet wat ik moest zeggen en ik kon het niet helpen – ik keek weer naar het schilderij.

Maria Thins lachte. 'Jij bent niet de enige die zijn manieren vergeet als je voor een van zijn schilderijen staat, meisje.' Ze kwam naast me staan. 'Ja, dit heeft hij goed aangepakt. Dat is de vrouw van Van Ruijven.' Ik herkende de naam als die van de opdrachtgever die mijn vader had genoemd. 'Ze is niet mooi, maar hij maakt haar dat,' voegde ze eraan toe. 'Het zal een goede prijs opbrengen.'

Omdat het het eerste doek van hem was dat ik zou zien, herinner ik het me beter dan de andere, zelfs die welke ik zag groeien vanaf de eerste laag grondverf tot de laatste verflagen.

Een vrouw stond voor een tafel, naar de spiegel aan de muur gedraaid, zodat je haar en profil zag. Ze droeg een mantel van diepgeel satijn, afgezet met wit hermelijn, en in haar haar een modieus rood lint met vijf punten. Het licht viel door een raam links op haar gezicht, en volgde de delicate buiging van haar voorhoofd en neus. Ze was bezig een parelsnoer om haar hals vast te maken en hield de uiteinden omhoog, met opgeheven handen. In trance gebracht door haar spiegelbeeld leek ze niet te merken dat er iemand naar haar keek. Achter haar aan de helderwitte muur hing een oude landkaart, op de donkere voorgrond stond de tafel met de brief erop, de poederkwast en de andere dingen waaromheen ik gestoft had.

Ik zou de mantel en de parels willen dragen. Ik wilde de man kennen die haar zo had geschilderd.

Ik bedacht dat ik naar mijn spiegelbeeld had gekeken en schaamde me.

Maria Thins leek tevreden om zo, samen met mij, rustig naar het schilderij te kijken. Het was vreemd het te bekijken met het stilleven dat als voorbeeld diende, er vlak achter. Door mijn stoffen kende ik alle voorwerpen op de tafel en hun relatie tot elkaar – de brief op de hoek, de poederkwast die nonchalant naast de tinnen schaal lag, de blauwe lap die rond de donkere pot lag gepropt. Alles leek precies hetzelfde, alleen schoner en zuiverder. Het was een bespotting van mijn eigen poetsen.

Toen zag ik een verschil. Ik hield mijn adem in.

'Wat is er, meisje?'

'In het schilderij zijn er geen leeuwenkoppen op de stoel naast de vrouw,' zei ik.

'Nee. Eerst lag er op die stoel ook een luit. Hij verandert veel. Hij schildert niet alleen wat hij ziet, maar wat er past. Vertel me eens, meisje, denk jij dat dit schilderij af is?'

Ik staarde haar aan. Het moest een strikvraag zijn, maar ik kon me geen verandering voorstellen die het beter zou maken.

'Is het dat dan niet?' vroeg ik weifelend.

Maria Thins snoof. 'Hij is er al drie maanden mee bezig. Ik verwacht dat hij er nog twee maanden aan werkt. Je zult zien dat hij nog dingen verandert.' Ze keek om zich heen. 'Je bent klaar met je poetsen, nietwaar? Nou, meisje, ga dan verder – ga je andere werk doen. Hij zal spoedig komen kijken hoe je het gedaan hebt.'

Ik keek voor het laatst nog eens naar het schilderij, maar door zo ingespannen te kijken voelde ik iets wegglippen. Het was alsof je naar een ster aan de nachtelijke hemel keek – als ik rechtstreeks naar eentje keek kon ik hem nauwelijks zien, maar als ik uit mijn ooghoeken keek werd hij veel helderder.

Ik pakte mijn bezem en emmer en dweil. Toen ik de kamer verliet, stond Maria Thins nog steeds voor het schilderij.

Ik deed water uit de gracht in de potten en zette ze op het vuur, daarna ging ik Tanneke zoeken. Ze was in de kamer waar de meisjes sliepen en hielp Cornelia met aankleden, terwijl Maertge Aleydis hielp en Lisbeth zichzelf aankleedde. Tanneke had geen goede bui; ze keek even naar me, maar negeerde me toen ik haar wat probeerde te zeggen. Ten slotte ging ik recht voor haar staan, zodat ze naar me op moest kijken. 'Tanneke, ik ga nu naar de Vismarkt. Wat zou je vandaag willen hebben?'

'Ga je zo vroeg al? Wij gaan altijd later op de dag.' Tanneke keek me nog steeds niet aan. Ze was bezig witte linten als vijfpuntige sterren in Cornelia's haar te binden.

'Ik heb niets te doen terwijl het water aan de kook moet komen en ik wilde nu gaan,' antwoordde ik eenvoudig. Ik voegde er niet aan toe dat je de beste moten kreeg als je vroeg was, ook al had de slager of de visboer beloofd dingen opzij te leggen voor de familie. Dat hoorde ze te weten. 'Wat wil je graag hebben?'

'Vandaag heb ik geen zin in vis. Ga maar naar de slager voor een schapenbout.' Tanneke was klaar met de linten en

Cornelia sprong op en wrong zich langs me heen. Tanneke draaide zich af en opende een kist om iets te zoeken. Ik keek even naar haar brede rug, waarover de grijsbruine jurk strak gespannen was.

Ze was jaloers op mij. Ik had het atelier gepoetst waar zij niet mocht komen, waar naar het scheen niemand kon komen, op mij en Maria Thins na.

Toen Tanneke zich oprichtte met een bonnet in de hand zei ze: 'Weet je dat de meester mij ooit heeft geschilderd? Hij heeft me geschilderd terwijl ik melk inschonk. Iedereen zei dat het zijn beste schilderij was.'

'Ik zou het graag eens zien,' antwoordde ik. 'Is het nog hier?'

'O nee, Van Ruijven heeft het gekocht.'

Ik dacht even na. 'Een van de rijkste mannen van Delft heeft dus het genoegen elke dag naar jou te kunnen kijken.'

Tanneke grijnsde en haar pokdalige gezicht werd nog breder. Met de juiste woorden kon je haar stemming in een oogwenk veranderen. Ik hoefde alleen maar die woorden te vinden.

Ik draaide me om want ik wilde weg zijn voordat haar stemming weer omsloeg. 'Mag ik met je mee?' vroeg Maertge.

'En ik ook?' voegde Lisbeth eraan toe.

'Vandaag niet,' zei ik resoluut. 'Gaan jullie maar wat eten en Tanneke helpen.' Ik wilde er geen gewoonte van maken de meisjes met me mee te laten gaan. Ik zou het als een beloning gebruiken als ze goed naar me luisterden.

Ik verlangde ernaar alleen door de vertrouwde straten te lopen, zonder door gekwetter naast me voortdurend te worden herinnerd aan mijn nieuwe leven. Toen ik de Markt op liep en de Papenhoek achter me liet, haalde ik diep adem. Ik had me niet gerealiseerd dat ik mezelf, al de tijd dat ik bij het gezin was, gespannen had ingehouden.

Voordat ik naar de kraam van Pieter ging, hield ik stil bij de slager die ik kende; hij straalde toen hij me zag. 'Eindelijk heb je besloten me te komen groeten! Zeg eens, was je gisteren te deftig voor mensen zoals ik?' plaagde hij.

Ik begon de nieuwe situatie uit te leggen, maar hij onderbrak me. 'Natuurlijk weet ik het. Iedereen heeft het erover – de dochter van Jan, de tegelmaker, is voor de schilder Vermeer gaan werken. En dan zie ik dat ze na één dag al te trots is om met oude vrienden te praten!'

'Dienstbode worden is niets om trots op te zijn. Mijn vader schaamt zich.'

'Je vader heeft gewoon pech gehad. Niemand verwijt hem iets. Je hoeft je helemaal niet te schamen, lieve meid. Behalve natuurlijk omdat je geen vlees koopt bij mij.'

'Ik kan niet anders, vrees ik. Dat moet mijn meesteres beslissen.'

'O ja, o ja? Dat jij bij Pieter koopt, heeft niets met zijn knappe zoon te maken?'

Ik fronste mijn wenkbrauwen. 'Ik heb zijn zoon niet gezien.'

De slager lachte. 'Dat komt nog wel, dat komt zeker. Opschieten nu. Als je je moeder ziet zeg haar dan dat ze me hier moet opzoeken. Ik zal iets voor haar opzij leggen.'

Ik bedankte hem en liep langs de kramen naar die van Pieter. Hij leek verrast me te zien. 'Kijk eens, ben je daar nu al? Je kon zeker niet wachten om wat meer van die tong te halen?'

'Vandaag wil ik graag een schapenbout, alstublieft.'

'Vertel me eens, Griet, was dat niet de beste tong die je ooit hebt gehad?'

Ik weigerde hem het compliment te geven waarnaar hij

viste. 'De meester en de meesteres hebben ervan gegeten. Ze hebben er niets over gezegd.'

Achter Pieter draaide een jongeman zich om – op een tafel achter de kraam had hij een stuk rundvlees staan snijden. Hij moest de zoon zijn, want al was hij groter dan zijn vader, hij had dezelfde helderblauwe ogen. Zijn blonde haren waren lang met veel krullen, ze omlijstten een gezicht dat me aan abrikozen deed denken. Alleen zijn met bloed bespatte voorschoot was niet prettig om te zien.

Zijn blik bleef op mij rusten als een vlinder op een bloem en ik moest onwillekeurig blozen. Ik herhaalde mijn verzoek om schapenbout en bleef naar zijn vader kijken. Pieter zocht tussen zijn vlees, trok er een bout voor mij tussenuit en legde die op de toonbank. Twee paar ogen keek naar me.

De bout was grijs aan de zijkanten. Ik rook aan het vlees. 'Dit is niet vers,' zei ik botweg. 'Mijn meesteres zal het niet prettig vinden dat u denkt dat haar gezin zulk vlees zal eten.' Mijn stem klonk hooghartiger dan ik bedoeld had. Misschien moest dat ook.

Vader en zoon staarden me aan. Ik bleef de vader aankijken en probeerde de zoon te negeren.

Ten slotte zei Pieter tegen zijn zoon: 'Pieter, geef me die bout die we op de kar opzij hebben gelegd.'

'Maar die is bestemd voor...' Pieter de zoon zweeg. Hij verdween en kwam terug met een andere bout, waarvan ik direct kon zien dat hij uitstekend was. Ik knikte. 'Die is beter.'

Pieter de zoon pakte de bout in en legde hem in mijn emmer. Ik bedankte hem. Toen ik me omdraaide om te gaan, zag ik nog net dat vader en zoon elkaar aankeken. Zelfs toen wist ik op een bepaalde manier wat dat betekende, en wat het voor mij zou betekenen.

Toen ik terugkwam, zat Catharina op de bank Johannes te voeden. Ik liet haar de bout zien en ze knikte. Juist toen ik naar binnen wilde gaan, zei ze met zachte stem: 'Mijn man heeft het atelier geïnspecteerd en hij was tevreden over het schoonmaken.' Ze keek me niet aan.

'Dank u, mevrouw.' Ik liep naar binnen, keek naar een stilleven van vruchten en een kreeft, en dacht: ik mag dus echt blijven.

De rest van de dag verliep praktisch hetzelfde als de eerste dag en de dagen die zouden volgen. Als ik het atelier had gepoetst en naar de Vismarkt of de Vleeshal was gegaan, begon ik weer aan de was, de ene dag sorteren, weken en vlekken bewerken, een andere dag boenen, spoelen, koken en uitwringen voordat ik wasgoed ophing om te drogen en te laten bleken in de middagzon, weer een andere dag strijken en verstellen en opvouwen. Op een bepaald punt hield ik altijd even op om Tanneke te helpen met het middageten. Daarna ruimden we op en vervolgens had ik een tijdje vrij om wat te rusten en te naaien op de bank voor het huis of op de achterplaats. Daarna maakte ik af wat ik 's morgens had gedaan en hielp vervolgens Tanneke met de avondmaaltijd. Het laatste wat we deden was de vloeren nog eens dweilen, zodat ze fris en schoon waren voor de morgen.

's Avonds bedekte ik de kruisiging aan het voeteneinde van mijn bed met de schort die ik die dag had gedragen. Dan sliep ik beter. De volgende dag deed ik de schort in de was.

Toen Catharina de tweede morgen de atelierdeur ontsloot, vroeg ik haar of ik de ramen moest lappen.

'Waarom niet?' vroeg ze bits. 'Zulke wissewasjes hoef je me niet te vragen.'

'Vanwege het licht, mevrouw,' legde ik uit. 'Het zou het

schilderij kunnen veranderen als ik ze zeem. Begrijpt u?'

Ze begreep het niet. Ze wilde of kon niet in de kamer komen om naar het schilderij te kijken. Zo te zien kwam ze nooit in het atelier. Als Tanneke een goede bui had, zou ik haar eens moeten vragen waarom. Catharina ging naar beneden om het hem te vragen en riep naar boven dat ik de ramen met rust moest laten.

Als ik het atelier poetste, zag ik niets wat erop wees dat hij daar was geweest. Er was niets verplaatst, de paletten waren schoon, het schilderij zelf leek onveranderd. Maar ik kon voelen dat hij daar was geweest.

De eerste twee dagen dat ik in het huis aan de Oude Langendijk was zag ik hem heel weinig. Soms hoorde ik hem, op de trap, in de gang, grinnikend met zijn kinderen, zacht met Catharina pratend. Als ik zijn stem hoorde, had ik het gevoel alsof ik langs het randje van een gracht liep, met onzekere stappen. Ik wist niet hoe hij me zou behandelen in zijn eigen huis, of hij wel of niet aandacht zou schenken aan de groente die ik in zijn keuken sneed.

Geen enkele heer had ooit eerder zo'n belangstelling gehad voor mij.

Op mijn derde dag in het huis stond ik ineens tegenover hem. Vlak voor het middageten ging ik een bord zoeken dat Lisbeth buiten had laten staan en ik botste bijna tegen hem aan toen hij Aleydis in zijn armen door de gang droeg.

Ik deed een stap achteruit. Hij en Aleydis keken me aan met dezelfde grijze ogen. Ik wist niet zeker of hij tegen me lachte of niet. Het was moeilijk hem in de ogen te kijken. Ik dacht aan de vrouw die zichzelf bekeek in het schilderij boven, aan het dragen van parels en geel satijn. Zij zou er geen moeite mee hebben een heer aan te kijken. Toen ik mijn ogen kon opslaan naar de zijne, keek hij me niet langer meer aan.

De volgende dag zag ik de vrouw zelf. Op weg naar huis van de slager liepen een man en een vrouw voor me uit op de Oude Langendijk. Bij onze deur keerde hij zich naar haar toe en maakte een buiging, daarna liep hij verder – hij moest de bezoeker van een paar dagen geleden zijn geweest. Van de korte glimp die ik had opgevangen van zijn profiel zag ik dat hij een snor had en een bol gezicht dat paste bij zijn lijf. Hij glimlachte alsof hij op het punt stond een vleiend maar niet gemeend compliment te maken. De vrouw ging het huis in voordat ik haar gezicht kon zien, maar ik zag wel het rode lint als een rozet met vijf punten in haar haar. Ik bleef even staan wachten in de deuropening totdat ik haar de trap op hoorde lopen.

Later was ik wat kleren aan het opbergen in de kast in de grote zaal, toen ze weer naar beneden kwam. Ik stond op toen ze binnenkwam. Ze droeg de gele mantel in haar armen. Het lint zat nog in haar haren.

'O!' zei ze. 'Waar is Catharina?'

'Ze is met haar moeder naar het stadhuis gegaan, mevrouw. Familiezaken.'

'Zo. Geeft niet, ik zie haar een andere dag wel. Ik zal dit hier voor haar achterlaten.' Ze drapeerde de mantel op het bed en liet het halssnoer met parels erop vallen.

'Ja, mevrouw.'

Ik kon mijn ogen niet van haar afwenden. Ik had het gevoel of ik haar zag en toch niet zag. Het was een vreemde gewaarwording. Ze was, zoals Maria Thins had gezegd, niet zo mooi als wanneer het licht op haar viel in het schilderij. Toch was ze knap, al was het alleen maar omdat ik me haar zo herinnerde. Ze keek me aan met een verbaasde gelaatsuitdrukking, alsof ze me hoorde te kennen omdat ik haar zo familiair aanstaarde. Met enige moeite sloeg ik mijn ogen neer. 'Ik zal haar zeggen dat u hier bent geweest, mevrouw.'

Ze knikte maar leek niet op haar gemak. Ze keek even naar de parels die ze op de mantel had gelegd. 'Ik denk dat ik die boven in het atelier bij hem zal laten,' zei ze en ze pakte het halssnoer. Ze keek me niet aan, maar ik begreep dat dienstboden volgens haar niet te vertrouwen waren met parels. Nadat ze vertrokken was, bleef haar gezicht in de lucht zweven als parfum.

Op zaterdag namen Catharina en Maria Thins Tanneke en Maertge met zich mee naar de markt op het plein, waar ze voor de hele week groente zouden kopen, zaken die ze nodig hadden en andere dingen voor het huis. Ik zou dolgraag met hen mee zijn gegaan omdat ik dacht dat ik misschien mijn moeder en mijn zusje zou zien, maar men zei me dat ik thuis moest blijven bij de jongere meisjes en de baby. Het was moeilijk hun te beletten weg te lopen naar de markt. Ik zou hen zelf daarheen hebben gebracht, maar ik durfde het huis niet zo achter te laten. In plaats daarvan keken we naar de boten die de gracht op en af voeren, vol op weg naar de markt met kroppen sla, varkens, bloemen, hout, meel, aardbeien, hoefijzers. Op de terugweg waren ze leeg, en de vletterlui telden hun geld of zaten te drinken. Ik leerde de meisjes spelletjes die ik met Agnes en Frans had gespeeld, en zij leerden mij spelletjes die ze bedacht hadden. Ze bliezen bellen, speelden met hun poppen, renden met hun hoepels terwijl ik met Johannes op mijn schoot op de bank zat.

Cornelia leek de klap vergeten te zijn. Ze was opgewekt en vriendelijk, behulpzaam met Johannes, en ze gehoorzaamde mij. 'Wil je me helpen?' vroeg ze toen ze probeerde op een ton te klimmen die de buren op straat hadden laten staan. Haar lichtbruine ogen stonden wijdopen en hadden een onschuldige uitdrukking. Ik voelde dat ik van haar ging houden als ze zo lief was, maar toch wist ik dat ik haar niet kon vertrouwen. Ze kon de aantrekkelijkste zijn van de meisjes, maar ook de meest wispelturige – de beste en de slechtste tegelijkertijd.

Ze zaten een verzameling schelpen die ze naar buiten hadden gebracht te sorteren en op te delen in stapeltjes van verschillende kleuren, toen hij uit het huis kwam. Ik pakte de baby stevig vast om zijn middel en voelde de ribben onder mijn handen. Hij gilde van plezier en ik stopte mijn neus in zijn oor om mijn gezicht te verbergen.

'Papa, mag ik met je mee?' riep Cornelia terwijl ze opsprong en zijn hand vastgreep. Ik kon de uitdrukking op zijn gezicht niet zien – die ging schuil achter de rand van zijn hoed omdat hij zijn hoofd schuin hield.

Lisbeth en Aleydis lieten hun schelpen in de steek. 'Ik wil ook mee!' riepen ze tegelijk en ze grepen zijn andere hand.

Hij schudde zijn hoofd en ik kon zijn geamuseerde blik zien. 'Vandaag niet – ik ga naar de apotheek.'

'Ga je verf kopen, papa?' vroeg Cornelia en ze hield nog steeds zijn hand vast.

'Onder andere.'

Baby Johannes begon te huilen en hij keek op me neer. Ik liet de baby huppen en voelde me niet op mijn gemak.

Hij keek alsof hij iets wilde zeggen, maar in plaats daarvan schudde hij de meisjes van zich af en liep de Oude Langendijk op.

Hij had nog geen woord tegen me gezegd sinds we de kleur en vorm van groente bespraken.

Op zondag werd ik heel vroeg wakker, want ik was opgewonden omdat ik naar huis ging. Ik moest op Catharina wachten tot zij de voordeur had ontsloten, maar toen ik die open hoorde zwaaien, kwam ik naar boven en zag Maria Thins met de sleutel.

'Mijn dochter is vandaag moe,' zei ze en ze ging opzij staan om mij naar buiten te laten. 'Ze zal een paar dagen rust nemen. Kun je het zonder haar af?'

'Natuurlijk, mevrouw,' antwoordde ik en ik voegde eraan toe, 'en ik kan het altijd aan u vragen als ik iets niet weet.'

Maria Thins grinnikte. 'Aha, jij bent me een slimme, meisje. Jij weet aan welke kant je brood is beboterd. Geeft niet, we kunnen hier wel wat slimheid gebruiken.' Ze gaf me een paar munten, mijn loon voor de dagen dat ik had gewerkt. 'Zo, ga nu maar gauw, ik vermoed dat je je moeder alles over ons gaat vertellen.'

Ik glipte weg voordat ze nog meer kon zeggen, stak de Markt over langs de mensen die naar de vroegdienst in de Nieuwe Kerk gingen, en haastte me door de straten en langs de grachten op weg naar mijn huis. Toen ik mijn straat in sloeg bedacht ik hoe anders het al aanvoelde na minder dan een week weg te zijn geweest. Het licht leek helderder en vlakker, de gracht breder. De platanen langs de gracht stonden roerloos, als schildwachten die me opwachtten.

Agnes zat op de bank voor ons huis. Toen ze me zag riep ze naar binnen: 'Daar is ze!', rende vervolgens naar me toe en pakte mijn arm vast. 'Hoe is het?' vroeg ze en ze zei niet eens gedag. 'Zijn ze aardig? Moet je hard werken? Zijn er daar nog andere meisjes? Is het huis erg deftig? Waar slaap je? Eet je van mooie borden?'

Ik lachte en wilde geen vraag van haar beantwoorden zolang ik mijn moeder niet had omhelsd en mijn vader begroet. Ofschoon het helemaal niet veel was, voelde ik me toch trots toen ik mijn moeder de paar munten in mijn hand gaf. Hiervoor werkte ik tenslotte.

Mijn vader kwam buiten bij ons zitten om over mijn nieuwe leven te horen. Ik gaf hem mijn handen om hem over de voorstoep te leiden. Toen hij op de bank ging zitten wreef hij met zijn duim over mijn handpalmen. 'Je handen zijn gekloofd,' zei hij. 'En wat zijn ze ruw. Je draagt al de littekens van hard werken.'

'Maak u geen zorgen,' antwoordde ik luchtig. 'Er lag zoveel wasgoed op me te wachten omdat ze eerder niet voldoende hulp hadden. Het zal gauw gemakkelijker worden.'

Mijn moeder bekeek mijn handen. 'Ik zal wat malve in olie weken,' zei ze. 'Dan blijven je handen zacht. Agnes en ik zullen buiten de stad wat gaan plukken.'

'Vertel ons eens!' riep Agnes. 'Vertel ons eens over hen.'

Ik vertelde. Alleen een paar dingen zei ik niet – dat ik 's avonds zo moe was; dat de kruisigingsscène aan het voeteneinde van mijn bed hing; dat ik Cornelia had geslagen; dat Maertge en Agnes even oud waren. Verder vertelde ik hun alles.

Ik gaf de boodschap van onze slager aan mijn moeder door. 'Dat is aardig van hem,' zei ze, 'maar hij weet dat we geen geld hebben voor vlees en liefdadigheid wil ik niet.'

'Volgens mij bedoelde hij het niet als liefdadigheid,' legde ik uit. 'Ik geloof dat hij het als vriendschap bedoelde.'

Ze gaf geen antwoord, maar ik wist dat ze niet terug zou gaan naar de slager.

Toen ik het had over de nieuwe slagers, Pieter de vader en de zoon, trok ze haar wenkbrauwen op maar zei niets.

Later gingen we naar de dienst in onze kerk, waar ik omringd was door bekende gezichten en vertrouwde woorden. Terwijl ik tussen Agnes en mijn moeder zat, voelde ik dat mijn rug zich ontspande in de kerkbank en dat mijn gezicht zijn harde trekken verloor van het masker dat ik de hele week had gedragen. Ik dacht dat ik zou gaan huilen.

Toen we weer thuiskwamen, mocht ik van Agnes en moeder niet helpen met het middageten. Ik ging met mijn vader op de bank in de zon zitten. Hij keerde zijn gezicht naar de warmte en hield gedurende de hele tijd dat we praatten zijn hoofd scheef.

'Zo, Griet,' zei hij, 'vertel me eens over je nieuwe meester. Je hebt nauwelijks een woord over hem gezegd.'

'Ik heb hem niet vaak gezien,' kon ik naar waarheid antwoorden. 'Hij is of in zijn atelier, waar niemand hem mag storen, of hij is het huis uit.'

'Hij doet zaken voor het gilde, denk ik. Maar je bent in zijn atelier geweest – je hebt ons verteld over het poetsen en het afmeten, maar niets over het schilderij waaraan hij werkt. Beschrijf het eens voor me.'

'Ik weet niet of ik het zo kan doen dat u het kunt zien.'

'Probeer maar eens. Ik heb nu weinig om over na te denken, alleen herinneringen. Het zal me plezier doen me een schilderij door een meesterschilder voor te stellen, ook al zie ik het in mijn hoofd als een slechte imitatie.'

Ik probeerde dus de vrouw te beschrijven die een parelsnoer om haar hals vastmaakte, met haar handen opgestoken terwijl ze zich in de spiegel bekeek, het licht door het raam haar gezicht in een gloed zette en haar gele mantel, de donkere voorgrond die haar van ons scheidde.

Mijn vader luisterde gespannen, maar zijn eigen gezicht lichtte niet op, totdat ik zei: 'Het licht op de achtermuur is zo warm, als je ernaar kijkt is het net of de zon op je gezicht schijnt.'

Hij knikte glimlachend, blij dat hij het nu begreep.

'Dat vind je het fijnste in je nieuwe leven,' zei hij daarop. 'In het atelier zijn.'

Het enige, dacht ik, maar dat zei ik niet.

Tijdens het eten probeerde ik het niet te vergelijken met het middageten in het huis op de Papenhoek, maar ik was al gewend geraakt aan vlees en lekker roggebrood. Ofschoon mijn moeder beter kookte dan Tanneke, was het bruinbrood droog, de groenteschotel flauw omdat er geen vet in zat om het smaak te geven. Ook de kamer was anders – geen marmeren tegels, geen dikke, gele gordijnen, geen bewerkte leren stoelen. Alles was eenvoudig en schoon, zonder tierlantijntjes. Ik hield ervan omdat het vertrouwd was, maar ik besefte nu dat het saai was.

Aan het eind van de dag was het moeilijk afscheid te nemen van mijn ouders – moeilijker dan toen ik voor het eerst wegging, omdat ik nu wist waarheen ik terugkeerde. Agnes liep met me mee tot aan de Markt. Toen we alleen waren, vroeg ik haar hoe het met haar ging.

'Ik ben eenzaam,' antwoordde ze, een triest woord voor een meisje van tien jaar. Ze was de hele dag vrolijk geweest, maar nu was ze stil.

'Ik kom elke zondag,' beloofde ik. 'En misschien kan ik door de week snel even dag komen zeggen nadat ik het vlees of de vis heb gehaald.'

'Of ik kan naar je komen kijken als je dingen koopt,' stelde ze voor en ze fleurde een beetje op.

We zagen inderdaad kans elkaar een paar keer te ontmoeten in de Vleeshal. Ik was altijd blij haar te zien – zolang ik alleen was.

Ik begon te wennen in het huis aan de Oude Langendijk. Catharina, Tanneke en Cornelia waren alledrie nu en dan lastig, maar meestal werd ik met rust gelaten om mijn werk te doen. Misschien was het de invloed van Maria Thins. Ze had zo haar eigen redenen om te concluderen dat ik een waardevolle aanwinst was, en de anderen, zelfs de kinderen, volgden haar voorbeeld.

Misschien vond ze dat de kleren schoner waren en beter gebleekt, sinds ik de was deed. Of dat het vlees malser was nu ik het uitkoos. Of dat hij gelukkiger was met een schoon atelier. Die eerste twee dingen waren waar. Het laatste wist ik niet. Toen hij en ik eindelijk met elkaar spraken ging het niet over de manier waarop ik schoonmaakte.

Ik zorgde er goed voor elke lofprijzing over een beter huishouden van me af te wenden. Ik wilde geen vijanden maken. Als Maria Thins het vlees lekker vond, zei ik dat het kwam door Tannekes koken. Als Maertge haar schort witter vond dan ooit, zei ik dat het was vanwege de krachtige zomerzon.

Catharina ging ik waar ik maar kon uit de weg. Het was duidelijk geweest dat ze een hekel aan me had vanaf het moment dat ze me groente had zien snijden in de keuken van mijn moeder. Haar stemming werd er niet beter op door de baby die ze droeg, die maakte haar lomp en deed haar helemaal niet lijken op de gracieuze dame des huizes zoals ze zichzelf voelde. Het was ook een hete zomer en de baby was bijzonder actief. Zodra ze liep, begon het kind te schoppen, dat zei ze tenminste. Naarmate ze dikker werd, liep ze met een vermoeider en pijnlijker blik door het huis. Ze bleef steeds langer in bed, zodat Maria Thins haar sleutels overnam en 's morgens de atelierdeur voor me opende. Tanneke en ik begonnen steeds meer haar werk te doen – op de meisjes passen, dingen kopen voor het huis, de baby verschonen.

Toen Tanneke op een dag in een goede stemming was, vroeg ik haar waarom ze niet meer bedienden namen om de zaken gemakkelijker te maken. 'Met een groot huis als dit en de rijkdom van jouw meesteres en de schilderijen van de meester,' voegde ik eraan toe, 'kunnen ze zich dan niet nog een dienstbode veroorloven? Of een kokkin?'

'Huh,' snoof Tanneke. 'Ze spelen het nauwelijks klaar om jou te betalen.'

Dat verbaasde me – de munten stelden elke week zo weinig voor in mijn hand. Het zou mij jaren werken kosten om zoiets moois te kopen als de gele mantel die Catharina zo slordig opgevouwen in haar kast bewaarde. Het leek niet mogelijk dat ze zo weinig geld hadden.

'Natuurlijk zullen we wel een manier vinden om een paar maanden een min te betalen als de baby komt,' voegde Tanneke eraan toe. Ze klonk misprijzend.

'Waarom?'

'Om de baby te voeden.'

'Voedt de meesteres haar eigen baby dan niet?' vroeg ik dom.

'Ze zou niet zoveel kinderen kunnen hebben als ze hen zelf voedde. Je kunt er geen krijgen, weet je, als je hen zelf voedt.'

'O,' ik voelde me heel onwetend over zulke zaken. 'Wil ze dan meer kinderen?'

Tanneke grinnikte. 'Ik denk weleens dat ze het huis met kinderen vult omdat ze het niet kan vullen met bedienden, zoals ze graag zou willen.' Ze ging zachter praten. 'De meester schildert niet voldoende om geld te verdienen voor bedienden, weet je. Drie schilderijen per jaar maakt hij gewoonlijk. Soms slechts twee. Daar word je niet rijk van.'

'Kan hij dan niet sneller schilderen?' Zelfs toen ik dat zei wist ik dat hij dat niet zou doen. Hij zou altijd in zijn eigen tempo schilderen.

'De meesteres en de jonge meesteres hebben daar soms ruzie over. De jonge meesteres wil dat hij meer schildert, maar mijn meesteres zegt dat haast hem zou ruïneren.'

'Maria Thins is heel wijs.' Ik had geleerd dat ik tegenover Tanneke een mening kon uitspreken zolang Maria Thins op de een of andere manier werd geprezen. Tanneke was haar meesteres onvoorwaardelijk trouw. Ze had echter weinig geduld met Catharina, en als ze in de juiste stemming was adviseerde ze me hoe ik haar aan moest pakken. 'Let niet op wat ze zegt,' raadde ze me. 'Houd je gezicht in de plooi als ze iets zegt en doe de dingen vervolgens op jouw manier, of zoals mijn meesteres je zegt ze te doen. Ze controleert nooit, ze merkt nooit iets. Ze commandeert ons alleen maar omdat ze meent dat te moeten doen. Maar wij weten wie onze echte meesteres is en dat weet zij ook.'

Ofschoon Tanneke vaak boos op me was, leerde ik daar niet op te letten, want ze bleef dat nooit lang. Haar stemmingen waren wispelturig, misschien omdat ze zich zoveel jaar gevangen voelde tussen Catharina en Maria Thins. Ondanks haar zelfverzekerde woorden over het negeren wat Catharina zei, volgde Tanneke haar eigen advies niet op. Ze raakte van streek door Catharina's ruwe stem. En hoe fair Maria Thins ook was, ze verdedigde Tanneke niet tegenover Catharina. Ik hoorde Maria Thins nooit haar dochter om iets vermanen, al had Catharina dat soms nodig.

Verder was er ook de kwestie van Tannekes huishouden. Misschien compenseerde haar trouw haar slordigheid in huis – hoeken niet gedweild, vlees vanbuiten verbrand en rauw vanbinnen, pannen niet goed geschuurd. Ik kon me niet voorstellen wat ze met zijn atelier had gedaan toen ze probeerde het schoon te maken. Ofschoon Maria Thins Tanneke zelden een standje gaf, wisten ze beiden dat ze dat hoorde te doen, het maakte Tanneke onzeker en ze ging snel in de verdediging.

Het werd me duidelijk dat Maria Thins, ondanks haar uitgeslapen manieren, aardig was voor de mensen die haar het meest vertrouwd waren. Haar oordeel was niet zo overtuigend als het leek.

Van de vier meisjes was Cornelia, zoals ze de eerste morgen had laten zien, het meest onvoorspelbaar. Zowel Lisbeth als Aleydis waren lieve, rustige meisjes en Maertge was oud genoeg om in het huis te kunnen helpen, wat haar evenwichtig maakte – al had ze nu en dan een boze bui en schreeuwde ze tegen me zoals haar moeder deed. Cornelia schreeuwde niet, maar nu en dan was ze onhandelbaar. Zelfs het dreigement dat Maria Thins boos op haar zou zijn, dat ik de eerste dag had gebruikt, werkte niet altijd. Het ene moment kon ze grappig en speels zijn, en het volgende kon ze zich omdraaien als een kat die in de hand bijt die haar streelt. Ze was trouw ten opzichte van haar zusjes, maar ze aarzelde niet hen aan het huilen te maken door hen hard te knijpen. Ik paste op mijn tellen met Cornelia en kon niet van haar houden zoals ik van de anderen ging houden.

Als ik het atelier poetste ontsnapte ik aan hen allen. Maria Thins ontsloot de deur voor me en bleef soms een paar minuten om het schilderij te inspecteren, alsof het een ziek kind was dat ze verzorgde. Maar als ze eenmaal weg was had ik het vertrek voor mezelf. Ik keek rond om te zien of er iets was veranderd. Aanvankelijk leek het dag na dag hetzelfde gebleven, maar nadat mijn ogen gewend waren geraakt aan de details van de kamer begon ik kleine dingen op te merken – de penselen lagen anders op het kastje, een van de kastladen was opengelaten, het paletmes balanceerde op de rand van de ezel, een stoel was iets verschoven van waar hij stond bij de deur.

In de hoek waar hij schilderde veranderde echter niets. Ik paste wel op om daar niets te verplaatsen en raakte snel vertrouwd met mijn manier van afmeten, zodat ik dat stuk van de kamer bijna even snel en zelfverzekerd kon poetsen als de rest. Na wat experimenteren met andere lappen, begon ik de donkerblauwe stof en het gele gordijn schoon te maken met een vochtige doek die ik er voorzichtig op depte, zodat hij stof opnam zonder de plooien te verstoren.

In het schilderij leek niets veranderd, hoe nauwkeurig ik

het ook bekeek. Ten slotte ontdekte ik op een dag dat er nog een parel was toegevoegd aan het snoer van de vrouw. Op een andere dag was de schaduw van het gele gordijn breder geworden. Ik dacht ook dat de positie van sommige vingers aan haar rechterhand anders was.

De satijnen mantel begon er zo echt uit te zien dat ik hem wel aan wilde raken.

Bijna had ik de echte aangeraakt toen de vrouw van Van Ruijven hem op het bed had achtergelaten. Ik had net mijn hand uitgestoken om de bontkraag te strelen toen ik opkeek en zag dat Cornelia in de deuropening naar me stond te kijken. Een van de andere meisjes zou me hebben gevraagd wat ik deed, maar Cornelia had alleen maar gekeken. Dat was erger dan vragen stellen. Ik had mijn hand teruggetrokken en zij had geglimlacht.

Een paar weken nadat ik in het huis was begonnen te werken wilde Maertge op een morgen met alle geweld met me mee naar de viskramen. Ze hield ervan over de Markt te rennen, naar dingen te kijken, de paarden te aaien, met andere kinderen te spelen en gerookte vis te proeven bij allerlei kramen. Ze porde me in de ribben toen ik haring aan het kopen was en riep: 'Kijk eens, Griet, moet je die vlieger zien!'

De vlieger boven ons hoofd had de vorm van een vis met een lange staart en door de wind leek het alsof hij door de lucht zwom terwijl er meeuwen omheen zweefden. Ik glimlachte en zag toen Agnes afwachtend vlak bij ons staan, met haar ogen op Maertge gericht. Ik had Agnes nog niet verteld dat er een meisje van haar leeftijd in huis was – ik dacht dat ze dat niet leuk zou vinden, dat ze zou denken dat ze van haar plaats werd gedrongen.

Soms als ik thuis onze familie bezocht, geneerde ik me

hun iets te vertellen. Mijn nieuwe leven begon mijn oude over te nemen.

Toen Agnes naar me keek, schudde ik heel even mijn hoofd zodat Maertge het niet zou zien en draaide me om om de vis in mijn emmer te leggen. Ik nam er de tijd voor – ik kon haar gekwetste blik niet verdragen. Ik wist niet wat Maertge zou doen als Agnes me aansprak.

Toen ik me weer omdraaide, was Agnes verdwenen.

Ik zal het haar moeten uitleggen als ik haar zondag zie, dacht ik. Ik heb nu twee families en die mag ik niet door elkaar halen.

Later schaamde ik me altijd omdat ik mijn eigen zusje de rug had toegekeerd.

Ik was wasgoed aan het ophangen op de achterplaats en elk stuk aan het uitslaan voordat ik het strak aan de lijn hing, toen Catharina zwaar hijgend naar buiten kwam. Ze ging op een stoel naast de deur zitten en sloot zuchtend haar ogen. Ik ging door met wat ik aan het doen was, alsof het heel gewoon was dat ze bij me zat, maar mijn kaak verstrakte.

'Zijn ze al weg?' vroeg ze ineens.

'Wie, mevrouw?'

'Zij, dom meisje. Mijn man en – ga eens kijken of ze al naar boven zijn gegaan.'

Ik stapte voorzichtig de gang in. Twee paar voeten beklommen de trap.

'Lukt het je?' hoorde ik hem zeggen.

'Ja, ja, natuurlijk. Je weet dat het niet zo zwaar is,' antwoordde een andere man met een stem zo diep als een put. 'Alleen wat onhandelbaar.'

Ze kwamen boven aan de trap en gingen het atelier in. Ik hoorde de deur dichtgaan.

'Zijn ze weg?' siste Catharina.

'Ze zijn in het atelier, mevrouw,' antwoordde ik.

'Goed. Help me nu eens op.' Catharina stak haar handen uit en ik trok haar overeind. Ik dacht niet dat ze veel dikker kon worden en nog blijven lopen. Ze bewoog zich de gang door als een schip onder volle zeilen, hield haar sleutels vast zodat ze niet zouden rinkelen en verdween in de grote zaal.

Later vroeg ik Tanneke waarom ze zich schuilhield.

'O, Van Leeuwenhoek was hier,' antwoordde ze grinnikend. 'Een vriend van de meester. Ze is bang voor hem.'

'Waarom?'

Tanneke lachte harder. 'Ze heeft zijn kist kapotgemaakt. Ze keek erin en duwde hem omver. Je weet hoe onhandig ze is.'

Ik dacht aan het mes van mijn moeder dat over de vloer tolde. 'Wat voor kist?'

'Hij heeft een houten kist waar je in kunt kijken – en dingen zien.'

'Wat voor dingen?'

'Allerlei dingen!' antwoordde Tanneke ongeduldig. Ze wilde duidelijk niet over de kist praten. 'De jonge meesteres heeft hem kapotgemaakt en nu wil Van Leeuwenhoek haar niet meer zien. Daarom wil de meester haar niet in zijn kamer laten tenzij hij erbij is. Misschien denkt hij wel dat ze een schilderij zal omstoten!'

Wat de kist was ontdekte ik de volgende morgen, de dag waarop hij tegen me sprak over dingen die ik pas na een aantal maanden begreep.

Toen ik het atelier kwam schoonmaken, waren de ezel en de stoel opzij gezet. In hun plaats stond het bureau, waar geen papieren en prenten meer op lagen. Er stond wel een houten kist op, zowat zo groot als een kist waarin je kleren opbergt. Een kleiner kistje zat er opzij aan vast en daar stak een rond voorwerp uit.

Ik begreep niet wat het was, maar ik durfde het niet aan te raken. Ik begon te poetsen en keek er nu en dan naar alsof het ineens tot me door zou dringen waartoe hij diende. Ik maakte de hoek schoon en stofte de kist zodanig af dat ik hem nauwelijks aanraakte met mijn stofdoek. Ik poetste de voorraadkamer en dweilde de vloer. Toen ik klaar was ging ik met gekruiste armen voor de kist staan en bekeek hem van alle kanten.

Ik had mijn rug naar de deur, maar ineens wist ik dat hij daar stond. Ik wist niet zeker of ik me om moest draaien of moest wachten tot hij wat zei.

Hij liet zeker de deur kraken, want toen kon ik me omdraaien en hem aankijken. Hij leunde tegen de deurstijl en droeg een lang zwart gewaad over zijn dagelijkse kleren. Hij keek nieuwsgierig naar me, maar leek zich geen zorgen te maken dat ik zijn kist zou beschadigen.

'Wil je er eens in kijken?' vroeg hij. Het was voor het eerst dat hij me rechtstreeks aansprak, sinds hij me weken geleden had gevraagd over de groente.

'Ja, meneer. Graag,' antwoordde ik zonder te weten waarmee ik instemde. 'Wat is het?'

'Het wordt een camera obscura genoemd.'

De woorden zeiden me niets. Ik ging opzij staan en keek toe hoe hij een haakje losmaakte en de halve bovenkant van de kist optilde. Die was in twee helften gedeeld, met elkaar verbonden door scharnieren. Hij zette het deksel schuin omhoog zodat de kist gedeeltelijk openstond. Eronder zat een stuk glas. Hij boog zich voorover, tuurde in de ruimte tussen het deksel en de kist en raakte vervolgens het ronde stuk aan het uiteinde van de kleinere kist aan. Hij leek naar iets te kijken, al dacht ik niet dat er veel in de kist zou zitten wat die belangstelling waard was.

Hij stond op en keek naar de hoek die ik zo zorgvuldig schoon had gemaakt, stak zijn arm uit en sloot de luiken van het middelste raam, zodat het vertrek enkel werd verlicht door het raam in de hoek.

Toen trok hij zijn lange kleed uit.

Ik wiebelde wat zenuwachtig van de ene voet op de andere.

Hij zette zijn hoed af, legde die op de stoel bij de ezel en drapeerde het kleed over zijn hoofd terwijl hij zich weer over de kist boog.

Ik deed een stap achteruit en keek naar de deuropening achter me. Catharina had tegenwoordig weinig zin om de trap te beklimmen, maar ik vroeg me af wat Maria Thins of Cornelia of iemand anders zou denken als ze ons zagen. Toen ik me weer omdraaide, bleef ik strak naar mijn schoenen kijken, die glommen van de poetsbeurt die ik ze de dag tevoren had gegeven.

Ten slotte richtte hij zich op en trok het kleed van zijn hoofd en zijn verwarde haren. 'Zo, Griet, het is klaar. Nu kun jij kijken.' Hij liep weg van de kist en gebaarde mij ernaartoe. Ik stond als aan de grond genageld.

'Meneer...'

'Trek het kleed over je hoofd zoals ik heb gedaan. Dan zal het beeld scherper zijn. En kijk vanaf deze kant, dan staat het niet op zijn kop.'

Ik wist niet wat ik moest doen. Het idee dat ik zijn gewaad over me heen had en niets kon zien en dat hij al die tijd naar me keek, maakte me duizelig.

Maar hij was mijn meester. Ik moest doen wat hij zei.

Ik perste mijn lippen op elkaar en liep naar de kist, naar het uiteinde waar het deksel openstond. Ik bukte me en keek erin naar het stuk melkglas dat binnenin zat. Er was flauw een tekening van iets op te zien.

Hij drapeerde het kleed voorzichtig over mijn hoofd zodat het al het licht tegenhield. Het was nog warm van hem en rook zoals baksteen ruikt als de zon erop heeft gebrand. Ik zette mijn handen op de tafel om me te steunen en sloot even mijn ogen. Ik had een gevoel alsof ik mijn avondbier te snel had opgedronken.

'Wat zie je?' hoorde ik hem zeggen.

Ik opende mijn ogen en zag het schilderij, zonder de vrouw erin.

'O!' Ik ging zo schielijk staan dat het kleed van mijn hoofd op de vloer viel. Ik liep weg van de kist en trapte op het gewaad.

Ik verplaatste mijn voet. 'Het spijt me, meneer. Ik zal vanmorgen nog het kleed wassen.'

'Vergeet het kleed maar, Griet. Wat zag je?'

Ik slikte moeizaam. Ik was vreselijk in de war en een beetje bang. Wat er in de kist zat was een truc van de duivel, of iets katholieks wat ik niet kon begrijpen. 'Ik zag het schilderij, meneer. Alleen was de vrouw er niet in en het was kleiner. En er waren dingen... verwisseld.'

'Ja, het imago wordt ondersteboven geprojecteerd en links en rechts zijn omgekeerd. Dat kun je met spiegels doen.'

Ik begreep niet wat hij zei.

'Maar...'

'Wat is er?'

'Ik begrijp het niet, meneer. Hoe kwam het daar?'

Hij pakte het gewaad op en klopte het af. Hij glimlachte. Als hij glimlachte was zijn gelaat als een open raam.

'Zie je dit?' Hij wees op het ronde ding aan het uiteinde van het kistje. 'Dit wordt een lens genoemd. Die wordt gemaakt van glas dat op een bepaalde manier is geslepen. Als het licht van dat tafereel –' hij wees naar de hoek – 'erdoorheen in de kist valt, wordt het imago erdoor geprojecteerd, zodat we het hier kunnen zien.' Hij klopte op het melkglas.

Ik staarde hem zo ingespannen aan, in een poging het te begrijpen, dat mijn ogen begonnen te tranen.

'Wat bedoelt u met een imago, meneer? Dat woord ken ik niet.'

Er veranderde iets in zijn gezicht, alsof hij over mijn schouder had gekeken, maar nu mij aankeek. 'Het is een afbeelding, zoals een schilderij.'

Ik knikte. Meer dan wat ook wilde ik hem laten denken dat ik kon volgen wat hij zei.

'Jouw ogen staan heel wijd uiteen,' zei hij toen.

Ik bloosde. 'Dat hebben ze me vaker gezegd, meneer.'

'Wil je nog eens kijken?'

Dat wilde ik niet, maar ik wist dat ik geen nee kon zeggen. Ik dacht even na. 'Ik wil nog eens kijken, meneer, maar alleen als u er niet bij bent.'

Hij keek verbaasd en daarna geamuseerd. 'Goed dan,' zei hij. Hij gaf me het kleed. 'Ik kom over een paar minuten terug en klop op de deur voordat ik binnenkom.'

Hij ging weg en sloot de deur achter zich. Met trillende handen pakte ik het kleed.

Even dacht ik eraan net te doen of ik keek en dan te zeggen dat ik het had gedaan. Maar hij zou weten dat ik loog.

En ik was nieuwsgierig. Het werd gemakkelijker ernaar te kijken nu hij er niet was. Ik haalde diep adem en keek omlaag in de kist. Op het glas kon ik een vleugje zien van het tafereel in de hoek. Toen ik het kleed over mijn hoofd trok werd het imago, zoals hij het noemde, steeds duidelijker – de tafel, de stoelen, het gele gordijn in de hoek, de muur erachter waar de kaart hing, de poederborstel, de brief. Ze waren er allemaal, bijeengebracht voor mijn ogen, een schilderij dat geen schilderij was. Voorzichtig raakte ik het glas aan – het was glad en koud en er zat nergens verf op. Ik deed het kleed weer af en het imago werd weer vager, al was het er nog wel. Ik trok het kleed weer over me heen, sloot het licht buiten en zag de sprankelende kleuren weer verschijnen. Ze leken zelfs helderder te zijn en kleurrijker op het glas dan ze in de hoek waren.

Het werd even moeilijk op te houden met in de kist te kijken als het geweest was om mijn ogen af te wenden van het schilderij van de vrouw met het parelsnoer toen ik dat voor het eerst zag. Toen ik op de deur hoorde kloppen, had ik nog net tijd om rechtop te gaan staan en het kleed op mijn schouders te laten zakken voordat hij binnenkwam.

'Heb je opnieuw gekeken, Griet? Heb je goed gekeken?'

'Ik heb gekeken, meneer, maar ik weet helemaal niet zeker wat ik heb gezien.' Ik streek mijn muts glad.

'Het is verrassend, nietwaar? Ik was even verbaasd als jij toen mijn vriend het me voor het eerst liet zien.'

'Maar waarom kijkt u ernaar, meneer, als u naar uw eigen schilderij kunt kijken?'

'Je begrijpt het niet.' Hij klopte op de kist. 'Dit is een hulpmiddel. Ik gebruik het om me te helpen zien, zodat ik in staat ben het schilderij te maken.'

'Maar... u gebruikt toch uw ogen om het te zien?'

'Dat is waar, maar mijn ogen zien niet altijd alles.'

Mijn blik schoot naar de hoek, alsof ik iets zou ontdekken dat tot dan toe voor me verborgen was, achter de poederkwast, opduikend uit de schaduwen van de blauwe doek.

'Zeg me eens, Griet,' vervolgde hij, 'denk jij dat ik gewoon schilder wat daar in die hoek ligt?'

Ik keek naar het schilderij, en kon geen antwoord bedenken. Ik had het gevoel dat ik werd beetgenomen. Wat ik ook antwoordde, het zou verkeerd zijn.

'De camera obscura helpt me het op een andere manier te zien,' legde hij uit. 'Om meer te zien van wat daar is.'

Toen hij mijn verbijsterde gelaatsuitdrukking zag, moest hij er spijt van hebben zoveel gezegd te hebben tegen iemand als ik. Hij draaide zich om en klapte de kist dicht. Ik liet het kleed van mijn schouders glippen en stak het naar hem uit.

'Meneer...'

'Dank je, Griet,' zei hij toen hij het van me aannam. 'Ben je hier klaar met poetsen?'

'Ja, meneer.'

'Dan mag je gaan.'

'Dank u, meneer.' Ik pakte snel mijn schoonmaakspullen bijeen en ging weg; de deur klikte achter me dicht.

Ik dacht na over wat hij had gezegd, dat de kist hem hielp meer te zien. Ofschoon ik niet begreep waarom, wist ik dat hij gelijk had, want ik kon het zien in het schilderij van de vrouw en ook wat ik me herinnerde van het schilderij van Delft. Hij zag dingen op een manier die anderen niet zagen, zodat de stad waar ik mijn hele leven had gewoond een andere stad leek, zodat een vrouw knap werd door het licht op haar gelaat.

De dag nadat ik in de kist had gekeken ging ik het atelier in en hij was weg. De ezel stond weer op zijn plaats. Ik keek naar het schilderij. Eerder had ik er slechts kleine veranderingen in gezien. Nu kon ik er een gemakkelijk zien – de landkaart die achter de vrouw aan de muur hing was verwijderd, zowel van het tafereel als van het doek zelf. De muur was nu kaal. Het schilderij zag er beter uit – eenvoudiger, de lijnen van de vrouw waren nu duidelijker tegen de bruinwitte achtergrond van de muur. Maar de verandering bracht me in verwarring – ze was zo plotseling. Ik zou het van hem niet hebben verwacht.

Ik voelde me niet op mijn gemak nadat ik het atelier had verlaten en toen ik naar de Vleeshal liep, keek ik niet om me heen zoals gewoonlijk. Ofschoon ik zwaaide tegen de vroegere slager bleef ik niet staan, zelfs niet toen hij naar me riep.

Pieter de zoon was alleen in de kraam. Sinds die eerste dag had ik hem een paar keer gezien, maar altijd met zijn vader erbij, zich op de achtergrond houdend terwijl Pieter de vader de baas speelde. Nu zei hij: 'Hallo, Griet. Ik vroeg me al af wanneer je zou komen.'

In vond het dwaas dat hij dat zei, want ik kocht elke dag vlees op dezelfde tijd.

Hij keek me niet aan.

Ik besloot niet te reageren op zijn woorden. 'Drie pond hachee, graag. En heb je nog meer van die worstjes die je vader me eergisteren verkocht? De meisjes vonden ze lekker.'

'Ik vrees dat ze op zijn.'

Een vrouw achter me stond op haar beurt te wachten. Pieter de zoon keek even naar haar. 'Kun je even wachten?' vroeg hij me op zachte toon.

'Wachten?'

'Ik wil je wat vragen.'

Ik ging opzij staan zodat hij de vrouw kon helpen. Ik deed dat niet graag nu ik me zo onzeker voelde, maar ik had weinig keus.

Toen hij klaar was en we weer alleen waren, vroeg hij: 'Waar woont je familie?'

'De Oude Langendijk, in de Papenhoek.'

'Nee, nee, jóuw familie.'

Ik bloosde bij mijn vergissing. 'Aan de Rietveldgracht,

niet ver van de Koepoort. Waarom vraag je dat?'

Eindelijk keek hij me recht aan. 'Er wordt gezegd dat er in die buurt pest heerst.'

Ik deinsde verschrikt een stap achteruit, met opengesperde ogen. 'Is er al quarantaine uitgeroepen?'

'Nog niet. Ze verwachten het vandaag.'

Later besefte ik dat hij anderen over mij gevraagd moest hebben. Als hij nog niet wist waar mijn familie woonde, had hij me nooit over de pest kunnen vertellen.

Ik weet niet meer hoe ik vandaar thuiskwam. Pieter de zoon moest het vlees in mijn emmer hebben gelegd maar ik wist alleen dat ik in het huis kwam, de emmer aan Tannekes voeten zette en zei: 'Ik moet de meesteres spreken.'

Tanneke scharrelde in de emmer. 'Geen worstjes en niets daarvoor in de plaats! Wat mankeert jou? Ga meteen terug naar de Vleeshal.'

'Ik moet de meesteres spreken,' herhaalde ik.

'Wat is er?' Tanneke werd achterdochtig. 'Heb je iets verkeerds gedaan?'

'Mijn familie kan in quarantaine worden geplaatst. Ik moet naar hen toe.'

'O.' Tanneke schuifelde onzeker. 'Dat zou ik niet weten. Je zult het moeten vragen. Ze is bij mijn meesteres.'

Catharina en Maria Thins waren in de kruisigingskamer. Maria Thins zat haar pijp te roken. Ze zwegen toen ik binnenkwam.

'Wat is er, meisje?' gromde Maria Thins.

'Alstublieft, mevrouw,' zei ik tegen Catharina. 'Ik heb gehoord dat er een quarantaine kan komen in de straat van mijn familie. Ik zou ze graag gaan bezoeken.'

'Wat, en de pest met je meebrengen?' snauwde ze. 'Absoluut niet. Ben je gek geworden?'

Ik keek Maria Thins aan, wat Catharina nog bozer maakte. ‘Ik heb nee gezegd,’ zei ze beslist. ‘*Ik* ben hier degene die beslist wat je kunt doen en niet kunt doen. Ben je dat soms vergeten?’

‘Nee, mevrouw.’ Ik sloeg mijn ogen neer.

‘Je gaat ’s zondags niet meer naar huis tot het veilig is. Ga nu, we moeten dingen bespreken zonder dat jij hier rondhangt.’

Ik nam het wasgoed mee naar de achterplaats en ging buiten zitten, met mijn rug naar de deur, zodat niemand me kon zien. Ik huilde terwijl ik een van Maertges jurken boende. Toen ik de pijp van Maria Thins rook, veegde ik mijn ogen af maar draaide me niet om.

‘Doe niet zo dwaas, meisje,’ zei Maria Thins zachtjes tegen mijn rug. ‘Je kunt niets voor hen doen en je moet aan jezelf denken. Jij bent een verstandig meisje, dat kun je zelf ook bedenken.’

Ik gaf geen antwoord. Na een tijdje kon ik haar pijp niet meer ruiken.

De volgende morgen kwam hij binnen terwijl ik het atelier veegde.

‘Griet, het spijt me te horen over de tegenslag van je familie,’ zei hij.

Ik keek op van mijn bezem. Zijn ogen stonden vriendelijk en ik voelde dat ik het hem kon vragen. ‘Wilt u me vertellen, meneer, of de quarantaine al is uitgeroepen?’

‘Inderdaad, gistermorgen.’

‘Dank u dat u het mij heeft verteld, meneer.’

Hij knikte en wilde weggaan toen ik zei: ‘Mag ik u iets anders vragen, meneer? Over het schilderij.’

Hij bleef in de deuropening staan. ‘Wat is het?’

‘Toen u in de kist keek, wist u toen dat u de landkaart uit het schilderij moest verwijderen?’

‘Ja, zeker.’ Zijn gelaat werd zo gespannen als dat van een

ooievaar die een vis ziet die hij kan vangen. 'Bevalt het je dat de kaart weg is?'

'Nu is het een beter schilderij.' Ik dacht niet dat ik zoiets op een ander moment had durven zeggen, maar het gevaar voor mijn familie had me roekeloos gemaakt.

Zijn glimlach maakte dat ik mijn bezem steviger vastgreep.

Daarna kon ik niet goed meer werken. Ik maakte me zorgen over mijn familie, niet over hoe schoon ik de vloeren kon krijgen of hoe wit de lakens. Niemand had misschien eerder gemerkt dat ik een goede huishoudster was, maar iedereen zag hoe onzorgvuldig ik nu was. Lisbeth klaagde over vlekken op haar schort. Tanneke gromde dat door mijn vegen het stof op de borden kwam te zitten. Catharina schreeuwde een paar keer tegen me, omdat ik kabeljauw had gekocht in plaats van haring, omdat ik het vuur uit had laten gaan.

Maria Thins mompelde: 'Rustig aan, meisje,' toen ze me in de gang voorbijliep.

Alleen in het atelier kon ik schoonmaken zoals ik eerder had gedaan, en even nauwgezet werken als altijd.

Ik wist niet wat ik die eerste zondag moest doen toen ik niet naar huis mocht. Ik kon ook niet naar de kerk gaan, omdat die ook binnen de quarantainewijk lag. Maar ik wilde ook niet in het huis blijven – wat katholieken 's zondags ook deden, ik wilde niet bij hen zijn.

Ze gingen samen weg naar de jezuïtenkerk om de hoek in de Molenpoort, de meisjes met zondagse kleren aan; zelfs Tanneke had zich omgekleed in een geelachtige bruine japon en droeg Johannes. Catharina liep langzaam aan de arm van haar man. Maria Thins sloot de deur achter zich af. Ik stond op de tegels voor het huis toen ze verdwenen en bedacht wat ik moest doen. De klokken in de toren van de Nieuwe Kerk voor me begonnen het uur te slaan.

Daar was ik gedoopt, dacht ik. Ze zullen me zeker binnenlaten voor de dienst.

Ik sloop de enorme ruimte in en voelde me als een muis die zich verstopt in het huis van een rijke man. Binnen was het koel en schemerachtig, de gladde ronde zuilen rezen op, het plafond was zo hoog boven me dat het de hemel wel kon zijn. Achter het altaar van de dominee lag de prachtige marmeren graftombe van Willem van Oranje.

Ik zag niemand die ik kende, alleen mensen in stemmige kleren, veel mooier van stof en snit dan ik ooit zou dragen. Ik verborg me achter een zuil voor de dienst waarnaar ik nauwelijks kon luisteren, zo nerveus was ik dat iemand langs zou komen en zou vragen wat ik daar deed. Aan het eind van de dienst glipte ik snel naar buiten voordat iemand me benaderde. Ik liep om de kerk en keek over de gracht naar het huis. De deur was nog dicht en op slot. Katholieke diensten duurden zeker veel langer dan de onze, dacht ik.

Ik liep zo ver ik kon naar het huis van mijn familie en bleef pas staan toen een slagboom met een soldaat erbij me de weg versperde. De straten daarachter zagen er heel stil uit.

'Hoe is het daarginds?' vroeg ik de soldaat.

Hij schokschouderde en gaf geen antwoord. Hij zag er warm uit in zijn cape en met zijn hoed op, want ofschoon de zon niet scheen was de lucht warm en benauwd.

'Is er een lijst? Van de mensen die gestorven zijn?' Ik kon de woorden nauwelijks uit mijn keel krijgen.

'Nog niet.'

Het verbaasde me niet – de lijsten kwamen altijd laat en waren gewoonlijk niet compleet. Door met iemand te praten kwam je vaak meer te weten. 'Weet u – heeft u iets gehoord over Jan de Tegelman...?'

'Ik weet niets over niemand daarbinnen. Je zult moeten wachten.' De soldaat keerde zich af toen anderen naderden met soortgelijke vragen.

Ik probeerde met nog een soldaat bij een slagboom in een andere straat te praten. Hij was wel vriendelijker, maar hij kon me niets vertellen over mijn familie. 'Ik zou eens kunnen informeren, maar niet voor niets,' voegde hij er glimlachend aan toe en hij bekeek me van onder tot boven zodat ik zou weten dat hij geen geld bedoelde.

'Je moest je schamen,' snauwde ik, 'om te proberen profijt te trekken van mensen die in de ellende zitten.'

Maar hij leek zich niet te schamen. Ik was vergeten dat soldaten maar aan één ding denken als ze een jonge vrouw zien.

Toen ik terugkwam aan de Oude Langendijk zag ik tot mijn opluchting dat de deur openstond. Ik glipte naar binnen en bracht de middag door weggekropen met mijn kerkboek op de achterplaats. 's Avonds kroop ik in bed zonder te eten en zei tegen Tanneke dat ik maagpijn had.

Bij de slager trok Pieter de zoon me opzij terwijl zijn vader met iets anders bezig was. 'Heb je nieuws gehad over je familie?'

Ik schudde mijn hoofd. 'Niemand kon me iets vertellen.' Ik keek hem niet aan. Zijn bezorgdheid gaf me het gevoel of ik net uit een boot was gestapt en de grond onder mijn voeten wiebelde.

'Ik zal eens voor je informeren,' zei Pieter. Aan de toon waarop hij dat zei was het duidelijk dat ik niet moest tegensputteren.

'Dank je,' zei ik na lang zwijgen. Ik vroeg me af wat ik zou doen als hij inderdaad iets hoorde. Hij eiste niet iets dergelijks als de soldaat had gedaan, maar ik zou hem verplicht zijn. Ik wilde aan niemand verplichtingen hebben.

'Het kan een paar dagen duren,' mompelde Pieter voordat hij zich omdraaide en zijn vader een koeienlever gaf. Hij veegde zijn handen af aan zijn voorschoot. Ik knikte en keek naar zijn handen. De plooien tussen zijn nagels en zijn vingers zaten vol bloed.

Daar zal ik wel aan moeten wennen, dacht ik.

Ik begon uit te kijken naar mijn dagelijkse boodschap, nog meer dan naar het poetsen van het atelier. Maar ik was er ook bang voor, vooral op het moment dat Pieter de zoon opkeek van zijn werk en me zag en ik zijn ogen afzocht naar aanwijzingen. Ik wilde het weten, maar zolang ik niets wist was het mogelijk te hopen.

Er gingen een paar dagen voorbij dat hij, als ik vlees van hem kocht of voorbij zijn kraam liep nadat ik vis had gekocht, eenvoudig zijn hoofd schudde. Maar op een dag keek hij op en wendde zijn blik af, en ik wist wat hij zou gaan zeggen. Ik wist alleen niet wie.

Ik moest wachten tot hij een paar klanten had geholpen. Ik voelde me zo misselijk dat ik wilde gaan zitten, maar de grond was met bloed bespat.

Ten slotte deed Pieter de zoon zijn voorschoot af en kwam naar me toe. 'Het is je zusje, Agnes,' zei hij zacht. 'Ze is erg ziek.'

'En mijn ouders?'

'Die zijn tot dusver gezond.'

Ik vroeg niet wat voor risico hij had gelopen om dit voor mij te vragen. 'Dank je, Pieter,' fluisterde ik. Het was voor het eerst dat ik zijn naam had uitgesproken.

Ik keek in zijn ogen en zag daar medelijden. Ik zag ook waarvoor ik bang was geweest – verwachting.

Op zondag besloot ik mijn broer te gaan bezoeken. Ik wist niet in hoeverre hij op de hoogte was van de quarantaine of van Agnes. Ik ging vroeg van huis en liep naar de fabriek, die buiten de stadsmuren lag, niet ver van de Rotterdamse Poort. Frans sliep nog toen ik daar kwam. De vrouw die de poort opendeed, lachte toen ik naar hem vroeg. 'Hij zal nog uren slapen,' zei ze. 'De leerlingen slapen de hele zondag. Het is hun vrije dag.'

Haar toon beviel me niet en wat ze zei evenmin. 'Wilt u hem alstublieft wekken en zeggen dat zijn zus er is?' vroeg ik kortaf. Ik klonk een beetje als Catharina.

De vrouw trok haar wenkbrauwen op. 'Ik wist niet dat Frans uit een familie kwam die zo hoog op hun troon zit dat je in hun neus kunt kijken.' Ze verdween en ik vroeg me af of ze de moeite zou nemen Frans te wekken. Ik ging op een laag muurtje zitten wachten. Een familie op weg naar de kerk liep me voorbij. De kinderen, twee meisjes en twee jongens, renden voor hun ouders uit, net als wij gedaan hadden. Ik keek hen na totdat ze uit het gezicht verdwenen.

Eindelijk kwam Frans naar buiten, de slaap uit zijn ogen wrijvend. 'O, Griet,' zei hij. 'Ik wist niet of jij het zou zijn of Agnes. Ik neem aan dat Agnes niet alleen zo ver zou komen.'

Hij wist het niet. Ik kon het niet stilhouden voor hem, kon het hem zelfs niet voorzichtig vertellen.

'Agnes lijdt aan de pest,' flapte ik eruit. 'God helpe haar en onze ouders.'

Frans hield op met door zijn gezicht te wrijven. Zijn ogen waren rood.

'Agnes!' herhaalde hij verward. 'Hoe weet je dat?'

'Iemand heeft het voor me nagevraagd.'

'Je hebt hen niet gezien?'

'Er is een quarantaine.'

'Een quarantaine? Hoe lang is die er al?'

'Tot dusver tien dagen.'

Frans schudde kwaad zijn hoofd. 'Daar heb ik niets over gehoord! Ik zit hier dag in dag uit vast in die fabriek, met niets anders dan witte tegels overal waar ik kan kijken. Ik geloof dat ik gek word.'

'Je moet nu aan Agnes denken.'

Frans liet bedroefd zijn hoofd hangen. Hij was groter geworden sinds ik hem maanden geleden had gezien. Zijn stem klonk ook zwaarder.

'Frans, ben je naar de kerk geweest?'

Hij haalde zijn schouders op. Ik kon het niet over me verkrijgen hem verder te ondervragen.

'Ik ga nu voor Agnes en de anderen bidden,' zei ik in plaats daarvan. 'Ga je met me mee?'

Hij wilde het niet, maar ik kon hem overhalen – ik wilde niet opnieuw alleen een onbekende kerk bezoeken. We vonden er een niet ver weg, en ofschoon ik geen troost vond in de dienst bad ik vurig voor onze familie.

Later wandelden Frans en ik langs de rivier de Schie. We zeiden niet veel, maar we kenden elkaars gedachten – geen van beiden hadden we ooit gehoord dat iemand was genezen van de pest.

Op een ochtend, toen Maria Thins het atelier voor me opende, zei ze: 'Goed, meisje. Maak vandaag die hoek schoon.' Ze wees naar de hoek die hij aan het schilderen was. Ik begreep niet wat ze bedoelde. 'Alle dingen op de tafel gaan in de kisten in de voorraadkamer,' vervolgde ze, 'behalve de schaal en Catharina's poederkwast. Die neem ik mee.' Ze liep naar de tafel en pakte twee van de voorwerpen op die ik wekenlang voorzichtig op hun plaats had teruggezet.

Toen Maria Thins mijn gezicht zag lachte ze. 'Maak je

geen zorgen. Hij is klaar. Dit heeft hij nu niet meer nodig. Als je hier klaar bent, zorg dan dat je alle stoelen afstoft en ze bij het middelste raam zet. En open alle luiken.' Ze ging weg met de tinnen schaal in haar handen

Zonder de schaal en de kwast was het tafelblad veranderd in een schilderij dat ik niet herkende. De brief, de doek, de aardewerken pot bevonden zich daar zonder betekenis, alsof iemand ze gewoon op de tafel had laten vallen. Toch kon ik me niet voorstellen dat ik ze weg ging halen.

Ik stelde het uit dat te doen door eerst mijn andere taken uit te voeren. Ik opende alle luiken, waardoor de kamer heel helder en ongewoon werd, stofte toen en nam alles af behalve de tafel. Ik keek een tijdje naar het schilderij en probeerde te ontdekken wat er anders aan was, nu het klaar was. De laatste paar dagen had ik geen veranderingen opgemerkt.

Ik stond nog steeds na te denken toen hij binnenkwam. 'Griet, je hebt nog niet opgeruimd. Doe het snel – ik ben gekomen om je te helpen de tafel te verzetten.'

'Het spijt me dat ik zo langzaam ben, meneer. Het komt...' Hij leek verrast dat ik iets wilde zeggen... 'Ik ben zo gewend aan de plaats van de voorwerpen dat ik ze niet graag wil verplaatsen.'

'Ik snap het. Dan zal ik je helpen.' Hij pakte de blauwe doek van de tafel en stak hem naar me uit. Zijn handen waren heel schoon. Zonder ze aan te raken nam ik de doek van hem aan en nam hem mee naar het raam om hem uit te kloppen. Daarna vouwde ik hem op en legde hem in een kist in de voorraadkamer. Toen ik terugkwam, had hij de brief en de zwarte aardewerken pot gepakt en weggeborgen. We verplaatsten de tafel naar de zijkant van het vertrek en ik zette de stoelen bij het middelste raam, terwijl hij de ezel en het schilderij dat erop stond verhuisde naar de hoek waar het tafereel was opgebouwd.

Het was vreemd het schilderij op de plaats van het stilleven te zien. Alles voelde vreemd aan, die plotselinge activiteit en verandering na weken van stilte en rust. Het was niets voor hem. Ik vroeg hem niet waarom. Ik wilde naar hem kijken om te raden wat hij dacht, maar ik hield mijn ogen op mijn bezem gericht en veegde het stof weg dat door de blauwe doek was opgedwarreld.

Hij verdween en ik maakte snel alles af, ik wilde niet rond blijven hangen in het atelier. Het was daar niet behaaglijk meer.

Die middag kwamen Van Ruijven en zijn vrouw op bezoek. Tanneke en ik zaten op de bank voor het huis terwijl zij me liet zien hoe ik een paar kanten manchetten moest verstellen. De meisjes waren naar de Markt gegaan en lieten een vlieger op bij de Nieuwe Kerk, waar we hen konden zien; Maertge hield het uiteinde van het touw vast terwijl Cornelia de vlieger omhoog wierp.

Ik zag de Van Ruijvens van veraf aankomen. Toen ze naderden, herkende ik haar van het schilderij en mijn korte ontmoeting met haar, en hem als de man met een snor en de witte veer op zijn hoed en de gladde glimlach, die haar eens bij de deur had achtergelaten.

'Kijk eens, Tanneke,' fluisterde ik, 'dat is de man die elke dag het schilderij van jou bewondert.'

'O!' Tanneke bloosde toen ze hen zag. Ze trok haar muts en schort recht en siste: 'Ga tegen de meesteres zeggen dat ze hier zijn!'

Ik liep snel naar binnen en vond Maria Thins en Catharina met de slapende baby in de kruisigingskamer. 'De Van Ruijvens zijn er,' kondigde ik aan.

Catharina en Maria Thins zetten hun mutsen af en streken hun kragen glad. Catharina hield zich vast aan de tafel en trok zich op. Toen ze de kamer verlieten, stak Maria

Thins haar hand op en ordende een van Catharina's schildpadkammen, die ze bij speciale gelegenheden droeg.

Ze begroetten hun gasten in de voorhal terwijl ik afwachtend in de gang bleef staan. Toen ze naar de trap liepen, zag Van Ruijven mij en bleef even staan.

'En wie is dit wel?'

Catharina keek me verstoord aan. 'Gewoon een van de meiden. Tanneke, breng alsjeblieft wat wijn naar boven voor ons.'

'Laat de dienstbode met de wijduitstaande ogen die maar brengen,' beval Van Ruijven. 'Kom, schat,' zei hij tegen zijn vrouw die de trap op begon te klimmen.

Tanneke en ik stonden naast elkaar, zij geërgerd, ik wat angstig door zijn aandacht.

'Schiet nu op!' riep Catharina tegen mij. 'Je hebt gehoord wat hij zei. Breng de wijn.' Ze trok zich moeizaam de trap op achter Maria Thins.

Ik ging naar het kamertje waar de meisjes sliepen, vond glazen die daar waren opgeborgen, poetste ze op met mijn schort en zette ze op een dienblad. Daarna zocht ik in de keuken naar wijn. Ik wist niet waar die werd bewaard, want ze dronken niet vaak wijn. Tanneke was gepikeerd verdwenen. Ik was bang dat de wijn achter slot en grendel in een van de kasten stond en dat ik Catharina de sleutel moest vragen waar iedereen bij was.

Gelukkig moest Maria Thins dit voorzien hebben. In de kruisigingskamer had ze een witte kan met een tinnen deksel vol wijn achtergelaten. Die zette ik op het blad en droeg het naar het atelier, nadat ik eerst mijn muts, kraag en schort had gladgestreken zoals de anderen hadden gedaan.

Toen ik binnenkwam, stonden ze bij het schilderij. 'Opnieuw een juweeltje,' zei Van Ruijven net. 'Ben je er blij mee, schat?' vroeg hij zijn vrouw.

‘Natuurlijk,’ antwoordde ze. Het licht viel door het raam op haar gezicht en ze zag er bijna knap uit.

Toen ik het blad neerzette op de tafel die mijn meester en ik die morgen hadden verplaatst, kwam Maria Thins naar me toe. ‘Ik neem het wel over,’ fluisterde ze. ‘Wegwezen. Snel nu.’

Ik stond op de trap toen ik Van Ruijven hoorde zeggen: ‘Waar is die meid met haar wijduitstaande ogen? Is ze al weg? Ik wil haar eens goed bekijken.’

‘Toe nou, ze stelt niets voor!’ riep Catharina vrolijk. ‘Je moet het schilderij bekijken.’

Ik liep terug naar de bank voor het huis en ging naast Tanneke zitten, die geen woord tegen me wilde zeggen. Zwijgend zaten we aan de manchetten te werken en te luisteren naar de stemmen die uit de ramen boven ons zweefden.

Toen ze weer beneden kwamen, glipte ik de hoek om en leunde tegen de warme bakstenen van een muur in de Molenpoort totdat ze vertrokken waren.

Later kwam er een knecht uit hun huis die boven in het atelier verdween. Ik zag hem niet vertrekken, want de meisjes waren teruggekomen en wilden dat ik het vuur oprakelde zodat ze er appels op konden bakken.

De volgende morgen was het schilderij verdwenen. Ik had geen kans gekregen er voor het laatst nog eens naar te kijken.

Toen ik die morgen in de Vleeshal kwam, hoorde ik een man vóór me zeggen dat de quarantaine was opgeheven. Ik haastte me naar Pieters kraam. Vader en zoon waren er beiden en er stonden een paar mensen op hun beurt te wachten. Ik negeerde hen en liep recht naar Pieter de zoon. ‘Kun je me snel bedienen?’ zei ik. ‘Ik moet naar het huis van mijn familie. Alleen drie pond tong en drie pond worstjes.'

Hij hield op met wat hij aan het doen was en negeerde de verontwaardigde geluiden van de oude vrouw die hij aan het helpen was. 'Ik denk dat je voor mij ook alles zou doen als ik jong was en tegen je glimlachte,' bromde ze toen hij mij het pakje overhandigde.

'Ze glimlacht niet,' antwoordde Pieter. Hij keek even naar zijn vader en gaf me een kleiner pakje. 'Voor je familie,' zei hij zacht.

Ik bedankte hem niet eens – ik graaide het pakje uit zijn hand en liep hard weg.

Alleen dieven en kinderen rennen.

Ik rende het hele stuk naar huis.

Mijn ouders zaten naast elkaar op de bank, met gebogen hoofd. Toen ik bij hen was, pakte ik de hand van mijn vader en bracht die naar mijn natte wang. Ik ging naast hen zitten en zei niets.

Er viel niets meer te zeggen.

Er volgde een tijd waarop alles mat was. De dingen die iets betekend hadden – het helderwitte wasgoed, de dagelijkse wandeling om boodschappen te doen, het rustige atelier – waren niet langer belangrijk meer, al waren ze er nog wel, als kneuzingen op het lichaam die wegtrokken tot harde bulten onder de huid.

Mijn zusje stierf aan het eind van de zomer. Die herfst was nat. Ik bracht veel tijd door met was binnen ophangen op rekken die ik dicht bij het vuur schoof in een poging de kleren te drogen voordat ze beschimmeld raakten, maar zonder ze te schroeien.

Tanneke en Maria Thins behandelden me erg vriendelijk toen ze het hoorden van Agnes. Tanneke zag kans haar irritatie een paar dagen in te houden, maar al gauw begon ze weer te vitten en te mokken, het aan mij overlatend haar gunstig te stemmen. Maria Thins zei weinig, maar begon haar dochter te onderbreken als ze lelijk tegen me deed.

Catharina zelf leek niets te weten over mijn zusje of ze liet het niet merken. Ze was bijna aan haar bevalling toe en zoals Tanneke had voorspeld, bracht ze het grootste deel van haar tijd in bed door en vertrouwde de zorg voor de baby Johannes toe aan Maertge. Hij begon nu rond te waggelen en de meisjes hadden het druk met hem.

De meisjes wisten niet dat ik een zusje had gehad en zouden dus ook niet begrijpen dat ik er een had kunnen verliezen. Alleen Aleydis leek te voelen dat er iets mis was. Soms kwam ze bij me zitten en duwde haar lijfje dicht tegen mij aan, zoals een jong hondje zich in de vacht van zijn moeder schurkt om warm te worden. Ze troostte me op een eenvoudige manier zoals niemand anders dat kon.

Op een dag kwam Cornelia op de achterplaats waar ik kleren aan het ophangen was. Ze stak een oude pop naar me uit. 'Hiermee spelen wij niet meer,' zei ze. 'Zelfs Aleydis niet. Wil je die niet aan je zusje geven?' Ze stond daar met wijdopen, onschuldige ogen en ik wist dat ze van iemand gehoord moest hebben dat Agnes dood was.

'Nee, dank je,' was alles wat ik kon uitbrengen en ik stikte bijna in de woorden.

Glimlachend huppelde ze weg.

Het atelier bleef leeg. Hij begon niet aan een ander schilderij. Het grootste deel van zijn tijd bracht hij buitenshuis door, ofwel bij het gilde of in de Mechelen, de herberg van zijn moeder aan de overkant van het plein. Ik poetste nog steeds het atelier, maar het werd een normale taak, gewoon nog een kamer die gestoft en gedweild moest worden.

Als ik in de Vleeshal kwam, had ik er moeite mee Pieter de zoon aan te kijken. Zijn vriendelijkheid deed me pijn. Ik had ook aardig tegen hem moeten zijn, maar dat was ik niet. Ik zou me gevleid moeten voelen, maar dat was niet het geval. Ik wilde zijn aandacht niet. Ik liet me liever helpen door zijn vader, die me plaagde maar niets anders van me verwachtte dan dat ik iets aan te merken had op zijn vlees. Die herfst aten we lekker vlees.

’s Zondags ging ik soms naar de fabriek van Frans en drong er bij hem op aan met me mee te gaan naar huis. Dat deed hij twee keer en dat vrolijkte mijn ouders wat op. Tot een jaar geleden hadden ze drie kinderen thuis gehad. Nu hadden ze er geen meer. Als Frans en ik er beiden waren, deden we hun aan betere tijden denken. Een keer lachte mijn moeder zelfs, voordat ze zich hoofdschuddend inhield. ‘God heeft ons gestraft omdat we ons geluk vanzelfsprekend vonden,’ zei ze. ‘Dat moeten we niet vergeten.’

Het was niet gemakkelijk thuis op bezoek te gaan. Ik merkte dat het huis, nadat ik die paar zondagen tijdens de quarantaine was weggebleven, was gaan aanvoelen als een huis van vreemden. Ik begon te vergeten waar mijn moeder dingen bewaarde, wat voor tegels er langs de open haard zaten, hoe de zon op verschillende tijden van de dag in de kamers scheen. Na slechts een paar maanden kon ik het huis in de Papenhoek beter beschrijven dan dat van mijn familie.

Frans vond het bijzonder moeilijk op bezoek te gaan. Na lange dagen en avonden in de fabriek wilde hij lachen en vrolijk zijn en plagen, of in elk geval slapen. Ik denk dat ik hem overhaalde naar huis te gaan in de hoop ons gezin weer één te maken. Maar het was onmogelijk. Sinds het ongeluk van mijn vader waren we een ander gezin geworden.

Toen ik op een zondag terugkwam van het huis van mijn ouders waren Catharina’s weeën begonnen. Ik hoorde haar kreunen toen ik de voordeur binnenstapte. Ik gluurde in de grote zaal waar het donkerder was dan gewoonlijk – de luiken zaten voor de onderramen om haar rust te geven. Maria Thins was er met Tanneke en de vroedvrouw. Toen Maria Thins me zag zei ze: 'Ga de meisjes eens zoeken – ik heb hen naar buiten gestuurd om te spelen. Het zal nu niet lang meer duren. Kom over een uur maar terug.'

Ik was blij dat ik kon gaan. Catharina maakte heel veel kabaal en het leek niet juist haar in die staat te horen. Ik wist ook dat ze me daar niet zou willen hebben.

Ik zocht naar de meisjes op hun favoriete plek, de Beestenmarkt bij ons om de hoek, waar vee werd verkocht. Toen ik hen vond, waren ze aan het knikkeren en krijgertje aan het spelen. Baby Johannes was achter hen aan gewaggeld – onzeker ter been als hij was, liep en kroop hij half. Het was niet het soort spelletje dat wij 's zondags zouden mogen spelen, maar katholieken dachten daar anders over.

Toen Aleydis moe werd kwam ze bij me zitten. 'Krijgt mama de baby gauw?' vroeg ze.

'Je grootmoeder zei van wel. Over een tijdje gaan we terug om hen op te zoeken.'

'Zal papa blij zijn?'

'Ik denk van wel.'

'Zal hij sneller gaan schilderen nu er weer een baby is?'

Ik gaf geen antwoord. Catharina's woorden kwamen uit de mond van een klein meisje. Ik wilde verder niets meer horen.

Toen we terugkeerden, stond hij in de deuropening. 'Papa, je muts!' riep Cornelia. De meisjes renden op hem af en probeerden de gewatteerde vaderschapsmuts af te pakken die hij droeg. Hij zag er zowel trots als gegeneerd uit. Ik was verbaasd – hij was vijf keer eerder vader geworden en ik dacht dat hij er wel aan gewend zou zijn. Hij had geen reden om zich te schamen.

Het is Catharina die veel kinderen wil, dacht ik toen. Hij zou het liefst alleen zijn in zijn atelier.

Maar dat kon niet helemaal kloppen. Ik wist hoe baby's gemaakt werden. Hij moest zijn rol spelen en die moest hij bereidwillig hebben gespeeld. En hoe lastig Catharina ook kon zijn, vaak had ik gezien dat hij naar haar keek, haar schouder aanraakte, tegen haar sprak met een honingzoete stem.

Ik dacht zo niet graag aan hem met zijn vrouw en kinderen. Ik dacht liever aan hem als hij alleen in zijn atelier was. Of niet alleen, maar alleen met mij.

'Jullie hebben weer een broertje, meisjes,' zei hij. 'Hij heet Franciscus. Willen jullie hem graag zien?' Hij bracht hen naar binnen, terwijl ik op straat achterbleef met Johannes op mijn arm.

Tanneke deed de luiken van de onderramen in de grote zaal open en boog zich naar buiten.

'Is alles goed met de meesteres?' vroeg ik.

'O ja. Ze maakt een hele heisa, maar er zit niets achter. Ze is gebouwd om baby's te krijgen – ze ploepen eruit als een kastanje uit zijn bast. Kom nu, de meester wil een dankgebed uitspreken.'

Het zat me niet lekker, maar ik mocht niet weigeren met hen te bidden. Protestanten zouden hetzelfde hebben gedaan na een geslaagde geboorte. Ik droeg Johannes de grote zaal in die nu veel lichter was en vol mensen. Toen ik hem neerzette, waggelde hij naar zijn zusjes die rond het bed stonden. De gordijnen waren opzij getrokken en Catharina lag tegen opgepropte kussens met de baby in haar armen. Ofschoon ze uitgeput was glimlachte ze, eindelijk eens gelukkig. Mijn meester stond bij haar en keek neer op zijn nieuwe zoon. Aleydis hield zijn hand vast. Tanneke en de vroedvrouw waren de schalen en de bebloede lakens aan het opruimen terwijl de nieuwe min wachtte bij het bed.

Maria Thins kwam uit een van de keukens met wat wijn en drie glazen op een blad. Toen ze dat neerzette liet hij de hand van Aleydis los, ging van het bed af staan en hij en Maria knielden. Tanneke en de vroedvrouw hielden op met wat ze aan het doen waren en knielden ook. Daarna knielden de min, de kinderen en ik. Johannes verzette zich krijsend toen Lisbeth hem dwong te gaan zitten.

Mijn meester sprak een gebed uit en dankte God voor de veilige bevalling van Franciscus en omdat Hij Catharina had gespaard. Hij voegde er wat katholieke zinnen in het Latijn aan toe die ik niet verstond, maar dat kon me niet veel schelen – hij had een diepe, kalmerende stem waar ik graag naar luisterde.

Toen hij klaar was, schonk Maria Thins drie glazen wijn in en hij en Catharina dronken op de gezondheid van de baby. Daarna gaf Catharina de baby aan de min, die hem aan de borst legde.

Op een teken van Tanneke verlieten we het vertrek om brood en gerookte haring te halen voor de vroedvrouw en de meisjes. 'We zullen nu het geboortefeest gaan voorbereiden,' zei Tanneke toen we dingen aan het klaarzetten waren. 'De jonge meesteres heeft graag een groot feest. We zullen als gewoonlijk wel weer onze voeten onder ons lijf uit kunnen lopen.'

Het geboortefeest was de grootste festiviteit die ik in dat huis zou meemaken. We konden ons tien dagen voorbereiden, tien dagen van poetsen en koken. Maria Thins nam twee meisjes aan voor een week om mee te helpen. Mijn meisje was traag van begrip, maar werkte goed zolang ik haar precies vertelde wat ze moest doen en haar goed in de gaten hield. Op een dag wasten we alle tafelkleden en servetten die nodig waren voor het feest, of ze al schoon waren of niet, en ook alle kleren in huis – overhemden, jurken, bonnetten, kragen, zakdoeken, mutsen, schorten. Voor het linnen hadden we nog een dag nodig. Daarna wasten we alle kroezen om, glazen, aardewerken borden, kannen, koperen potten, koekenpannen, ijzeren vleesroosters en spitten, lepels, opscheplepels en ook die van de buren, die ze voor de gelegenheid uitgeleend hadden. We poetsten het geelkoper en het roodkoper en het zilver. We haalden alle gordijnen naar beneden en sloegen ze buiten uit en klopten alle kussens en vloerkleden. We boenden het hout van de bedden, de kasten, de stoelen en tafels, de raamkozijnen, totdat alles blonk.

Toen we klaar waren, had ik bloedende handen vol kloven.

Alles was blinkend schoon voor het feest.

Maria Thins plaatste speciale bestellingen voor lamsvlees en rundvlees en tong, voor een heel varken, voor hazen en fazanten en kapoenen, voor oesters en kreeften en kaviaar en haring, voor zoete wijn en het beste bier, voor zoete koeken die door de bakker speciaal werden gemaakt.

Toen ik de vleesbestelling voor Maria Thins doorgaf aan Pieter de vader, wreef hij in zijn handen. 'Zo, weer een mond meer te voeden,' riep hij uit. 'Des te beter voor ons!'

Grote ronde Goudse en Edammer kazen kwamen in huis en artisjokken, en sinaasappelen en citroenen en druiven en pruimen en amandelen en hazelnoten. Er werd zelfs een ananas afgeleverd, het cadeau van een rijke neef van Maria Thins. Ik had er nooit eerder een gezien en vond zijn ruwe, prikkelende bast onaantrekkelijk. Hij was trouwens toch niet voor mij bestemd. Geen van de etenswaren was dat, op nu en dan een stukje proeven dat Tanneke ons toestond. Ze liet me wat kaviaar proeven die ik minder lekker vond dan ik toegaf, al was het nog zo luxueus, en iets van de zoete wijn die heerlijk gekruid was met kaneel.

Extra turf en hout werd opgestapeld op de achterplaats en er werden spitten geleend van een buurman. De tonnen bier werden ook op de achterplaats bewaard en het varken werd daar geroosterd. Maria Thins nam een jongen aan die alle vuren moest verzorgen, die de hele nacht aanbleven toen we eenmaal begonnen waren het varken te roosteren.

Bij al die voorbereidingen bleef Catharina in bed met Franciscus, verzorgd door de min en zo statig als een zwaan. Maar ze leek ook op een zwaan, ze had een lange hals en een scherpe snavel. Ik bleef bij haar uit de buurt.

'Zo zou ze het huis graag elke dag hebben,' bromde Tanneke tegen me terwijl ze gestoofde haas aan het klaarmaken was en ik water kookte om de ramen te wassen. 'Ze wil alles om haar heen piekfijn in orde hebben. Koningin van de beddenlakens!' Ik grinnikte met haar, wetend dat ik haar niet mocht aanmoedigen afvallig te zijn, maar toch blij als ze dat was.

Hij bleef weg tijdens de voorbereidingen, opgesloten in zijn atelier of ontsnappend naar het gilde. Ik zag hem maar één keer, drie dagen voor het feest. Het gehuurde meisje en ik waren in de keuken kandelaars aan het poetsen, toen Lisbeth me kwam halen. 'De slager vraagt naar je,' zei ze. 'Aan de voorkant.'

Ik liet de poetsdoek vallen, veegde mijn handen af aan mijn schort en liep achter haar aan door de gang. Ik wist dat het de zoon zou zijn. Hij had me nooit gezien in de Papenhoek. Mijn gezicht was in elk geval niet ruw en rood zoals het meestal was van het bukken boven dampend wasgoed.

Pieter de zoon stond voor het huis met een kar vol met het vlees dat Maria Thins had besteld. De meisjes gluurden erin. Alleen Cornelia keek om zich heen. Toen ik in de deuropening verscheen, glimlachte Pieter tegen me. Ik bleef rustig en bloosde niet. Cornelia hield ons in de gaten.

Zij was niet de enige. Ik voelde dat hij achter mijn rug stond – hij was achter mij aan de gang door gelopen. Ik draaide me om en keek naar hem en ik zag dat hij Pieters glimlach had gezien en ook de verwachting die erin lag.

Hij richtte zijn grijze ogen op mij. Ze stonden kil. Ik voelde me duizelig, alsof ik te snel was opgestaan. Ik draaide me weer om. Pieters glimlach was nu niet zo breed meer. Hij had gemerkt dat ik duizelig was.

Ik voelde me gevangen tussen de twee mannen. Het was geen prettig gevoel.

Ik ging opzij om mijn meester door te laten. Hij liep de Molenpoort in zonder iets te zeggen of op te kijken. Pieter en ik keken hem zwijgend na.

'Ik heb jullie bestelling,' zei Pieter toen. 'Waar wil je het vlees hebben?'

Toen ik die zondag naar huis ging, naar mijn ouders, wilde ik hun niet vertellen dat er weer een kind was geboren. Ik dacht dat het hen zou doen denken aan het verlies van Agnes. Maar mijn moeder had het op de markt gehoord en daarom moest ik hun vertellen over de geboorte en het bidden met de familie en alle voorbereidingen die tot dusver waren getroffen voor het feest. Mijn moeder maakte zich zorgen over de toestand van mijn handen, maar ik verzekerde haar dat het ergste voorbij was.

'En een schilderij?' vroeg mijn vader. 'Is hij aan een ander schilderij begonnen?' Hij hoopte altijd dat ik een nieuw schilderij voor hem zou beschrijven.

'Niets,' antwoordde ik. Ik was die week weinig in het atelier geweest. Daar was niets veranderd.

'Misschien is hij lui,' zei mijn moeder.

'Dat is hij niet,' antwoordde ik snel.

'Misschien wil hij niet zien,' zei mij vader.

'Ik weet niet wat hij wil,' zei ik, scherper dan ik bedoelde. Mijn moeder keek me aan. Mijn vader ging verzitten in zijn stoel.

Ik zei niets meer over hem.

Op de feestdag kwamen de eerste gasten rond het middaguur binnen. Tegen de avond liepen er misschien wel honderd mensen het huis in en uit, ze stroomden over naar de straat en de achterplaats. Alle standen waren uitgenodigd – rijke kooplieden maar ook onze bakker, kleermaker, schoenmaker, apotheker. De buren waren er en de moeder en zuster van mijn meester, en de neven en nichten van Maria Thins. Er waren schilders en andere gildeleden. Van Leeuwenhoek was er en Van Ruijven en zijn vrouw.

Zelfs Pieters vader was er, zonder zijn bebloede voorschoot, knikkend en glimlachend tegen mij toen ik voorbijliep met een kan gekruide wijn. 'Zo, Griet,' zei hij terwijl ik hem wat inschonk, 'mijn zoon zal jaloers zijn dat ik vanavond bij jou ben geweest.'

'Ik denk het niet,' mompelde ik en ik liep verlegen bij hem weg.

Catharina was het middelpunt van de belangstelling. Ze droeg een groene jurk die vermaakt was en aangepast aan haar buik, die nog niet was geslonken. Daaroverheen droeg ze de gele, met hermelijn afgezette mantel die Van Ruijvens vrouw aan had gehad voor het schilderij. Het was vreemd die om de schouders van een andere vrouw te zien. Het beviel me niet dat ze die droeg, al kon ze dat natuurlijk doen wanneer ze wilde. Ze droeg ook een parelsnoer en oorbellen en haar blonde krullen waren leuk opgemaakt. Ze was snel hersteld van de bevalling en was heel vrolijk en gracieus nu haar lichaam verlost was van de last die het maandenlang had gedragen. Ze bewoog zich gemakkelijk door de kamers, drinkend en lachend met haar gasten, ontstak kaarsen, riep om eten, bracht de mensen samen. Ze bleef alleen even staan om aandacht te besteden aan Franciscus toen hij door de min werd gevoed.

Mijn meester was veel rustiger. Hij bracht het grootste deel van zijn tijd door in een hoek van de grote zaal, in gesprek met Van Leeuwenhoek, al volgde zijn blik vaak Catharina door het vertrek terwijl ze zich tussen de gasten bewoog. Hij droeg een deftig zwartfluwelen vest en zijn vaderschapsmuts en hoewel hij zich op zijn gemak leek te voelen, toonde hij zich niet erg geïnteresseerd in het feest. In tegenstelling tot zijn vrouw had hij weinig zin in een grote verzameling mensen.

Laat op de avond slaagde Van Ruijven erin mij in een hoek van de gang in te sluiten toen ik daar voorbijkwam met een brandende kaars en een wijnkan. 'Aha, de meid met wijduitstaande ogen,' riep hij uit en hij boog zich naar mij toe. 'Hallo, meisje.' Hij pakte mijn kin in zijn hand en trok met zijn andere hand de kaars omhoog om mijn gezicht te beschijnen. De manier waarop hij naar me keek beviel me niet.

'Je zou haar eens moeten schilderen,' zei hij over zijn schouder.

Mijn meester was erbij. Hij fronste zijn wenkbrauwen. Zo te zien wilde hij iets tegen zijn opdrachtgever zeggen, maar dat kon hij niet.

'Griet, nog wat wijn graag.' Pieter de vader was uit de kruisigingskamer opgedoken en hield me zijn glas voor.

'Ja, meneer.' Ik trok mijn kin terug uit de greep van Van Ruijven en liep snel naar Pieter de vader. Ik kon twee paar ogen in mijn rug voelen priemen.

'Och, het spijt me, de kan is leeg. Ik zal gauw wat halen in de keuken.' Ik haastte me weg, met de kan stevig tegen me aan zodat niemand kon zien dat hij vol was.

Toen ik een paar minuten later terugkwam, was alleen Pieter de vader er nog; hij leunde tegen de muur. 'Dank u,' zei ik zacht terwijl ik zijn glas vulde.

Hij knipoogde tegen me. 'Het was het waard alleen al om jou meneer tegen me te horen zeggen. Dat zal ik nooit meer horen, nietwaar?' Hij hief zijn glas in een spottend proostgebaar en dronk.

Na het feest overviel de winter ons en het leven in huis werd koud en eentonig. Naast heel veel aan kant maken was er niet langer iets waarnaar we konden uitkijken. De meisjes, zelfs Aleydis, werden lastig, vroegen aandacht en hielpen maar zelden meer. Maria Thins bracht meer tijd in haar eigen bovenkamers door dan voordien. Franciscus, die het hele feest lang rustig was gebleven, had last van windjes en begon bijna onophoudelijk te huilen. Hij maakte een doordringend geluid dat in het hele huis hoorbaar was – op de achterplaats, in het atelier, in de kelder. Gezien haar aard was Catharina verrassend geduldig met de baby, maar ze snauwde verder tegen iedereen, zelfs tegen haar man.

Tijdens de voorbereidingen voor het feest had ik Agnes uit mijn hoofd kunnen zetten, maar herinneringen aan haar kwamen krachtiger dan voorheen terug. Nu ik tijd had om te denken, dacht ik te veel. Ik was als een hond die zijn wonden likt om ze schoon te maken, maar ze alleen maar erger maakte.

Het ergste van alles was dat hij boos op me was. Sinds de avond dat Van Ruijven me in een hoek had gedreven, misschien zelfs sinds Pieter de zoon tegen me had geglimlacht, was hij afstandelijker geworden. Ik leek hem ook vaker dan voorheen tegen te komen. Ofschoon hij vaak wegging –

deels om te ontkomen aan het huilen van Franciscus – leek ik altijd door de voordeur te komen als hij vertrok of de trap af te lopen als hij naar boven ging, of de kruisigingskamer te vegen als hij daar naar Maria Thins zocht. Toen ik op een dag een boodschap deed voor Catharina ontmoette ik hem zelfs op de Markt. Elke keer knikte hij beleefd en stapte dan opzij om mij voorbij te laten, zonder naar me te kijken.

Ik had hem beledigd, maar ik wist niet hoe.

Ook het atelier was kil en saai geworden. Daarvoor had het er druk en ter zake geleken – daar werden schilderijen gemaakt. Nu was het gewoon een lege kamer die wachtte op niets anders dan stof, al veegde ik snel al het stof weg dat er lag. Ik wilde niet dat het een trieste plaats was. Ik wilde daar mijn toevlucht kunnen zoeken, zoals ik eerder had gedaan.

Op een morgen kwam Maria Thins de deur voor me openen toen ze merkte dat die al open was. We tuurden in het halfdonker. Hij sliep aan de tafel, zijn hoofd op zijn armen, zijn rug naar de deur. Maria Thins liep achteruit naar buiten. 'Hij moet hierheen zijn gegaan vanwege het huilen van de baby,' mompelde ze. Ik probeerde nog eens te kijken maar zij sneed me de pas af. Geluidloos sloot ze de deur. 'Laat hem maar. Je kunt daar later poetsen.'

De volgende morgen opende ik in het atelier alle luiken en keek het vertrek door of ik iets kon doen, iets kon aanraken zonder hem boos te maken, iets kon verplaatsen zonder dat hij het merkte. Alles stond op zijn plaats – de tafel, de stoelen, het bureau vol boeken en papieren, het kastje met de penselen, de schone paletten ernaast. De voorwerpen die hij had geschilderd waren opgeborgen in de voorraadkamer of werden in het huis weer gebruikt.

Een van de klokken van de Nieuwe Kerk begon het uur te slaan. Ik liep naar het raam om naar buiten te kijken. Tegen de tijd dat de klok zijn zesde slag had laten horen, wist ik wat ik zou doen.

Ik verwarmde wat water op het vuur, pakte zeep en schone doeken en bracht die naar het atelier, waar ik de ramen begon te zemen. Ik moest op de tafel gaan staan om bij de bovenramen te komen.

Ik waste het laatste raam toen ik hem de kamer hoorde binnenkomen. Ik draaide me om om over mijn linkerschouder en met opengesperde ogen naar hem te kijken. 'Meneer,' begon ik nerveus. Ik wist niet zeker hoe ik die impuls om ramen te wassen moest uitleggen.

'Stop!'

Ik bleef roerloos staan, doodsbang dat ik iets verkeerds had gedaan.

'Beweeg je niet.'

Hij staarde naar me alsof er plotseling een spook in zijn atelier was verschenen.

'Het spijt me, meneer,' zei ik en ik liet de doek in de emmer water vallen. 'Ik had het u eerst moeten vragen. Maar op dit moment schildert u niets en...'

Hij keek verbaasd en schudde zijn hoofd. 'O, de ramen. Nee, je kunt doorgaan met wat je aan het doen bent.'

Ik had liever niet schoongemaakt waar hij bij was, maar omdat hij daar bleef staan, kon ik niet anders. Ik spoelde de doek uit in het water, wrong hem uit en begon weer over de ramen te vegen, binnen en buiten.

Ik was klaar met de ramen en stapte achteruit om het resultaat te bekijken. Het licht dat erdoor viel was helder.

Hij stond nog steeds achter me. 'Is het zo naar uw genoegen, meneer?' vroeg ik.

'Kijk nog eens over je schouder naar me.'

Ik deed wat hij beval. Hij bestudeerde me. Hij was weer in me geïnteresseerd.

‘Het licht,’ zei ik. ‘Het is nu helderder.’

‘Ja,’ zei hij. ‘Ja.’

De volgende morgen was de tafel teruggezet in de schilderhoek en bedekt met een rood, geel en blauw tafelkleed. Tegen de achtermuur was een stoel geplaatst en er hing een landkaart overheen.

Hij was weer begonnen.

Mijn vader wilde dat ik hem het schilderij nog eens beschreef.

'Maar sinds de laatste keer is er niets veranderd,' zei ik.

'Ik wil het nog eens horen,' drong hij aan, voorovergebogen in zijn stoel om dichter bij het vuur te zijn. Hij klonk als Frans toen die een kleine jongen was en te horen had gekregen dat er niets meer over was van de jachtschotel. Mijn vader was in maart vaak ongeduldig, hij wachtte op de afloop van de winter, het einde van de kou, het weer verschijnen van de zon. Maart was een onvoorspelbare maand, waarin het nooit duidelijk was wat er zou gaan gebeuren. Bij warme dagen kreeg je hoop, totdat ijskoude, grauwe luchten zich opnieuw over de stad spanden.

Maart was de maand waarin ik geboren was.

Door zijn blindheid leek mijn vader nog een grotere hekel te hebben aan de winter. Nu zijn andere zintuigen versterkt waren voelde hij de kou hevig, rook hij de duffe lucht in het huis, proefde de flauwe smaak van de dikke groentesoep meer dan mijn moeder. Hij had te lijden als de winter lang duurde.

Ik had met hem te doen. Als ik even kon smokkelde ik lekkere hapjes voor hem mee uit Tannekes keuken – gestoofde kersen, gedroogde abrikozen, een koud worstje, en ook eens een handvol gedroogde rozenblaadjes die ik in Catharina's kast had gevonden.

'De bakkersdochter staat in een lichte hoek bij een raam,'

begon ik geduldig. 'Ze staat naar ons toegedraaid, maar ze kijkt uit het raam, onder rechts van haar. Ze draagt een geel met zwart, op maat gemaakt lijfje, een donkerblauwe rok en een witte muts die in twee punten onder haar kin omlaaghangt.'

'Zoals jij de jouwe draagt?' vroeg mijn vader. Dat had hij nooit eerder gevraagd, al had ik de muts elke keer op dezelfde manier beschreven.

'Ja, net als de mijne. Als je lang genoeg naar de muts kijkt,' voegde ik er haastig aan toe, 'dan zie je dat hij hem niet echt wit heeft geschilderd, maar blauw en violet en geel.'

'Maar je zei dat het een witte muts was.'

'Ja, dat is juist zo vreemd. Hij is in veel kleuren geschilderd, maar als je ernaar kijkt denk je dat het wit is.'

'Tegels schilderen is veel eenvoudiger,' mopperde mijn vader. 'Je gebruikt blauw, en meer niet. Donkerblauw voor de omtrekken, een lichter blauw voor de schaduwen. Blauw is blauw.'

En een tegel is een tegel, dacht ik, en die lijkt niet op een schilderij. Ik wilde hem laten begrijpen dat wit niet eenvoudig wit was. Het was een les die ik van mijn meester had geleerd.

'Wat is ze aan het doen?' vroeg hij na een tijdje.

'Haar ene hand rust op een tinnen kan die op tafel staat en met haar andere heeft ze het raam vast dat ze deels open heeft gezet. Ze staat op het punt de kan op te pakken en het water dat erin zit uit het raam te gieten, maar terwijl ze daarmee bezig is, houdt ze even op; ze staat ofwel te dromen of ze kijkt naar iets op straat.'

'Wat doet ze?'

'Ik weet het niet. Soms lijkt het het ene, dan weer het andere.'

Mijn vader leunde achterover met gefronst voorhoofd.

'Eerst zeg je dat de muts wit is, maar niet wit geschilderd. Dan zeg je dat het meisje één bepaald ding doet, of misschien iets anders. Je brengt me in de war.' Hij wreef over zijn voorhoofd alsof hij hoofdpijn had.

'Het spijt me, vader. Ik probeer het precies te beschrijven.'

'Maar wat is het verhaal in het schilderij?'

'Zijn schilderijen vertellen geen verhaal.'

Hij reageerde niet. Hij was de hele winter lastig geweest. Als Agnes er nog was geweest, zou zij hem hebben kunnen opvrolijken. Zij wist altijd hoe ze hem aan het lachen moest krijgen.

'Moeder, zal ik de voetstoven aansteken?' vroeg ik; ik wendde me af van mijn vader om mijn irritatie te verbergen. Nu hij blind was, kon hij gemakkelijk de stemming van anderen aanvoelen als hij dat wilde. Het beviel me niet dat hij kritiek had op het schilderij zonder het gezien te hebben, of het vergeleek met de tegels die hij vroeger had geschilderd. Ik wilde hem zeggen dat het schilderij helemaal niet verwarrend was, als hij het maar eens had kunnen zien. Misschien vertelde het geen verhaal, maar het was evengoed een schilderij waar je naar moest blijven kijken.

Al de tijd dat mijn vader sprak, was mijn moeder om ons heen druk bezig geweest: ze roerde in de soep, rakelde het vuur op, zette borden en kroezen klaar en wette een mes om het brood te snijden. Zonder op antwoord te wachten haalde ik de voetstoven bijeen en nam ze mee naar de achterkamer waar de turf was opgeslagen. Terwijl ik ze vulde, berispte ik mezelf omdat ik boos was op mijn vader.

Ik bracht de voetstoven terug en stak ze aan met het haardvuur. Toen ik ze onder onze stoelen aan de tafel had geplaatst, bracht ik mijn vader naar zijn stoel, terwijl mijn moeder de soep opschepte en bier inschonk. Mijn vader nam een hap en trok een gezicht. 'Heb je niets meegebracht van de Papenhoek om deze soep wat te kruiden?' mompelde hij.

'Dat kon ik niet. Tanneke deed weer moeilijk tegen me en ik ben weggebleven uit de keuken.' Ik had spijt van die woorden zodra ik ze had uitgesproken.

'Waarom? Wat had je gedaan?' Mijn vader probeerde meer en meer op me aan te merken en koos soms zelfs de kant van Tanneke.

Ik dacht snel na. 'Ik had wat van hun beste bier gemorst. Een hele kan.'

Mijn moeder keek me verwijtend aan. Ze wist wanneer ik loog. Als mijn vader zich niet zo ellendig had gevoeld, had hij het misschien ook aan mijn stem gemerkt.

Ik begon er beter in te worden, dacht ik.

Toen ik afscheid nam om terug te gaan, wilde mijn moeder me met alle geweld een stuk van de weg vergezellen, ook al regende het, een koude, felle regen. Toen we bij de Rietveldgracht kwamen en rechtsaf sloegen naar de Markt, zei ze: 'Je zult gauw zeventien zijn.'

'Volgende week,' zei ik.

'Het duurt niet lang meer of je bent een volwassen vrouw.'

'Niet lang.' Ik hield mijn blik gericht op de regendruppels die kringetjes tekenden op de gracht. Ik dacht niet graag aan de toekomst.

'Ik heb gehoord dat de slagerszoon aandacht aan je schenkt.'

'Wie heeft u dat gezegd?'

Als antwoord veegde ze eenvoudig wat regendruppels van haar muts en schudde haar sjaal uit.

Ik trok mijn schouders op. 'Ik weet zeker dat hij voor mij niet meer aandacht heeft dan voor andere meisjes.'

Ik verwachtte dat ze me zou waarschuwen, zou zeggen dat ik een braaf meisje moest zijn om de naam van ons gezin niet te grabbel te gooien. In plaats daarvan zei ze: 'Je moet niet onaardig tegen hem zijn. Lach maar eens tegen hem en wees vriendelijk.'

Haar woorden verrasten me, maar toen ik in haar ogen keek en daar de honger zag naar vlees waar een slagerszoon voor kon zorgen, begreep ik waarom ze haar trots aan de kant had geschoven.

Ze vroeg me in elk geval niet naar de leugen die ik eerder had verteld. Ik kon hen niet zeggen waarom Tanneke kwaad op me was. Dan zou ik te veel uit moeten leggen.

Tanneke had ontdekt wat ik 's middags deed als ik eigenlijk moest naaien.

Ik hielp hem.

Het was twee maanden eerder begonnen op een namiddag in januari, niet lang nadat Franciscus was geboren. Het was heel koud. Franciscus en Johannes hadden het beiden moeilijk: ze hoestten en hadden moeite met ademen. Catharina en de min verzorgden hen bij de haard in de waskeuken, terwijl de rest van ons in de kookkeuken dicht bij het vuur zat.

Alleen hij was er niet. Hij was boven. Hij leek geen last te hebben van de kou.

Catharina kwam in de deuropening tussen de twee keukens staan. 'Iemand moet naar de apotheek gaan,' zei ze met een rood gezicht. 'Ik heb een paar dingen voor de jongens nodig.' Ze keek nadrukkelijk naar mij.

Meestal zou ik als laatste gekozen worden voor zo'n boodschap. Naar de apotheker gaan was niet zoiets als naar de slager of de visboer gaan – taken die Catharina nog altijd aan mij overliet na de geboorte van Franciscus. De apotheker was een gerespecteerde dokter en Catharina of Maria Thins gingen het liefst zelf naar hem toe. Mij werd een dergelijke luxe niet gegund. Maar als het zo koud was, werden boodschappen altijd opgedragen aan het minst belangrijke lid van het huishouden.

Dit keer vroegen Maertge en Lisbeth niet of ze met me mee mochten. Ik hulde me in een wollen mantel en sjaals, terwijl Catharina me zei dat ik naar gedroogde vlierbloesem moest vragen en een drankje van klein hoefblad. Cornelia hing wat rond en keek hoe ik de losse uiteinden van de sjaals instopte.

'Mag ik met je mee?' vroeg ze en ze glimlachte naar me met goed ingestudeerde onschuld. Soms vroeg ik me af of ik haar niet te hard beoordeelde.

'Nee,' antwoordde Catharina voor mij. 'Het is veel te koud. Ik wil niet dat nog een van mijn kinderen ziek wordt. Opschieten nu,' zei ze tegen mij. 'Zo vlug je kunt.'

Ik trok de voordeur dicht en liep de straat op. Het was er heel stil – de mensen zaten verstandig lekker warm thuis. De gracht was bevroren, de lucht dreigend grijs. Terwijl ik bij de snijdende wind mijn neus dieper in de wollen plooien rond mijn gezicht trok, hoorde ik mijn naam roepen. Ik keek om en dacht dat Cornelia me was nagelopen. De voordeur was dicht.

Ik keek op. Hij had een raam geopend en stak er zijn hoofd uit.

'Meneer?'

'Waar ga je heen, Griet?'

'Naar de apotheek, meneer. Meesteres vroeg dat. Voor de jongens.'

'Wil je voor mij ook wat meebrengen?'

'Natuurlijk, meneer.' De wind leek ineens niet zo bitter koud meer.

'Wacht. Ik zal het opschrijven.' Hij verdween en ik wachtte. Even later verscheen hij weer en gooide een kleine leren buidel omlaag. 'Geef de apotheker het papier dat erin zit en breng wat hij je geeft naar mij.'

Ik knikte en stopte de beurs in een plooi van mijn sjaal, in mijn nopjes met dit geheime verzoek.

De apotheek lag aan de Koornmarkt, aan de kant van de Rotterdamse Poort. Ofschoon het niet ver was, leek de lucht die ik inademde in me te bevriezen, zodat ik niet kon spreken toen ik in de winkel kwam.

Ik was nog nooit in een apotheek geweest, zelfs niet voordat ik dienstbode werd – mijn moeder had altijd al onze middeltjes gemaakt. De winkel van de apotheker bestond uit een klein vertrek met van onder tot boven schappen langs de muren. Daarop stonden flessen, kommen en aardewerkkruiken van allerlei afmetingen, elk met een keurig etiket. Ik vermoedde dat ik, zelfs als ik de woorden kon lezen, toch niet zou begrijpen wat erin zat. Ofschoon je door de kou bijna niets kon ruiken, bleef er toch een geur hangen die ik niet herkende, zoiets als in een bos, verstopt onder rotte bladeren.

De apotheker zelf had ik nog maar één keer gezien, toen hij een paar weken eerder op het geboortefeest van Franciscus langskwam. Het was een kaal, mager mannetje en deed me aan een vogeltje denken. Hij was verbaasd mij te zien. Bij zo'n kou waagden maar weinig mensen zich buiten. Hij zat achter een tafel, met bij zijn elleboog een weegschaal, en wachtte tot ik iets zou zeggen.

'Ik ben hier voor mijn meester en meesteres,' hijgde ik ten slotte toen mijn keel voldoende was opgewarmd om te kunnen praten. Hij keek niet-begrijpend en ik voegde eraan toe: 'De Vermeers.'

'Aha. Hoe gaat het met het aangroeiende gezin?'

'De baby's zijn ziek. Mijn meesteres heeft gedroogde vlierbloesem nodig en een drankje van klein hoefblad. En mijn meester...' Ik gaf hem de buidel. Die nam hij met een verbaasde blik aan, maar toen hij het briefje las knikte hij. 'Hij heeft geen beenzwart en geen oker meer,' mompelde hij. 'Daar is gemakkelijk wat aan te doen. Hij heeft nog nooit eerder iemand de ingrediënten voor kleuren voor zich laten halen.' Hij keek me aan boven het papiertje uit. 'Hij haalt ze altijd zelf. Dit is een verrassing.'

Ik zei niets.

'Ga maar even zitten. Daar bij het vuur, terwijl ik je bestelling bij elkaar haal.' Hij ging aan het werk, opende kruiken en woog stapeltjes gedroogde bloemknoppen af, mat siroop af in een fles en pakte alles voorzichtig in met papier en touw. Een paar dingen deed hij in de leren buidel. De andere pakjes liet hij los bij elkaar.

'Heeft hij soms ook schilderslinnen nodig?' vroeg hij over zijn schouder terwijl hij een pot terugzette op een hoge plank.

'Dat zou ik niet weten, meneer. Hij vroeg me alleen te halen wat er op dat papiertje stond.'

'Dit is heel verrassend, inderdaad heel verrassend.' Hij bekeek me van top tot teen. Ik rechtte mijn rug – omdat hij zo naar me keek, wilde ik dat ik langer was. 'Nou ja, het is tenslotte koud. Hij zou er niet uitgaan tenzij hij moest.' Hij gaf me de pakjes en de buidel en hield de deur voor me open. Op straat keek ik om en zag hem door een heel klein raampje in de deur naar me gluren.

Terug in huis ging ik eerste naar Catharina om haar de losse pakjes te geven Daarna haastte ik me naar de trap. Hij was naar beneden gekomen en stond te wachten. Ik trok de buidel uit mijn sjaal en gaf hem die.

'Dank je, Griet,' zei hij.

'Wat doen jullie?' Cornelia stond verderop in de gang naar ons te kijken.

Tot mijn verbazing gaf hij haar geen antwoord. Hij draaide zich gewoon om en klom weer te trap op, mij alleen latend om haar te antwoorden.

De waarheid was het gemakkelijkste antwoord, al voelde ik me vaak niet op mijn gemak als ik Cornelia de waarheid vertelde. Ik wist nooit zeker wat ze ermee zou doen. 'Ik heb wat verf voor je vader gekocht,' zei ik.

'Vroeg hij je dat?'

Op de vraag antwoordde ik zoals haar vader had gedaan – ik liep van haar weg naar de keukens en deed al lopend mijn sjaals af. Ik was bang te antwoorden, want ik wilde hem niet in de problemen brengen. Ik wist al dat het het beste was als niemand wist dat ik een boodschap voor hem had gedaan.

Ik vroeg me af of Cornelia tegen haar moeder zou zeggen wat ze had gezien. Ze was wel jong maar ook sluw, net als haar grootmoeder. Misschien hield ze haar informatie voor zich, en zou ze met zorg het moment kiezen om die door te geven.

Een paar dagen later gaf ze me haar eigen antwoord.

Het was op een zondag en ik was in de kelder in de kist aan het rondkijken waarin ik mijn spullen bewaarde. Ik zocht naar een kraag die mijn moeder voor me had geborduurd. Ik zag direct dat er in mijn weinige bezittingen was gerommeld – kragen waren niet opgevouwen, een van mijn onderhemden zat in een prop in een hoek geduwd. De zakdoek om de tegel van mijn vader was zo netjes opgevouwen dat ik achterdochtig werd. Toen ik hem opensloeg, viel de tegel in twee stukken uiteen. Hij was gebroken, zodat het meisje en de jongen van elkaar gescheiden waren: de jongen keek nu om naar niets, het meisje was helemaal alleen, haar gezicht verborgen achter haar muts.

Toen moest ik huilen. Cornelia had geen idee hoeveel pijn me dat zou doen. Ik zou minder bedroefd zijn geweest als ze ons hoofd van ons lijf af had gerukt.

Hij begon me te vragen andere dingen te doen. Op een dag vroeg hij me lijnolie te kopen bij de apotheek, op mijn weg terug van de viskramen. Ik moest die onder aan de trap voor hem neerzetten, zodat hij en zijn model niet gestoord zouden worden. Dat zei hij. Misschien besefte hij dat Maria Thins of Catharina of Tanneke – of Cornelia – het zou merken als ik op een ongewoon tijdstip de trap opging.

Het was geen huis waar geheimen gemakkelijk bewaard konden blijven.

Op een andere dag liet hij me aan de slager een varkensblaas vragen. Ik begreep niet waarvoor hij die gebruikte, totdat hij me later vroeg, elke morgen als ik gepoetst had, de verfsoorten klaar te zetten die hij nodig had. Hij trok de laden open van de kast bij zijn ezel, en liet me zien welke verven waar bewaard werden, de kleuren opsommend terwijl hij dat deed. Veel van de woorden kende ik niet – ultramarijn, vermiljoen, massicot. De bruine en gele aardkleuren en het beenzwart en loodwit zaten in aardewerkpotjes, afgedekt met perkament zodat ze niet uitdroogden. De kostbaarder kleuren – de blauwen en de roden en de gelen – werden in kleine hoeveelheden in varkensblazen bewaard. Er werd een gat in geprikt zodat de verf eruit geperst kon worden, en een spijker hield het gat daarna weer dicht.

Toen ik op een morgen aan het poetsen was, kwam hij binnen en vroeg me de plaats in te nemen van de bakkersdochter, die ziek was geworden en niet kon komen. 'Ik wil even kijken,' legde hij uit. 'Iemand moet daar staan.'

Ik nam gehoorzaam haar plaats in, met een hand op de

waterkan, de andere op de lijst van het raam, dat een beetje openstond, waardoor er een koude tocht langs mijn gezicht en mijn borst woei.

Misschien is de bakkersdochter daardoor ziek, dacht ik.

Hij had alle luiken geopend. Ik had de kamer nog nooit zo licht gezien.

'Houd je kin omlaag,' zei hij. 'En kijk naar beneden, niet naar mij. Ja, zo is het goed. Beweeg je niet.'

Hij zat aan zijn ezel. Hij pakte zijn palet of zijn mes of de penselen niet op. Hij zat daar gewoon met zijn handen in zijn schoot te kijken.

Ik bloosde. Ik had me niet gerealiseerd dat hij zo intens naar me zou staren.

Ik probeerde aan iets anders te denken. Ik keek uit het raam en zag een boot voorbijvaren in de gracht. De man die hem voortboomde, was de man die me op mijn eerste dag had geholpen de pot uit de gracht te vissen. Wat is er sinds die morgen veel veranderd, dacht ik. Toen had ik niet eens een van zijn schilderijen gezien. Nu sta ik op een ervan.

'Niet kijken naar wat je nu ziet,' zei hij. 'Ik kan het aan je gezicht merken. Het leidt je af.'

Ik probeerde naar niets te kijken, maar aan andere dingen te denken. Ik dacht aan een dag toen ons gezin buiten de stad kruiden ging plukken. Ik dacht aan de ophanging die ik het vorige jaar op de Markt had gezien, van een vrouw die in een dronken woede haar dochter had vermoord. Ik dacht aan de gelaatsuitdrukking van Agnes toen ik haar voor het laatst zag.

'Je denkt te veel,' zei hij en hij verschoof op zijn stoel.

Ik had het gevoel alsof ik een kuip vol lakens had gewassen maar ze niet schoon had gekregen. 'Het spijt me, meneer. Ik weet niet wat ik moet doen.'

'Probeer je ogen eens te sluiten.'

Ik deed ze dicht. Na een tijdje voelde ik hoe de raamlijst en de kan in mijn hand me verankerden. Toen kon ik de muur achter me voelen, en de tafel aan mijn linkerkant en de koude tocht door het raam.

Zo moet mijn vader zich voelen, dacht ik, met de ruimte overal om zich heen en zijn lichaam dat weet waar het is.

'Goed,' zei hij. 'Dat is goed. Dank je, Griet. Je kunt nu doorgaan met poetsen.'

Ik had nog nooit een schilderij vanaf het begin zien opzetten. Ik dacht dat je schilderde wat je zag, de kleuren gebruikte die je zag.

Hij begon het schilderij van de bakkersdochter met een laag lichtgrijs op het witte doek. Daarna zette hij op het hele oppervlak roodachtig bruine punten om aan te geven waar het meisje en de tafel en de kan en het raam en de landkaart zouden komen. Ik dacht dat hij vervolgens zou gaan schilderen wat hij zag – een meisjesgezicht, een blauwe rok, een geel met zwart lijfje, een bruine landkaart, een zilveren kan met schaal, een witte muur. In plaats daarvan schilderde hij kleurplekken – zwart waar de rok zou komen, oker voor het lijfje en de kaart aan de muur. Het waren de verkeerde kleuren – geen ervan was de kleur zelf. Hij deed heel lang over die valse kleuren, zoals ik ze noemde.

Soms kwam het meisje en stond uur na uur op dezelfde plek, maar als ik de volgende dag naar het schilderij keek, was er niets aan toegevoegd of afgehaald. Er waren alleen kleurplekken zonder vorm, hoe lang ik ze ook bekeek. Ik wist alleen wat ze moesten worden omdat ik de voorwerpen zelf schoonmaakte, en gezien had wat het meisje droeg toen ik op een dag stiekem naar haar keek terwijl ze zich in de grote zaal omkleedde in Catharina's zwart met gele lijfje.

Met tegenzin zette ik elke morgen de kleuren klaar waarom hij vroeg. Op een dag zette ik het blauw ook klaar. De tweede keer dat ik dat had gedaan zei hij tegen me: 'Geen ultramarijn, Griet. Alleen de kleuren waarom ik heb gevraagd. Waarom heb je die klaargezet terwijl ik er niet naar gevraagd had?' Hij was geïrriteerd.

'Het spijt me, meneer. Het komt –' ik haalde diep adem – 'ze draagt een blauwe rok. Ik dacht dat u het blauw wilde hebben, in plaats van het zwart te laten.'

'Als ik zover ben zal ik erom vragen.'

Ik knikte en ging de stoel met de leeuwenkoppen weer boenen. Mijn borst deed pijn. Ik wilde niet dat hij kwaad op me was.

Hij opende het middelste raam en vulde de kamer met koude lucht.

'Kom eens hier, Griet.'

Ik legde mijn poetsdoek op het kozijn en liep naar hem toe.

'Kijk eens uit het raam.'

Ik keek naar buiten. Het was een winderige dag en wolken verdwenen achter de toren van de Nieuwe Kerk.

'Wat voor kleur hebben die wolken?'

'Och, wit, meneer.'

Hij trok heel even zijn wenkbrauwen op. 'Is dat zo?'

Ik keek ernaar. 'En grijs. Misschien krijgen we sneeuw.'

'Kom, Griet, dat kun je beter. Denk eens aan je groente.'

'Mijn groente, meneer?'

Hij bewoog even zijn hoofd. Ik ergerde hem weer. Mijn kaak verstrakte.

'Denk er eens aan hoe je de witte kleuren scheidde. Je rapen en je uien – is dat hetzelfde wit?'

Ineens begreep ik het. 'Nee. De raap heeft iets groens, de ui geel.'

'Precies. Welke kleuren zie je nu in de wolken?'

'Er zit wat blauw in,' zei ik nadat ik ze een tijdje nauwkeurig had bekeken. 'En – ook geel. En er is wat groen!' Ik werd zo opgewonden dat ik zelfs wees. Ik had mijn hele leven naar wolken gekeken, maar ik had het gevoel dat ik ze op dat moment pas voor het eerst zag.

Hij glimlachte. 'Je zult merken dat er weinig zuiver wit in wolken zit, maar men zegt dat ze wit zijn. Begrijp je nu waarom ik het blauw nog niet nodig heb?'

'Ja, meneer.' Ik begreep het niet echt maar dat wilde ik niet toegeven. Ik had het idee dat ik het bijna wist.

Toen hij eindelijk kleuren ging aanbrengen op de valse kleuren, zag ik wat hij bedoelde. Hij schilderde een licht blauw over de rok van het meisje en het werd een blauw waardoor stukjes zwart te zien waren, donkerder in de schaduw van de tafel en met meer licht dichter bij het raam. Toen het licht op de muur viel, ontdekte ik dat die niet wit was maar veel kleuren had.

De schenkkan en de schaal waren het ingewikkeldst – ze werden geel, en bruin, en groen, en blauw. Ze weerkaatsten het patroon van het kleed, het lijfje van het meisje, de blauwe doek die over de stoel was gedrapeerd – alles op hun echte zilveren tint na. En toch zagen ze eruit zoals eruit moesten zien, als een schenkkan en een schaal.

Daarna moest ik voortdurend naar dingen kijken.

Het was moeilijker te verbergen wat ik aan het doen was toen hij mijn hulp vroeg bij het maken van pigmentpoeder. Op een morgen nam hij me mee naar de zolder waar je kon komen via een ladder in de voorraadkamer naast het atelier. Ik was daar nog nooit geweest. Het was een kleine ruimte met een schuin aflopend, steil dak en een raam dat het licht binnenliet en waardoor je de Nieuwe Kerk kon zien. Er stond weinig, op een kastje na en een stenen tafel met een holte erin, waarin een steen lag in de vorm van een ei met een platte kant. Een dergelijke tafel had ik in de fabriek van mijn vader al eens eerder gezien. Er stonden ook wat kuipjes – kommen en ondiepe aardewerken borden – en verder tangen bij de kleine open haard.

'Ik zou graag hebben dat je hier wat dingen voor me fijnwrijft, Griet,' zei hij. Hij trok een kastla open en haalde er een zwart stokje uit, zo lang als mijn pink. 'Dit is een stukje ivoor, geschroeid in het vuur,' legde hij uit. 'Om zwarte verf te maken.'

Hij liet het in de holte in de tafel vallen en voegde er een kleverig goedje aan toe dat een dierlijke geur had. Vervolgens pakte hij de steen die hij een loper noemde en deed me voor hoe ik hem vast moest houden en hoe ik me over de tafel moest buigen en mijn gewicht op de steen moest overbrengen om het been te verpulveren. Na een tijdje had hij het vermalen tot een fijne pasta.

'Probeer jij het nu eens.' Hij schepte de zwarte pasta in een potje en pakte nog een stuk ivoor. Ik pakte de wrijfsteen vast en probeerde zijn houding te imiteren terwijl ik me over de tafel boog.

'Nee, je handen moeten dit doen.' Hij legde zijn hand over de mijne. Door de schok van zijn aanraking liet ik de loper vallen, hij rolde van de tafel op de vloer.

Ik sprong van hem vandaan en bukte om hem op te rapen. 'Het spijt me, meneer,' mompelde ik en ik legde de steen weer in de holte.

Hij probeerde niet me nog eens aan te raken.

'Verplaats je hand een beetje,' beval hij in plaats daarvan. 'Zo is het goed. Nu je schouder gebruiken om te draaien en je pols om het af te maken.'

Ik deed er veel langer over om mijn portie fijn te wrijven, want ik was onhandig en in de war gebracht door zijn aanraking. En ik was kleiner dan hij en niet gewend aan de beweging die ik moest maken. Mijn armen waren in elk geval sterk door het uitwringen van het wasgoed.

'Nog wat fijner,' opperde hij toen hij de holte bekeek. Ik wreef nog een paar minuten totdat hij concludeerde dat het klaar was; hij liet me het poeder tussen mijn vingers wrijven zodat ik kon voelen hoe fijn hij het hebben wilde. Vervolgens legde hij nog een paar stukjes ivoor op de tafel. 'Morgen zal ik je laten zien hoe je loodwit moet malen. Dat is veel gemakkelijker dan been.'

Ik staarde naar het ivoor.

'Wat is er, Griet? Je bent toch zeker niet bang voor een paar stukjes been? Ze zijn hetzelfde als de ivoren kam die je gebruikt om je haren te kammen.'

Ik zou nooit rijk genoeg zijn om zo'n kam te bezitten. Ik kamde mijn haren met mijn vingers.

'Dat is het niet, meneer.' Alle andere dingen die hij van me had gevraagd, kon ik doen terwijl ik poetste of boodschappen deed. Alleen Cornelia was achterdochtig geworden. Maar het malen van dingen zou tijd kosten – dat kon ik niet doen terwijl ik verondersteld werd het atelier te poetsen, en ik kon niet uitleggen aan de anderen dat ik soms naar de zolder moest gaan en mijn andere werk moest laten liggen. 'Het zal wat tijd kosten om het pigment te maken,' zei ik zwakjes.

'Als je er eenmaal aan gewend bent, zal het niet zo lang duren als vandaag,' Ik had er een hekel aan hem iets te vragen of hem niet te gehoorzamen – hij was mijn meester. Maar ik vreesde de boosheid van de vrouwen beneden. 'Ik moet nu eigenlijk naar de slager gaan en strijken, meneer. Voor de meesteres.' Mijn woorden klonken onnozel.

Hij bewoog zich niet. 'Naar de slager?' hij fronste zijn wenkbrauwen.

'Ja, meneer. De meesteres zal willen weten waarom ik mijn andere werk niet kan doen. Ze zal willen weten waarom ik u hierboven help. Het is niet gemakkelijk voor me zonder reden naar boven te gaan.'

Lang was het stil. De klok in de toren van de Nieuwe Kerk had zeven keer geslagen.

'Zo,' mompelde hij toen het luiden ophield. 'Daar moet ik eens over denken.' Hij borg een paar stokjes ivoor op en legde ze terug in de la. 'Doe dit beetje nu nog.' Hij gebaarde naar wat er nog lag. 'Dat hoeft niet lang te duren. Ik moet nu weg. Laat het daar maar liggen als je klaar bent.'

Hij zou met Catharina moeten praten en haar vertellen over mijn werk. Dan zou het gemakkelijker voor mij zijn om dingen voor hem te doen.

Ik wachtte af, maar hij zei niets tegen Catharina.

De oplossing van het probleem van de kleuren kwam onverwacht van Tanneke. Sinds de geboorte van Franciscus had de min bij Tanneke geslapen in de kruisigingskamer. Vandaar kon ze gemakkelijk naar de grote zaal gaan om de baby te voeden als hij wakker werd. Ofschoon Catharina Franciscus niet zelf voedde, stond ze erop dat hij in een wieg naast haar bed sliep. Ik vond dat een vreemde maatregel, maar toen ik Catharina beter leerde kennen, begreep ik dat ze de schijn van moederschap wilde ophouden, zonder het werk te doen.

Tanneke was er niet gelukkig mee dat ze haar kamer deelde met de min; ze klaagde dat de min te vaak opstond om voor de baby te zorgen en dat ze snurkte als ze in bed bleef. Ze sprak er met iedereen over, of ze luisterden of niet. Tanneke begon haar werk minder goed te doen en gaf de schuld aan haar gebrek aan slaap. Maria Thins zei haar dat ze niets konden doen, maar Tanneke bleef mopperen. Vaak keek ze mij kwaad aan – voordat ik in het huis kwam wonen had Tanneke in de kelder geslapen waar ik nu sliep, steeds als er een min nodig was. Het leek bijna of ze mij de schuld gaf dat de min snurkte.

Op een avond deed ze zelfs een beroep op Catharina. Catharina was zich aan het klaarmaken voor een avond bij de Van Ruijvens, ondanks de kou. Ze had goede zin – het maakte haar altijd gelukkig als ze haar parels en haar gele mantel kon dragen. Over haar mantel had ze een witlinnen kraag gebonden die haar schouders bedekte en de stof beschermde tegen de poeder die ze op haar gezicht aanbracht. Terwijl Tanneke haar grieven opnoemde, bleef Catharina zichzelf poederen, en ze hield een spiegel omhoog om het resultaat te bekijken. Haar haar was opgemaakt in vlechten en linten en zolang ze zo gelukkig bleef kijken, was ze heel knap: de combinatie van haar blonde haren en lichtbruine ogen maakte dat ze er exotisch uitzag.

Ten slotte zwaaide ze met haar poederkwast naar Tanneke. 'Hou op!' riep ze lachend uit. 'We hebben de min nodig en ze moet bij mij in de buurt slapen. In de kamer van de meisjes is geen plaats, maar in de jouwe wel, dus is ze daar. Waarom val je me daarover lastig?'

'Eén ding kunnen we doen,' zei hij. Ik keek op van de kast waar ik een schort voor Lisbeth zocht. Hij stond in de deuropening. Catharina keek verrast op naar haar man. Hij toonde zelden belangstelling voor huishoudelijke zaken. 'Zet een bed op zolder en laat daar iemand slapen. Griet, misschien.'

'Griet op zolder? Waarom?' riep Catharina uit.

'Dan kan Tanneke in de kelder slapen, waaraan ze de voorkeur geeft,' legde hij vriendelijk uit.

'Maar...' Catharina zweeg verward. Ze leek het idee af te keuren, maar kon niet zeggen waarom.

'O ja, mevrouw,' kwam Tanneke gretig tussenbeide. 'Dat zou zeker helpen.' Ze keek even naar mij.

Ik hield me bezig met het opvouwen van de kleren van de kinderen, al lagen die al netjes.

'Hoe zit het dan met de sleutel voor het atelier?' Catharina had eindelijk een tegenwerping gevonden. Er was maar één toegang tot de zolder, via een ladder in de voorraadkamer van het atelier. Om naar bed te gaan zou ik door het atelier moeten lopen, dat 's nachts op slot werd gehouden. 'We kunnen een meid geen sleutel geven.'

'Ze zal geen sleutel nodig hebben,' zei hij op zijn beurt. 'Je kunt de deur afsluiten zodra ze naar bed is gegaan. Dan kan ze 's morgens het atelier schoonmaken voordat jij de deur komt ontsluiten.'

Ik hield op met vouwen. Het idee 's nachts in mijn kamer te worden opgesloten stond me niet aan.

Helaas leek dat idee Catharina wel te bevallen. Misschien dacht ze dat ze me zowel veilig op één plek als uit haar ogen kon houden, als ze me opsloot. 'Goed dan,' besloot ze. De meeste beslissingen nam ze snel. Ze draaide zich naar Tanneke en mij. 'Morgen verhuizen jullie een bed naar de zolder. 'Dit is slechts tijdelijk,' voegde ze eraan toe, 'totdat we de min niet meer nodig hebben.'

Tijdelijk, net als mijn boodschappen naar de slager en de visboer als tijdelijk bedoeld waren, dacht ik.

'Kom even met me naar het atelier,' zei hij. Hij keek naar haar op een manier die ik begon te herkennen – de manier van een schilder.

'Ik?' Catharina glimlachte tegen haar man. Uitnodigingen om mee te gaan naar zijn atelier waren zeldzaam. Met een zwierig gebaar legde ze haar poederkwast neer en begon de brede kraag af te doen, die nu onder het poeder zat.

Hij pakte haar hand vast. 'Even niet doen.'

Dat was bijna even verrassend als zijn suggestie om mij naar de zolder te verhuizen. Toen hij voor Catharina uit naar boven ging, keken Tanneke en ik elkaar aan.

De volgende dag begon de bakkersdochter de brede witte kraag te dragen terwijl ze model stond voor het schilderij.

Maria Thins liet zich niet zo gemakkelijk bedotten. Toen ze van een opgewekte Tanneke hoorde over haar verhuizing naar de kelder en de mijne naar de zolder, trok ze fronsend aan haar pijp. 'Jullie tweeën zouden gewoon kunnen ruilen – ' ze wees naar ons met de pijp – 'zodat Griet bij de min slaapt en jij naar de kelder gaat. Dan hoeft er niemand naar de zolder te verhuizen.'

Tanneke luisterde niet – ze was te vol van haar overwinning om de logica in te zien in de woorden van haar meesteres.

'De meesteres heeft erin toegestemd,' zei ik eenvoudig.

Maria Thins keek me lang van opzij aan.

Het slapen op zolder maakte het me gemakkelijker daar te werken, maar ik had nog steeds weinig tijd om het te doen. Ik kon eerder opstaan en later naar bed gaan, maar soms gaf hij me zoveel werk dat ik een manier moest vinden om 's middags naar boven te gaan, wanneer ik normaal bij het vuur zat te naaien. Ik begon erover te klagen dat ik in de schemerige keuken mijn steken moeilijk kon zien en het licht van mijn heldere zolderkamer nodig had. Of ik zei dat ik maagpijn had en wat wilde gaan liggen. Maria Thins keek me op dezelfde manier van opzij aan, telkens wanneer ik zo'n excuus verzon, maar ze gaf geen commentaar.

Het liegen begon me gemakkelijker af te gaan.

Nu hij eenmaal had voorgesteld dat ik op zolder zou slapen, liet hij het aan mij over mijn werk zo in te delen dat ik voor hem kon werken. Hij hielp me nooit door voor me te liegen of te vragen of ik tijd vrij had voor hem. Hij gaf me 's morgens instructies en verwachtte dat die de volgende dag waren uitgevoerd.

De kleuren zelf compenseerden de moeite die ik had met verbergen waarmee ik bezig was. Ik begon er veel plezier in te krijgen de dingen fijn te wrijven die hij meebracht van de apotheek – stukjes ivoor of been, wit lood, meekrap, koningsgeel – te zien hoe helder en zuiver ik de kleuren kon krijgen. Ik leerde dat de kleur voller werd naarmate ik de materialen tot fijner poeder wist te verwerken. Van ruwe, doffe meekrapkorrels ontstond een fijn, helderrood poeder en, vermengd met lijnolie een sprankelende verf. Het was toverkunst om al die andere kleuren te maken.

Ik leerde van hem hoe ik substanties moest wassen om de onzuiverheden eruit te halen en de echte kleuren tevoorschijn te halen. Ik gebruikte een rij schelpen als ondiepe schalen en spoelde en herspoelde kleuren, soms dertig keer, om de kalk of het zand of het fijne grind eruit te krijgen. Het was veel en saai werk, maar het gaf veel voldoening als ik de kleur bij elke wasbeurt helderder zag worden, meer zag lijken op wat gevraagd werd.

De enige kleur die hij me niet liet maken, was ultramarijn. Lapis lazuli was zo duur en het proces om een zuiver blauw uit de steen te halen zo moeilijk, dat hij er zelf mee werkte.

Ik begon eraan te wennen bij hem te zijn. Soms stonden we naast elkaar in het kamertje, terwijl ik wit lood waste en hij lapis waste of okers brandde in de haard. Hij zei weinig tegen me. Het was een rustige man. Ik sprak ook niet. Dan was het vredig, met het licht dat door de ramen viel. Als we klaar waren, goten we water uit over onze handen en boenden ons schoon.

Het was heel koud op zolder – al gebruikte hij de kleine

haard om lijnolie te verwarmen of kleuren te branden. Ik durfde die niet aan te steken tenzij hij dat wilde. Anders zou ik Catharina en Maria Thins moeten uitleggen waarom de turf en het hout zo snel opraakten.

Ik vond de kou niet zo erg als hij er was. Als hij dicht bij me stond, kon ik zijn lichaamswarmte voelen.

Ik stond wat massicot te wassen die ik juist had gemaakt, toen ik de stem van Maria Thins beneden in het atelier hoorde. Hij werkte aan het schilderij en de bakkersdochter zuchtte nu en dan bij het staan.

'Heb je het koud, meisje?' vroeg Maria Thins.

'Een beetje,' klonk het zachte antwoord.

'Waarom heeft ze geen voetenstoof?'

Zijn stem klonk zo zacht dat ik zijn antwoord niet hoorde.

'Op het schilderij is dat niet te zien, niet bij haar voeten. We willen niet dat ze weer ziek wordt.'

Ook dit keer kon ik niet horen wat hij zei.

'Griet kan er een voor haar halen,' opperde Maria Thins. 'Ze hoort op de zolder te zijn, want ze zei dat ze maagpijn had. Ik zal haar wel even halen.'

Ze was sneller dan ik van een oude vrouw had verwacht. Tegen de tijd dat ik mijn voet op de bovenste sport had gezet, was ze al halverwege de ladder. Ik stapte achteruit de zolder op. Ik kon niet aan haar ontsnappen en er was geen tijd om iets te verbergen.

'Hier ben je dus mee bezig geweest, hè meisje? Ik dacht al zoiets.'

Ik sloeg mijn ogen neer. Ik wist niet wat ik moest zeggen.

'Maagpijn, zere ogen. We zijn hier niet allemaal gek, weet je.'

Vraag het hem, wilde ik dolgraag tegen haar zeggen. Hij is mijn meester. Dit heeft hij gedaan.

Maar ze riep niet naar hem. En hij verscheen evenmin onderaan de ladder om het uit te leggen.

Lang was het stil. Toen zei Maria Thins: 'Hoe lang ben je hem al aan het helpen, meisje?'

'Een paar weken, mevrouw.'

'Ik heb gemerkt dat hij de laatste weken sneller schildert.'

Ik sloeg mijn ogen op. Haar blik was berekenend.

'Zolang jij hem helpt sneller te schilderen zul je je plaats hier houden. Maar geen woord tegen mijn dochter of tegen Tanneke.'

'Ja, mevrouw.'

Ze grinnikte. 'Ik had het kunnen weten, je bent me een slimmerik. Je hield mij bijna voor de gek. Vooruit, haal beneden een voetenstoof voor dat arme kind.'

Ik sliep graag op zolder. Er hing geen kruisigingstafereel aan mijn voeteneinde om me te verontrusten. Er waren helemaal geen schilderijen, alleen de zuivere geur van lijnolie en de muskusgeur van de grondpigmenten. Ik hield van mijn uitzicht op de Nieuwe Kerk en van de rust. Niemand kwam hierboven, alleen hij. De meisjes kwamen niet bij me op bezoek zoals ze soms in de kelder hadden gedaan en doorzochten ook niet stiekem mijn spullen. Ik voelde me daar alleen, hoog verheven boven het rumoerige huishouden en kon het van afstand bekijken.

Zo ongeveer als hij.

Maar het beste deel was dat ik meer tijd kon doorbrengen in het atelier. Soms sloeg ik 's avonds laat een deken om en kroop als het stil was in huis naar beneden. Ik keek bij kaarslicht naar het schilderij waaraan hij werkte, of opende het luik op een kier om het maanlicht binnen te laten. Soms ging ik in het donker in een van de stoelen met leeuwenkoppen aan de tafel zitten en leunde met mijn ellebogen op het blauw met rode tafelkleed dat erop lag. Ik stelde me voor dat ik het geel met zwarte lijfje en de parels droeg, een glas wijn vasthield en tegenover hem aan tafel zat.

Maar er was één ding aan de zolder dat me niet beviel. Het stond me niet aan dat ik 's nachts werd opgesloten.

Catharina had de ateliersleutel teruggekregen van Maria Thins en begon de deur te sluiten en te ontsluiten. Ze moet het gevoel hebben gehad dat ze me in haar macht had. Ze was er niet gelukkig mee dat ik op de zolder was – het betekende dat ik dichter bij hem was, bij de plek waar zij niet mocht komen en waar ik vrij kon rondlopen.

Het moet moeilijk zijn geweest voor een echtgenote zo'n regeling te accepteren.

Maar een tijdlang werkte het. Een tijdlang kon ik 's middags wegglippen en de kleuren voor hem wassen en malen. Catharina sliep dan vaak – Franciscus was nog niet tot rust gekomen en wekte haar de meeste nachten, zodat ze overdag moest slapen. Tanneke viel meestal ook in slaap bij de haard en ik kon de keuken verlaten zonder altijd een excuus te verzinnen. De meisjes hadden het druk met Johannes leren lopen en praten en merkten zelden dat ik er niet was. Als ze me misten, zei Maria Thins dat ik een boodschap voor haar deed, dingen uit haar kamer haalde of iets voor haar naaide waarbij ik het heldere licht van de zolder nodig had om bij te werken. Het waren tenslotte kinderen, verdiept in hun eigen wereldje, ongeïnteresseerd in de wereld van de volwassenen om hen heen, behalve wanneer het rechtstreeks met hen te maken had.

Dat dacht ik tenminste.

Op een middag was ik wit lood aan het wassen toen Cornelia vanaf beneden mijn naam riep. Ik veegde snel mijn handen af, trok de schort uit die ik voor het werk op zolder droeg en deed mijn dagelijkse schort om voordat ik de ladder af klom om naar haar toe te gaan. Ze stond op de drempel van het atelier, alsof ze aan de rand van een plas stond en verleid werd erin te stappen.

'Wat is er?' zei ik vrij scherp.

'Tanneke heeft je nodig.' Cornelia draaide zich om en liep voor me uit naar de trap. Boven aarzelde ze. 'Wil je me helpen, Griet?' vroeg ze wat klagerig. 'Ga jij maar eerst, als ik dan val kun je me opvangen. De trap is zo steil.'

Het was niets voor haar bang te zijn, zelfs op een trap die ze niet vaak beklom. Ik was geroerd, of misschien voelde ik me gewoon schuldig omdat ik scherp tegen haar was geweest. Ik liep de trap af en stak mijn armen uit. 'Nu jij.'

Cornelia stond bovenaan met haar handen in haar zakken. Ze begon de trap af te lopen, met één hand aan de leuning en de andere tot een stevige vuist gebald. Toen ze bijna beneden was liet ze los en sprong, zodat ze tegen me aan viel, langs mijn borst omlaag gleed en pijnlijk tegen mijn maag duwde. Toen ze beneden was aanbeland, begon ze te lachen, met haar hoofd achterover en haar bruine ogen tot spleetjes dichtgeknepen.

'Stoute meid,' mompelde ik en ik had spijt van mijn zwakheid.

Ik vond Tanneke in de kookkeuken met Johannes op haar schoot.

'Cornelia zei dat je me nodig had.'

'Ja, ze heeft een van haar kragen gescheurd en wil dat jij die verstelt. Ik mocht er niet aankomen van haar – ik weet niet waarom, ze weet dat ik kragen het best kan verstellen.' Toen Tanneke hem aan mij overhandigde, keek ze even naar mijn schort. 'Wat is dat daar? Bloed je?'

Ik keek omlaag. Over mijn buik zat een streep van rood stof als een veeg over een vensterruit. Even dacht ik aan de voorschoten van Pieter de vader en de zoon.

Tanneke bekeek het nauwkeuriger. 'Dat is geen bloed. Het lijkt wel poeder. Hoe is dat daar gekomen?'

Ik bekeek de veeg. Meekrap, dacht ik. Die heb ik een paar weken geleden gemalen.

Alleen ik hoorde het ingehouden gegiechel uit de gang.

Cornelia had een tijd gewacht voor deze ondeugende streek. Ze had zelfs op de een of andere manier kans gezien op zolder te komen en het poeder te stelen.

Ik kon niet snel genoeg een antwoord verzinnen. Toen ik aarzelde, werd Tanneke nog achterdochtiger. 'Heb je aan de spullen van de meester gezeten?' zei ze op beschuldigende toon. Ze had tenslotte model voor hem gestaan en wist wat hij in zijn atelier bewaarde.

'Nee, het was...' Ik zweeg. Als ik klikte over Cornelia zou dat kleingeestig klinken en het zou Tanneke waarschijnlijk niet ervan weerhouden te ontdekken wat ik op zolder deed.

'Ik geloof dat de jonge meesteres dit maar eens moet zien,' besloot ze.

'Nee,' zei ik snel.

Tanneke ging rechtop staan voorzover ze dat kon met een slapend kind op haar schoot. 'Doe je schort af,' commandeerde ze, 'dan kan ik die aan de jonge meesteres laten zien.'

'Tanneke,' zei ik en ik keek haar recht in de ogen, 'als je weet wat goed voor je is, dan ga je Catharina niet lastigvallen; je praat met Maria Thins en niet waar de meisjes bij zijn.'

Die woorden waren het, op die intimiderende toon, die de meeste schade veroorzaakte tussen Tanneke en mij. Het was geen opzet – ik was vertwijfeld en wilde haar gewoon op elke mogelijke manier verhinderen het tegen Catharina te zeggen. Maar ze zou het me nooit vergeven dat ik haar behandelde alsof ze beneden mij stond.

Wat ik zei had in elk geval uitwerking. Tanneke keek me

strak en boos aan, maar haar blik was ook onzeker en er sprak inderdaad de wens uit het tegen haar eigen geliefde meesteres te vertellen. Ze zweefde tussen dat verlangen en de wens mijn onbeschaamdheid te straffen door me niet te gehoorzamen.

'Praat met je meesteres,' zei ik zacht. 'Maar praat met haar als je alleen bent.'

Ofschoon ik met mijn rug naar de deur stond, was ik me vaag bewust dat Cornelia wegglipte.

Tannekes eigen intuïtie kreeg de overhand. Met een stalen gezicht gaf ze mij Johannes en ging Maria Thins zoeken. Voordat ik hem op mijn schoot zette, veegde ik zorgvuldig het rode pigment weg met een lor en gooide die daarna in het vuur. Er bleef toch nog een vlek achter. Ik bleef zitten, met mijn armen om het jongetje en wachtte af tot over mijn lot werd beslist.

Ik kwam er nooit achter wat Maria Thins tegen Tanneke had gezegd, wat voor dreigementen of beloften ze gebruikte om haar de mond te snoeren. Maar het werkte – Tanneke vertelde niets over mijn werk op zolder aan Catharina of de meisjes, en evenmin aan mij. Maar ze pakte me veel harder aan – opzettelijk lastig in plaats van onbewust. Ze stuurde me terug naar de viskramen met de kabeljauw waarnaar ik wist dat ze had gevraagd, terwijl ze zwoer dat ze me had gezegd schol te kopen. Als ze kookte werd ze slonziger en knoeide zoveel vet als ze kon op haar schort, zodat ik de stof langer moest laten weken en harder boenen om het vet eruit te krijgen. Ze liet emmers voor me staan die ik leeg moest gooien en haalde niet langer water om het keukenreservoir te vullen of de vloeren te dweilen. Ze zat me kwaad aan te kijken en weigerde haar voeten te verzetten, zodat ik eromheen moest dweilen en er later achter moest komen dat er onder haar ene voet een kleverig plasje vet had gelegen.

Ze sprak niet vriendelijk meer tegen me. Ze gaf me het gevoel alleen te zijn in een huis vol mensen.

Ik durfde dus geen lekkere hapjes uit de keuken meer mee te nemen om mijn vader wat op te vrolijken. En ik vertelde het niet tegen mijn ouders hoe moeilijk het voor me was geworden aan de Oude Langendijk, hoe voorzichtig ik moest zijn om niet weggestuurd te worden. Ook over de paar goede dingen kon ik niets zeggen – de kleuren die ik maakte, de nachten dat ik alleen in het atelier zat, de momenten als hij en ik zij aan zij werkten en ik verwarmd werd door zijn aanwezigheid.

Ik kon hun alleen maar vertellen over zijn schilderijen.

Op een morgen in april, toen de kou eindelijk was verdwenen, liep ik over de Koornmarkt naar de apotheek, toen Pieter de zoon naast me kwam lopen en me goedendag wenste. Ik had hem eerder niet gezien. Hij droeg een schone voorschoot en had een pakje bij zich dat hij, naar hij zei, verderop aan de Koornmarkt moest afleveren. Hij ging dezelfde kant op als ik en vroeg of hij met me mee mocht lopen. Ik knikte – ik had niet het gevoel dat ik nee kon zeggen. De hele winter door had ik hem een of twee keer per week gezien in de Vleeshal. Ik vond het altijd moeilijk hem aan te kijken – zijn ogen waren net naalden die in mijn huid prikten. Zijn aandacht baarde me zorgen.

'Je ziet er moe uit,' zei hij nu. 'Je ogen zijn rood. Ze laten je te hard werken.'

Ze lieten me inderdaad te hard werken. Mijn meester had me zoveel been gegeven om te malen dat ik heel vroeg op moest staan om het af te maken. En de avond tevoren had Tanneke me pas laat naar bed laten gaan om de keukenvloer opnieuw te schrobben, nadat ze er een hele pan vet over had gemorst.

Ik wilde mijn meester niet de schuld geven. 'Tanneke heeft de pik op mij,' zei ik in plaats daarvan, 'en ze geeft me meer werk. Verder wordt het natuurlijk warmer en we zijn aan de lenteschoonmaak begonnen.' Dat voegde ik eraan toe om hem niet te laten denken dat ik me over haar beklaagde.

'Tanneke is me een rare,' zei hij. 'Maar wel trouw.'

'Aan Maria Thins, ja.'

'Ook aan het gezin. Weet je nog hoe ze Catharina verdedigde tegen haar krankzinnige broer?'

Ik schudde mijn hoofd. 'Ik weet niet wat je bedoelt.'

Pieter keek verbaasd. 'In de Vleeshal is er dagenlang over gekletst. Aha, maar jij roddelt niet, is 't wel? Jij houdt je ogen open, maar je kletst niet en luistert ook niet naar kletspraatjes.' Hij leek dat goed te keuren. 'Ik, ik hoor ze de hele dag van de oudjes die op vlees staan te wachten. Ik kan het niet helpen dat iets ervan blijft hangen.'

'Wat heeft Tanneke gedaan?' vroeg ik ondanks mezelf.

Pieter glimlachte. 'Toen je meesteres zwanger was van het laatste kind op een na – hoe heet hij?'

'Johannes. Net als zijn vader.'

Pieters glimlach versomberde als een wolk die voor de zon drijft. 'Ja, zoals zijn vader.' Hij vervolgde zijn verhaal. 'Op een dag kwam Catharina's broer, Willem, op bezoek aan de Oude Langendijk toen ze zwaar was van haar baby, en begon haar midden op straat af te ranselen.'

'Waarom?'

'Hij heeft ze niet allevijf, zeggen ze. Hij is altijd gewelddadig geweest. Zijn vader ook. Weet je dat de vader en Maria Thins jaren geleden gescheiden zijn? Hij sloeg haar steeds.'

'Sloeg hij Maria Thins?' herhaalde ik verbaasd. Ik had nooit gedacht dat iemand Maria Thins zou slaan.

'Toen Willem dus Catharina begon te slaan, schijnt het

dat Tanneke ertussen is gesprongen om haar te beschermen. Ze heeft hem zelfs stevig geraakt.'

Waar was mijn meester toen dat gebeurde? dacht ik. Hij had niet in zijn atelier kunnen blijven. Dat was onmogelijk. Hij was zeker bij het gilde of bij Van Leeuwenhoek of in Mechelen, de herberg van zijn moeder.

'Het is Maria Thins en Catharina vorig jaar gelukt Willem te laten opsluiten,' vervolgde Pieter. 'Het huis waar hij vastzit kan hij niet verlaten. Daarom heb je hem nooit gezien. Heb je daar werkelijk niets over gehoord? Praten ze niet bij jullie in huis?'

'Niet tegen mij.' Ik dacht aan al die keren dat Catharina en haar moeder hun hoofden bij elkaar staken in de kruisigingskamer en zwegen als ik binnenkwam. 'En ik luister ook niet aan open deuren.'

'Natuurlijk doe je dat niet.' Pieter glimlachte alsof hij een grapje had gemaakt. Net als iedereen dacht hij dat dienstboden afluisterden. Ik was het doelwit van veel vooroordelen die men over dienstboden had.

De rest van de weg zweeg ik. Ik had niet geweten dat Tanneke zo loyaal en dapper kon zijn, ondanks alles wat ze achter Catharina's rug zei, of dat Catharina zo erg was geslagen, of dat Maria Thins zo'n zoon kon hebben. Ik probeerde me voor te stellen dat mijn eigen broer mij op straat zou slaan, maar dat kon ik niet.

Pieter zei niets meer – hij kon merken dat ik in verwarring was. Toen hij me voor de apotheek achterliet, raakte hij alleen licht mijn elleboog aan en vervolgde zijn weg. Ik moest even in het donkergroene water van de gracht staan kijken om alle gedachten van me af te zetten, schudde mijn hoofd en draaide me om naar de deur van de apotheek.

Ik zette een beeld uit mijn hoofd van het mes dat op de keukenvloer van mijn moeder rondtolde.

Op een zondag kwam Pieter naar de dienst in onze kerk. Hij moest na mijn ouders en mij zijn binnengeglipt en was achterin gaan zitten, want ik zag hem pas later toen we buiten met onze buren stonden te praten. Hij stond aan de kant naar mij te kijken. Toen ik hem zag schrok ik. In elk geval is hij protestant, dacht ik. Voorheen wist ik dat niet zeker. Sinds ik in het huis aan de Papenhoek werkte, was ik van een boel dingen niet zeker meer.

Mijn moeder volgde mijn blik. 'Wie is dat?'

'De zoon van de slager.'

Ze keek me bevreemd aan, een beetje verrast, een beetje angstig. 'Ga naar hem toe,' fluisterde ze, 'en haal hem hier.'

Gehoorzaam liep ik naar Pieter. 'Waarom ben je hier?' vroeg ik, en ik wist dat ik beleefder moest zijn.

Hij glimlachte. 'Hallo, Griet. Geen vriendelijke woorden voor mij?'

'Waarom ben je hier?'

'Ik ga naar de diensten in alle kerken in Delft, om te zien welke me het best bevalt. Het kan wel een tijdje duren.' Toen hij mijn gezicht zag, liet hij zijn toon varen – met mij kon je geen grapjes maken. 'Ik kwam hier om jou te zien en je ouders te ontmoeten.'

Ik bloosde zo hevig dat ik dacht dat ik koorts had. 'Ik had liever dat je dat niet deed,' zei ik zacht.

'Waarom niet?'

'Ik ben pas zeventien. Ik, eh – ik denk nog niet zo aan die zaken.'

'Er is geen haast bij,' zei Pieter.

Ik sloeg mijn ogen neer naar zijn handen – ze waren schoon, maar om zijn nagels was nog wat bloed te zien. Ik dacht aan de hand van mijn meester op de mijne, toen hij me liet zien hoe ik been moest malen, en huiverde.

De mensen stonden naar ons te kijken want hij was een

onbekende in onze kerk. En hij was een knappe man – zelfs ik kon dat zien, met zijn lange blonde krullen, heldere ogen en vlotte glimlach. Verscheidene jonge vrouwen probeerden zijn aandacht te trekken.

'Wil je me aan je ouders voorstellen?'

Met tegenzin bracht ik hem bij hen. Pieter knikte tegen mijn moeder en greep de hand van mijn vader vast, die nerveus achteruit stapte. Sinds hij niet meer zag, was hij schuchter als hij onbekenden ontmoette. En hij had nooit eerder kennisgemaakt met een man die belangstelling voor mij had.

'Maak je geen zorgen, vader,' fluisterde ik tegen hem terwijl mijn moeder Pieter voorstelde aan een buurvrouw, 'je zult me niet verliezen.'

'We hebben je al verloren, Griet. We hebben je verloren op het moment dat je dienstbode werd.'

Ik was blij dat hij de tranen niet kon zien die in mijn ooghoeken prikten.

Pieter de zoon kwam niet elke week naar onze kerk, maar hij kwam vaak genoeg om mij elke zondag nerveus te maken, mijn rok meer dan nodig was glad te strijken en mijn lippen op elkaar te persen als we in onze kerkbank zaten.

'Is hij er? Is hij hier?' vroeg mijn vader elke zondag, zijn hoofd naar links en rechts draaiend.

Ik liet mijn moeder antwoorden. 'Ja,' zei ze dan, 'hij is hier,' of 'Nee, hij is niet gekomen.'

Pieter begroette altijd mijn ouders voordat hij mij groette. In het begin voelden ze zich niet op hun gemak bij hem. Maar Pieter kon heel gemakkelijk met hen praten en hun verlegen antwoorden en lange stilzwijgen negeren. Hij wist hoe hij met mensen moest praten omdat hij er zoveel ontmoette in de kraam van zijn vader. Na verscheidene zondagen raakten mijn ouders aan hem gewend. De eerste keer dat mijn vader lachte om iets wat Pieter zei, was hij zo verbaasd over zichzelf dat hij onmiddellijk zijn voorhoofd fronste, totdat Pieter iets anders zei wat hem weer aan het lachen maakte.

Er was altijd een moment nadat ze met elkaar hadden gepraat, dat mijn ouders achteruit stapten en ons alleen lieten. Pieter liet hen wijselijk besluiten wanneer. De eerste paar keer gebeurde het helemaal niet. Toen nam mijn moeder op een zondag opvallend de arm van mijn vader en zei: 'Laten we eens met de dominee gaan praten.'

Een paar zondagen vreesde ik dat moment, tot ook ik eraan gewend raakte alleen met hem te zijn voor zoveel waakzame ogen. Soms plaagde Pieter me een beetje, maar hij vroeg vaker wat ik die week had gedaan, of hij vertelde me verhalen die hij in de Vleeshal had gehoord, of hij beschreef veilingen op de Beestenmarkt. Hij toonde geduld met mij als ik met mijn mond vol tanden stond of scherp of afwijzend was.

Hij vroeg me nooit naar mijn meester. Ik vertelde hem nooit dat ik met de kleuren werkte. Ik was blij dat hij het me niet vroeg.

Op die zondagen voelde ik me erg verward. Ik merkte dat ik, als ik naar Pieter hoorde te luisteren, aan mijn meester dacht.

Op een zondag in mei, toen ik bijna een jaar in het huis aan de Oude Langendijk had gewerkt, zei mijn moeder tegen Pieter vlak voordat zij en mijn vader ons alleen lieten: 'Wil je misschien bij ons komen eten, na de dienst van aanstaande zondag?'

Pieter glimlachte ik gaapte haar met open mond aan.

Daarna hoorde ik nauwelijks wat hij zei. Toen hij eindelijk vertrok en mijn ouders en ik naar huis liepen, moest ik op mijn lippen bijten om het niet uit te schreeuwen. 'Waarom heeft u me niet verteld dat u Pieter ging uitnodigen?' mompelde ik.

Mijn moeder keek me van opzij aan. 'Het wordt tijd dat we hem vragen,' zei ze alleen.

Ze had gelijk – het zou onbeleefd van ons zijn hem niet in ons huis uit te nodigen. Ik had het spel met een man nooit eerder gespeeld, maar ik had gezien hoe dat met anderen ging. Als Pieter serieus was, zouden mijn ouders hem serieus moeten behandelen.

Ik wist ook wat een last het hun zou geven hem bij ons te laten komen. Mijn ouders hadden nu heel weinig. Ondanks mijn loon en wat mijn moeder verdiende met wol spinnen voor anderen, hadden ze nauwelijks genoeg eten voor zichzelf, laat staan voor een extra mond – en dan ook nog een slagersmond. Ik kon weinig doen om hen te helpen – uit Tannekes keuken nemen wat ik maar kon, wat hout misschien, een paar uien, wat brood. Ze zouden die week minder eten en niet zo vaak de haard aansteken, alleen om hem behoorlijk te kunnen voeden.

Maar ze stonden erop dat hij kwam. Ze wilden het mij niet zeggen, maar hem te eten geven zagen ze waarschijnlijk als een manier om in de toekomst onze eigen magen te vullen. De vrouw van een slager – en haar ouders – zouden altijd goed eten. Een beetje honger nu zou op den duur een volle maag opleveren.

Later, toen hij regelmatig begon te komen, stuurde Pieter hun gratis vlees dat mijn moeder dan klaarmaakte voor de zondag. Maar bij dat eerste zondagsdiner was ze zo verstandig een slagerszoon geen vlees voor te zetten. Hij zou precies hebben kunnen zien hoe arm ze waren aan de grootte van het stuk vlees. In plaats daarvan maakte ze een stevige vissoep en deed er zelfs garnalen en kreeft in, zonder mij te vertellen hoe ze kans had gezien daarvoor te betalen.

Het huis was weliswaar armoedig, maar het blonk van haar poetsen. Ze had een paar van de beste tegels van mijn vader gepakt, die ze nog niet had hoeven verkopen, ze opgepoetst en tegen de muur gezet, zodat Pieter er onder het eten naar kon kijken. Hij prees de soep van mijn moeder en zijn woorden waren gemeend. Ze was blij en bloosde glimlachend en gaf hem nog wat. Later vroeg hij mijn vader naar de tegels, beschreef ze totdat mijn vader wist welke het was en de beschrijving kon afmaken.

'Griet heeft de beste,' zei hij, nadat ze alle tegels die in de kamer stonden hadden afgewerkt. 'Die is van haar en haar broer.'

'Die zou ik graag zien,' mompelde Pieter.

Ik bekeek mijn gekloofde handen in mijn schoot en slikte moeizaam. Ik had hun niet verteld wat Cornelia met mijn tegel had gedaan.

Toen Pieter wegging, fluisterde mijn moeder tegen me dat ik met hem mee moest lopen tot het eind van de straat. Ik liep naast hem en wist zeker dat onze buren ons nastaarden, al was het een regenachtige dag en waren er weinig mensen op straat. Ik had een gevoel of mijn ouders me op straat hadden gezet, dat er een afspraak was gemaakt en dat ik werd doorgegeven in de handen van een man. In elk geval is hij een goede man, dacht ik, ook al zijn zijn handen niet zo schoon als ze horen te zijn.

Dicht bij de Rietveldgracht was een steegje waarheen Pieter me leidde, met zijn hand onder op mijn rug. Agnes verstopte zich daar altijd toen we als kinderen verstoppertje speelden. Ik ging tegen de muur staan en Pieter kuste me. Hij was zo onstuimig dat hij in mijn lippen beet. Ik slaakte geen kreet van pijn – ik likte het zilte bloed weg en keek over zijn schouder naar de natte stenen muur aan de overkant terwijl hij zich tegen me aanduwde. Er viel een regendruppel in mijn oog.

Ik wilde hem niet alles laten doen waar hij zin in had. Na een tijdje zette Pieter een stap achteruit. Hij stak een hand uit naar mijn hoofd. Ik week terug.

'Jij draagt graag mutsen, nietwaar?' zei hij.

'Ik ben niet zo rijk dat ik mijn haren kan opmaken en zonder muts kan lopen,' snauwde ik. 'En ik ben ook geen – ' Ik maakte de zin niet af. Ik hoefde hem niet te vertellen wat voor soort andere vrouw haar hoofd onbedekt liet.

'Maar je muts bedekt al je haren. Waarom is dat? De meeste vrouwen laten nog iets van hun haar zien.'

Ik gaf geen antwoord.

'Wat voor kleur haar heb je?'

'Bruin.'

'Licht of donker?'

'Donker.'

Pieter glimlachte alsof hij een spelletje speelde met een kind. 'Steil of krullen?'

'Geen van tweeën. Beide.' Ik kromp ineen, zo verward was ik.

'Lang of kort?'

Ik aarzelde. 'Tot onder mijn schouders.'

Hij bleef tegen me glimlachen, kuste me toen nog een keer en liep weg in de richting van de Markt.

Ik had geaarzeld omdat ik niet wilde liegen maar ik wilde ook niet dat hij het wist. Mijn haar was lang en het was niet te temmen. Als het onbedekt was, leek het aan een andere Griet te behoren – een Griet die in een steegje alleen stond met een man, die niet zo rustig en stil en schoon was. Een Griet als de vrouwen die hun hoofd durfden te ontbloten. Daarom hield ik mijn haren helemaal verborgen – zodat er geen spoortje van die Griet zichtbaar zou zijn.

Hij maakte het schilderij van de bakkersdochter af. Dit keer wist ik het van tevoren, want hij had me niet meer gevraagd kleuren te malen en te wassen. Hij gebruikte nu niet veel verf, en bracht ook geen onverwachte veranderingen meer aan, zoals hij had gedaan bij de vrouw met het parelsnoer. Hij had eerder veranderingen aangebracht, had een van de stoelen uit het schilderij gehaald en had de landkaart verschoven langs de muur. Zulke veranderingen verbaasden me nu niet zozeer meer, want ik had de kans gehad ze zelf te bedenken, en ik wist dat het schilderij beter werd als hij dat deed.

Hij leende opnieuw de camera obscura van Van Leeuwenhoek om het tafereel voor het laatst nog eens te bekijken. Toen hij alles had klaargezet, liet hij er mij ook door kijken. Ofschoon ik nog steeds niet begreep hoe het werkte, begon ik de taferelen te bewonderen die de camera in zijn binnenste creëerde, de omgekeerde miniatuurbeelden van dingen in de kamer. De kleuren van gewone voorwerpen werden helderder – het tafelkleed kreeg een dieper rood, de muurkaart een intens bruin als een glas ale dat je tegen het zonlicht houdt. Ik wist niet zeker hoe de camera hem hielp beter te schilderen, maar ik begon meer op Maria Thins te lijken – als hij er sneller door ging schilderen, ging ik er niet naar vragen.

Maar hij schilderde niet sneller. Hij deed vijf maanden over het meisje met de waterkan. Ik maakte me vaak zorgen dat Maria Thins me zou verwijten dat ik hem niet had geholpen sneller te schilderen en me zou zeggen mijn spullen te pakken en te vertrekken.

Dat deed ze niet. Ze wist dat hij het die winter erg druk had gehad bij het gilde, en ook in Mechelen. Misschien had ze besloten af te wachten of de zaken die zomer zouden veranderen. Of misschien vond ze het moeilijk hem te vermanen omdat ze het schilderij zo mooi vond.

'Het is jammer dat zo'n mooi schilderij maar naar de bakker gaat,' zei ze op een dag. 'We hadden meer kunnen berekenen als het voor Van Ruijven was.' Het was duidelijk dat zij de afspraken maakte, terwijl hij schilderde.

De bakker vond het schilderij ook mooi. De dag waarop hij het kwam bezichtigen was heel anders dan het formele bezoek dat Van Ruijven en zijn vrouw een aantal maanden eerder hadden afgelegd om naar hun schilderij te kijken. De bakker bracht zijn hele gezin mee, met nog verscheidene kinderen erbij en een zuster of twee. Hij was een vrolijke man met een gezicht dat altijd rood zag door de gloed van zijn ovens en zijn haren leken in meel gedompeld te zijn. Hij wees de wijn af die Maria Thins aanbood en had liever een kroes bier. Hij was dol op kinderen en drong aan dat de vier meisjes en Johannes in het atelier mochten. Zij waren ook dol op hem – elke keer als hij op bezoek kwam, bracht hij weer een schelp mee voor hun collectie. Dit keer was het een trompetschelp zo groot als mijn hand, ruw en met punten en wit met gele vlekjes op de buitenkant, vanbinnen glanzend geel, roze en oranje. De meisjes waren opgetogen en renden weg om hun andere schelpen te halen. Ze brachten ze naar boven en zij en de kinderen van de bakker speelden ermee in de voorraadkamer, terwijl Tanneke en ik de gasten in het atelier bedienden.

De bakker kondigde aan dat hij tevreden was over het schilderij. 'Mijn dochter staat er goed op en dat is voldoende voor mij,' zei hij.

Later klaagde Maria Thins dat hij er niet zo goed naar had gekeken als Van Ruijven dat gedaan zou hebben, dat zijn zintuigen afgestompt waren door het bier dat hij dronk en omdat hij zoveel rommel om zich heen had. Ik was het er niet mee eens, al zei ik dat niet. Mij kwam het voor dat de bakker een eerlijke reactie had op het schilderij. Als Van Ruijven schilderijen bekeek, deed hij te zeer zijn best, met honingzoete woorden en geforceerde uitdrukkingen. Hij was zich te zeer bewust dat er toeschouwers waren voor wie hij optrad, terwijl de bakker alleen zei wat hij dacht.

Ik keek even wat de kinderen deden in de voorraadkamer. Ze zaten over de vloer verspreid schelpen te sorteren en overal zand te morsen. De kisten en boeken en borden en kussens die daar bewaard werden interesseerden hun niet.

Cornelia klom van de trap naar de zolder. Ze sprong van drie sporten af en riep triomfantelijk toen ze met een bons op de vloer belandde. Toen ze me even aankeek, stonden haar ogen uitdagend. Een van de zonen van de bakker, ongeveer zo oud als Aleydis, klom een stukje de ladder op en sprong op de vloer. Daarna probeerde Aleydis het en nog een kind en weer een.

Ik had nooit geweten hoe Cornelia kans zag naar de zolder te komen en de meekrap te stelen waarmee mijn schort rood werd gekleurd. Het zat in haar aard om sluw te zijn, weg te glippen als niemand keek. Ik had niets tegen Maria Thins of tegen hem gezegd over het stelen. Ik wist niet zeker of ze me zouden geloven. In plaats daarvan had ik er goed voor gezorgd de kleuren af te sluiten wanneer hij en ik er niet waren.

Ik zei niets tegen haar terwijl ze naast Maertge op de vloer lag. Maar die avond controleerde ik mijn spulletjes. Alles was er – mijn gebroken tegel, mijn schildpadkam, mijn gebedenboek, mijn geborduurde zakdoeken, mijn kragen, mijn onderhemden, mijn schorten en mutsen. Ik telde ze, sorteerde ze en vouwde ze weer op.

Daarna controleerde ik de kleuren, om zeker te zijn, en zo te zien was er met het kastje niet gerommeld.

Misschien was ze toch gewoon een kind dat op ladders klom om eraf te springen, dat een spelletje speelde in plaats van ondeugend te zijn.

De bakker haalde in mei zijn doek op, maar pas in juli begon mijn meester aan het volgende schilderij. Ik maakte me zorgen over de vertraging en verwachtte dat Maria Thins het mij zou verwijten, al wisten we beiden dat het mijn schuld niet was. Toen hoorde ik haar op een dag tegen Catharina zeggen dat een vriend van Van Ruijven het schilderij van zijn vrouw met het parelsnoer had gezien en vond dat ze eigenlijk niet in een spiegel moest kijken maar naar buiten. Daarom had Van Ruijven besloten dat hij een schilderij wilde met het gezicht van zijn vrouw naar de schilder gekeerd. 'Die pose schildert hij niet vaak,' zei ze.

Catharina's antwoord kon ik niet horen. Even hield ik op de vloer van de meisjeskamer aan te vegen.

'Je weet het laatste nog wel,' herinnerde Maria Thins haar. 'De meid. Weet je nog, Van Ruijven en de meid in de rode jurk?'

Catharina proestte het uit van het lachen.

'Dat was de laatste keer dat iemand op een van zijn schilderijen naar de beschouwer keek en wat een schandaal was dat niet! Ik was er zeker van dat hij nee zou zeggen als Van Ruijven het dit keer voorstelde, maar hij heeft erin toegestemd.'

Ik kon het niet aan Maria Thins vragen, want dan zou ze weten dat ik hen had afgeluisterd. Ik kon het Tanneke ook niet vragen, want die vertelde me nu geen roddelpraatjes meer. Dus vroeg ik Pieter de zoon, op een dag dat er weinig mensen bij zijn kraam waren, of hij het verhaal van de meid in de rode jurk ooit had gehoord.

'O ja, het verhaal heeft in de hele Vleeshal de ronde gedaan,' antwoorde hij grinnikend. Hij boog zich naar voren en begon de uitgestalde koeientongen te verleggen. 'Het was een paar jaar geleden. Kennelijk wilde Van Ruijven met een van zijn keukenmeiden model zitten voor een schilderij. Ze kleedden haar in een van de jurken van zijn vrouw, een rode, en Van Ruijven zorgde ervoor dat er wijn voorkwam in het schilderij, zodat hij haar dronken kon voeren, elke keer als ze samen model zaten. En ja hoor, voordat het schilderij klaar was droeg zij het kind van Van Ruijven.'

'Wat is er met haar gebeurd?'

Pieter trok de schouders op. 'Wat gebeurt er met zulke meisjes?'

Mijn bloed verkilde bij zijn woorden. Natuurlijk had ik zulke verhalen eerder gehoord, maar nooit een van zo dichtbij. Ik dacht aan mijn droom om Catharina's kleren te dragen, aan Van Ruijven die me in de gang bij mijn kin pakte, aan wat hij tegen mijn meester zei: 'Je zou haar eens moeten schilderen.'

Pieter was met gefronst voorhoofd opgehouden met wat hij aan het doen was. 'Waarom wil je dat weten over haar?'

'Zomaar,' antwoordde ik luchtig. 'Gewoon iets wat ik heb gehoord. Het betekent niets.'

Ik was er niet bij geweest toen hij het tafereel voor het schilderij van de bakkersdochter opbouwde – toen hielp ik hem nog niet. De eerste keer echter dat Van Ruijvens vrouw voor hem kwam poseren, was ik op zolder aan het werk en kon ik horen wat hij zei. Zij was een rustige vrouw. Ze deed zonder tegensputteren wat hij van haar vroeg. Zelfs haar deftige schoenen klikten niet over de tegelvloer. Hij liet haar bij het raam staan waar de luiken openstonden, daarna in een van de twee stoelen met leeuwenkoppen zitten die om de tafel stonden. Ik hoorde hem een paar luiken dichttrekken. 'Dit doek zal donkerder worden dan het laatste,' zei hij.

Ze reageerde er niet op. Het was alsof hij in zichzelf sprak. Na een tijdje riep hij naar mij op zolder. Toen ik bij hem kwam, zei hij: 'Griet, ga de gele mantel van mijn vrouw eens halen, en haar parelsnoer en oorbellen.'

Catharina was die middag op bezoek bij vrienden, daarom kon ik haar niet om haar juwelen vragen. In plaats daarvan ging ik naar Maria Thins in de kruisigingskamer, die Catharina's sieradenkistje ontsloot en mij het halssnoer en de oorbellen gaf. Daarna haalde ik de mantel uit de kast in de grote zaal, schudde die uit en vouwde hem zorgvuldig over mijn arm. Ik had hem nooit eerder aangeraakt. Ik liet mijn neus in het bont zakken – het was heel zacht, als van een babykonijntje.

Toen ik door de gang naar de trap liep, voelde ik die plotselinge aandrang om met de rijkdommen in mijn armen de deur uit te rennen. Ik kon naar de ster midden op de Markt gaan, een richting uitkiezen, die volgen en nooit meer terugkomen.

In plaats daarvan keerde ik terug naar de vrouw van Van Ruijven en hielp haar in de mantel. Die droeg ze alsof het een tweede huid voor haar was. Nadat ze de oorbellen door de gaatjes in haar oorlelletjes had gestoken deed ze het parelsnoer om haar hals. Ik had de linten opgepakt om het halssnoer voor haar vast te knopen, toen hij zei: 'Draag het halssnoer liever niet. Laat het maar op tafel liggen.'

Ze ging weer zitten. Hij zat in zijn stoel en bestudeerde haar. Ze leek het niet erg te vinden – ze staarde nietsziend voor zich uit, zoals hij had geprobeerd mij te laten doen.

'Kijk eens naar me,' zei hij.

Ze keek naar hem. Haar ogen waren groot en donker, bijna zwart.

Hij legde een tapijtkleedje op tafel en verving dat toen

door een blauwe doek. Hij had de parels in een rij op tafel gelegd, vervolgens op een hoopje en daarna weer in een rij. Hij vroeg haar te gaan staan, te gaan zitten, daarna achterover te leunen en dan weer voorover geleund te gaan zitten.

Ik dacht dat hij vergeten was dat ik vanuit de hoek toekeek, toen hij zei: 'Griet, haal me Catharina's poederkwast eens.'

Hij liet haar de kwast opheffen naar haar gezicht, op tafel leggen terwijl haar hand hem nog vasthield, aan de kant leggen. Hij gaf hem aan mij. 'Breng hem terug.'

Toen ik terugkwam, had hij haar een ganzenveer en papier gegeven. Ze zat voorovergebogen in de stoel en schreef, met rechts van haar een inktpot. Hij trok een paar bovenluiken open en sloot de onderste. De kamer werd donkerder, maar het licht scheen op haar hoge ronde voorhoofd, op haar arm die op tafel lag, op de mouw van de gele mantel.

'Beweeg je hand een beetje naar voren,' zei hij. 'Daar.'

Ze schreef.

'Kijk me eens aan,' zei hij.

Ze keek hem aan.

Hij haalde een landkaart uit de voorraadkamer en hing die achter haar aan de muur. Hij haalde hem er weer af. Hij probeerde een klein landschap, een schilderij van een schip, de kale muur. Toen verdween hij naar beneden.

Terwijl hij weg was, bleef ik goed naar Van Ruijvens vrouw kijken. Het was misschien onbeleefd van me, maar ik wilde zien wat ze zou doen. Ze bewoog zich niet. Ze leek zich volledig in haar pose in te leven. Tegen de tijd dat hij terugkwam met een stilleven van muziekinstrumenten, leek het alsof ze altijd aan de tafel haar brief had zitten schrijven. Ik had gehoord dat hij haar één keer eerder had geschilderd terwijl ze op een luit speelde, vóór het vorige halssnoerdoek. Ze zou nu wel hebben geleerd wat hij van een model verlangde. Misschien was zij eenvoudig zoals hij haar hebben wilde.

Hij hing het schilderij achter haar en ging haar weer zitten bestuderen. Terwijl ze elkaar zo aankeken, had ik het gevoel dat ik er helemaal niet bij was. Ik wilde weggaan, teruggaan naar mijn kleuren, maar ik durfde het moment niet te verstoren.

'De volgende keer dat je komt moet je witte linten dragen in je haar, in plaats van roze, en een geel lint om je haren vanachter vast te binden.'

Ze knikte zo licht dat haar hoofd zich nauwelijks bewoog.

'Je kunt weer op je gemak gaan zitten.'

Toen hij haar vrijliet, vond ik dat ik weer kon gaan.

De volgende dag trok hij nog een stoel naar de tafel. De dag daarna bracht hij het sieradenkistje van Catharina mee naar boven en zette dat op de tafel. De laatjes ervan waren afgezet met parels rond de sleutelgaten.

Van Leeuwenhoek arriveerde met de camera obscura terwijl ik op zolder aan het werk was. 'Je zult er op den duur zelf een moeten hebben,' hoorde ik hem zeggen met zijn diepe stem. 'Al moet ik zeggen dat het me de kans geeft te zien wat je aan het schilderen bent. Waar is het model?'

'Ze kon niet komen.'

'Dat is een probleem.'

'Nee. Griet,' riep hij.

Ik klom de ladder af. Toen ik in het atelier verscheen, keek Van Leeuwenhoek me verbaasd aan. Hij had heel helder bruine ogen, met dikke oogleden zodat hij er slaperig uitzag. Hij was echter verre van slaperig, maar alert en verrast met zijn mondhoeken strak naar binnen getrokken.

Ondanks zijn verbazing dat hij mij zag, had hij iets vriendelijks over zich en toen hij bekomen was, boog hij zelfs.

Geen heer had ooit eerder voor mij gebogen. Ik kon het niet helpen – ik glimlachte.

Van Leeuwenhoek lachte. 'Wat was je daarboven aan het doen, meisje?'

'Ik heb pigmentpoeder gemaakt, meneer.'

Hij draaide zich naar mijn meester. 'Een assistente! Wat heb je verder nog voor verrassingen voor me? Straks ga je haar nog leren je vrouwen voor jou te schilderen.'

Mijn meester vond het niet leuk. 'Griet,' zei hij, 'ga eens zitten zoals je laatst de vrouw van Van Ruijven hebt zien zitten.'

Ik liep nerveus naar de stoel en ging voorovergebogen zitten zoals zij had gedaan.

'Pak de ganzenveer eens.'

Die pakte ik met bevende hand zodat de veer trilde en ik legde mijn handen neer zoals ik me die van haar herinnerde. Ik hoopte vurig dat hij me niet zou vragen iets te schrijven zoals hij de vrouw van Van Ruijven had gevraagd. Mijn vader had me geleerd mijn naam te schrijven, maar weinig meer. Ik wist in elk geval hoe ik de pen moest vasthouden. Ik keek even naar de papieren op tafel en vroeg me af wat de vrouw van Van Ruijven erop had geschreven. Ik kon een beetje lezen, dingen die me vertrouwd waren, zoals mijn gebedenboek, maar niet het handschrift van een dame.

'Kijk me eens aan.'

Ik keek naar hem. Ik probeerde Van Ruijvens vrouw te zijn.

Hij schraapte zijn keel. 'Ze zal de gele mantel dragen,' zei hij tegen Van Leeuwenhoek, die knikte.

Mijn meester ging staan en ze stelden de camera obscura

zodanig op dat hij op mij was gericht. Daarna keken ze om beurten. Als ze over de kist gebogen stonden met het zwarte gewaad over hun hoofden, werd het voor mij gemakkelijker te blijven zitten en aan niets te denken, zoals ik wist dat hij me wilde laten doen.

Hij liet Van Leeuwenhoek een paar keer het schilderij tegen de achtermuur verhangen, voordat hij tevreden was met de plaats, daarna luiken openen en sluiten terwijl hij zijn hoofd onder het kleed hield. Eindelijk leek hij tevreden. Hij ging staan en vouwde het gewaad over de rugleuning van de stoel, liep vervolgens naar zijn bureau, pakte een stuk papier en gaf dat aan Van Leeuwenhoek. Ze begonnen over de inhoud te praten – gildezaken waarover hij advies wilde hebben. Ze spraken lange tijd.

Van Leeuwenhoek keek op. 'In hemelsnaam, man, laat dat meisje weer aan haar werk gaan.'

Mijn meester keek naar me alsof hij verrast was dat ik nog steeds aan de tafel zat met de pen in de hand. 'Griet, je kunt nu wel gaan.'

Toen ik wegging, dacht ik een blik van medelijden op Van Leeuwenhoeks gezicht te zien.

Hij liet de camera een tijdje zo opgesteld staan in het atelier. Ik kon er verscheidene keren alleen in kijken, dralend bij de voorwerpen op de tafel. Iets in het tafereel dat hij zou gaan schilderen, zat me dwars. Het was alsof ik naar een schilderij keek dat scheef was opgehangen. Ik wilde iets veranderen, maar ik wist niet wat. De kist gaf me geen oplossing.

Op een dag kwam Van Ruijvens vrouw weer en hij bekeek haar lange tijd door de camera. Ik kwam toevallig door het atelier terwijl zijn hoofd bedekt was, en ik liep zo stil mogelijk om hem niet te storen. Even bleef ik achter hem staan om naar het tafereel met haar erin te kijken. Ze moest me hebben gezien maar liet niets merken en bleef met haar donkere ogen recht naar hem staren.

Toen wist ik ineens dat het tafereel te netjes was. Ofschoon ik netheid boven bijna alles waardeerde, wist ik van zijn andere doeken dat er op tafel wat wanorde moest zijn, iets wat het oog zou trekken. Ik dacht aan elk voorwerp – het sieradenkistje, het blauwe tafelkleed, de parels, de brief, de inktpot – en besloot wat ik zou veranderen. Stilletjes ging ik terug naar de zolder, verbaasd over mijn stoutmoedige gedachten.

Zodra het me duidelijk was wat hij met het tafereel moest doen, wachtte ik af tot hij de verandering zou aanbrengen.

Hij verplaatste niets op de tafel. Hij stelde de luiken wat bij, veranderde iets aan de pose van haar hoofd, de hoek van de ganzenveer. Maar hij veranderde niet wat ik van hem had verwacht.

Ik dacht erover na terwijl ik lakens uitwrong, terwijl ik het spit draaide voor Tanneke, terwijl ik de keukentegels veegde, terwijl ik kleuren spoelde. Als ik 's avonds in bed lag, dacht ik eraan. Soms stond ik op om nog eens te kijken. Nee, ik vergiste me niet.

Hij bracht de camera terug naar Van Leeuwenhoek.

Wanneer ik maar naar het tafereel keek, voelde ik een druk op mijn borst, alsof er iets zwaars op lag.

Hij zette een canvas op de ezel en schilderde een laag loodwit en kalk, vermengd met een beetje gebrande sienna en gele oker.

Mijn borst werd beklemder terwijl ik op hem wachtte.

Hij schetste de omtrek van de vrouw en van elk voorwerp lichtjes met een roodachtig bruin.

Toen hij grote vlekken valse kleuren begon te schilderen, dacht ik dat mijn borst zou openbarsten als een zak waar te veel meel in gestort is.

Terwijl ik op een nacht in bed lag, besloot ik dat ik zelf de verandering moest aanbrengen.

De volgende morgen poetste ik, zette het sieradenkistje voorzichtig terug, legde de parels weer in een lijn, legde de brief weer neer, poetste de inktpot en zette die terug. Ik haalde diep adem om de druk op mijn borst te verlichten. Daarna trok ik met een snelle beweging de voorkant van het blauwe kleed naar de tafel toe, zodat het vloeiend uit de donkere schaduwen onder de tafel kwam en schuin op de tafel voor het sieradenkistje lag. Ik verschikte wat aan de lijnen van de plooi en deed een stap achteruit. De plooi lag nu evenwijdig met de arm van Van Ruijvens vrouw zoals die op de tafel rustte.

Ja, dacht ik en ik perste mijn lippen samen. Misschien stuurt hij me weg omdat ik het heb veranderd, maar nu is het beter.

Die middag ging ik niet naar de zolder, al was er daar voldoende werk voor me. Ik ging buiten op de bank met Tanneke hemden zitten verstellen. Die morgen was hij niet naar zijn atelier gegaan, maar naar het gilde en hij had gegeten bij Van Leeuwenhoek. De verandering had hij nog niet gezien.

Ongerust wachtte ik af op de bank. Zelfs Tanneke, die probeerde me te negeren, merkte mijn stemming op. 'Wat mankeert jou, meisje?' vroeg ze. Ze was me meisje gaan noemen, net als haar meesteres. 'Je bent net een kip die weet dat ze geslacht gaat worden.'

'Niets,' zei ik. 'Vertel me eens wat er gebeurde toen Catharina's broer hier voor de laatste keer kwam. Ik hoorde het op de markt. Ze hebben het nog steeds over jou,' voegde ik eraan toe, in de hoop haar af te leiden en te vleien, en zo te verbergen hoe ik onhandig haar vraag uit de weg ging.

Heel even ging Tanneke recht zitten, totdat ze zich herinnerde wie dat vroeg. 'Dat gaat je niks aan,' snauwde ze. 'Dat zijn familiezaken, niet voor mensen zoals jij.'

Een paar maanden eerder zou ze met veel genoegen een verhaal hebben verteld dat haar in een zo gunstig mogelijk licht plaatste. Maar ik was het die erom vroeg, en ik was niet te vertrouwen, mocht mijn zin niet krijgen, mocht niet naar haar luisteren, al moest het haar pijn hebben gedaan de kans om op te scheppen voorbij te laten gaan.

Toen zag ik hem – hij liep op ons af over de Oude Langendijk, met zijn hoed schuin om zijn gezicht te beschermen tegen de lentezon, zijn donkere cape naar achteren geslagen over zijn schouders. Toen hij dichterbij kwam, kon ik niet naar hem kijken.

'Goedemiddag, meneer,' kraaide Tanneke op een heel andere toon.

'Hallo, Tanneke. Zit je van de zon te genieten?'

'O ja, meneer, ik voel graag de zon op mijn gezicht.'

Ik hield mijn ogen gericht op de steken die ik maakte. Ik kon voelen dat hij naar me keek.

Nadat hij naar binnen was gegaan, siste Tanneke tegen me: 'Je begroet de meester als hij je aanspreekt, meisje. Je manieren zijn schandalig.'

'Hij sprak tegen jou.'

'En zo hoort het ook. Maar je hoeft niet zo onbeleefd te zijn, anders kom je op straat te staan en kun je nergens meer terecht.'

Nu moest hij boven zijn, dacht ik. Hij moet gezien hebben wat ik gedaan heb.

Ik wachtte af en kon nauwelijks nog mijn naald vasthouden. Ik wist niet precies wat ik verwachtte. Zou hij me een standje geven waar Tanneke bij was? Zou hij voor het eerst sinds ik in zijn huis was komen wonen, zijn stem verheffen? Zou hij zeggen dat het schilderij geruïneerd was?

Misschien zou hij gewoon het blauwe kleed omlaag trekken zodat het hing als tevoren. Misschien zou hij niets tegen me zeggen.

Later die avond zag ik hem heel even toen hij naar beneden kwam voor het avondeten. Hij leek noch blij, noch boos te zijn. Hij negeerde me niet maar hij keek me ook niet aan.

Toen ik naar bed ging, keek ik even of hij het kleed zo had getrokken als het hing voordat ik het aanraakte.

Dat had hij niet. Ik hield mijn kaars bij de ezel – hij had de plooien van het kleed opnieuw geschetst in roodachtig bruin. Hij had mijn verandering aangebracht.

Die avond lag ik glimlachend in bed.

De volgende morgen kwam hij binnen toen ik om het sieradenkistje aan het poetsen was. Hij had nog nooit gezien hoe ik de positie van de dingen afmat. Ik had mijn arm langs de ene rand gelegd en verplaatste het kistje om eronder en eromheen te stoffen. Toen ik opkeek stond hij naar mij te kijken. Hij zei niets. Ik ook niet – ik was erop geconcentreerd het kistje precies zo terug te zetten als het had gestaan. Daarna sponsde ik het blauwe kleed af met een vochtige doek, speciaal voorzichtig bij de plooien die ik had gemaakt. Mijn handen beefden een beetje terwijl ik schoonmaakte.

Toen ik klaar was keek ik hem aan.

'Vertel me eens, Griet, waarom heb je het tafelkleed veranderd?' Zijn stem klonk hetzelfde als toen hij me had gevraagd over de groente in het huis van mijn ouders.

Ik dacht even na. 'Er hoort wat wanorde te zijn in het tafereel, om te contrasteren met de rust,' legde ik uit. 'Iets wat het oog trekt. En toch moet het ook iets zijn wat het oog streelt, en dat is het omdat het kleed en haar arm in dezelfde richting wijzen.'

Lang was het stil. Hij staarde naar de tafel. Ik wachtte en veegde mijn handen af aan mijn schort.

'Ik had niet gedacht dat ik nog eens iets zou leren van een dienstbode,' zei hij ten slotte.

Op zondag kwam mijn moeder bij ons staan terwijl ik het nieuwe schilderij beschreef voor mijn vader. Pieter was er ook en hield zijn ogen gericht op een plek zonlicht op de vloer. Hij was altijd stil als we spraken over de schilderijen van mijn meester.

Ik vertelde hun niet over de verandering die ik had aangebracht en die mijn meester goedkeurde.

'Ik geloof niet dat zijn schilderijen goed zijn voor de ziel,' zei mijn moeder plotseling. Ze fronste haar wenkbrauwen. Ze had nooit eerder over zijn werk gesproken.

Mijn vader keerde verrast zijn gezicht naar haar toe.

'Goed voor de beurs, dat is aannemelijker,' grapte Frans. Het was een van die zeldzame zondagen dat hij op bezoek kwam. De laatste tijd was hij geobsedeerd geraakt door geld. Hij ondervroeg me over de waarde van de dingen in het huis aan de Oude Langendijk, over de parels en de mantel in het schilderij, over het met parels bezette sieradenkistje en wat erin zat, over het aantal en de afmetingen van de schilderijen die aan de muren hingen. Ik vertelde hem niet veel. Ik vond het erg dat te moeten denken van mijn eigen broer, maar ik vreesde dat zijn gedachten nu gericht waren op gemakkelijker manieren om geld te verdienen dan als leerling in een tegelfabriek. Ik vermoedde dat hij alleen maar droomde, maar ik wilde die dromen niet aanmoedigen met visioenen van dure voorwerpen binnen zijn bereik – of dat van zijn zuster.

'Wat bedoel je, moeder?' vroeg ik en ik negeerde Frans.

'Er zit iets gevaarlijks in jouw beschrijving van zijn schilderijen,' legde ze uit. 'Zoals jij praat, zouden het religieuze taferelen kunnen zijn. Het is alsof de vrouw die je beschrijft de Maagd Maria is, terwijl het gewoon een vrouw is die een brief schrijft. Je geeft het schilderij een betekenis die het niet heeft. Er zijn duizenden schilderijen in Delft. Je kunt ze overal zien, even gemakkelijk in een herberg hangend als in het huis van een rijke man. Je zou het dienstbodenloon voor twee weken kunnen nemen en er een op de markt kopen.'

'Als ik dat deed,' antwoordde ik, 'zouden u en vader twee weken lang niets te eten hebben, en u zou sterven zonder te zien wat ik had gekocht.'

Mijn vader kromp ineen. Frans, die knopen had gelegd in een stuk touw, werd heel stil. Pieter keek me aan.

Mijn moeder bleef onverstoorbaar. Ze zei niet vaak wat ze op haar hart had. Als ze dat deed waren haar woorden goud waard.

'Het spijt me, moeder,' stamelde ik. 'Ik bedoelde niet...'

'Het werken voor hem heeft je hoofd op hol gebracht,' viel ze me in de rede. 'Het heeft je doen vergeten wie je bent en waar je vandaan komt. Wij zijn een fatsoenlijk protestants gezin en onze behoeften worden niet geregeerd door rijkdommen of mode.'

Ik sloeg mijn ogen neer, gekwetst door haar woorden. Het waren de woorden van een moeder, woorden die ik tegen mijn eigen dochter zou zeggen als ik me zorgen zou maken over haar. Ofschoon ik me stoorde aan haar woorden, zoals ik me stoorde aan haar vragen naar de betekenis van zijn schilderijen, wist ik dat ze waarheid bevatten.

Die zondag bracht Pieter niet veel tijd met me door in het steegje.

De volgende morgen deed het pijn naar het doek te kijken. De vlekken valse kleuren waren geschilderd en hij had haar ogen ingezet en de hoge ronding van haar voorhoofd, en een deel van de plooien in de mouw van de mantel. Vooral over het diepe geel voelde ik het schuldige plezier dat de woorden van mijn moeder hadden veroordeeld. In plaats daarvan probeerde ik me het afgemaakte schilderij voor te stellen, hangend in de kraam van Pieter de vader, te koop voor tien gulden, een eenvoudig schilderij van een vrouw die een brief aan het schrijven is.

Het lukte me niet.

Die middag had hij een goede bui, anders had ik het hem niet gevraagd. Ik had geleerd zijn stemming te peilen niet uit het weinige wat hij zei of uit zijn gelaatsuitdrukking – hij liet niet veel zien – maar uit de manier waarop hij zich door het atelier en over de zolder bewoog. Als hij gelukkig was, als het werk vlotte, schreed hij resoluut heen en weer, zonder aarzeling in zijn passen, zonder overbodige beweging. Als hij een muzikale man was geweest, zou hij geneuried hebben of gezongen of zacht gefloten. Als de zaken niet goed liepen, bleef hij staan, staarde uit het raam, veranderde abrupt van plaats, begon de ladder naar de zolder te beklimmen, maar keerde terug voordat hij halverwege was.

'Meneer,' begon ik toen hij naar de zolder kwam om lijnolie in het loodwit te mengen dat ik juist had gemalen. Hij werkte aan het bont van de mouw. Zij was die dag niet gekomen, maar ik had ontdekt dat hij delen van haar kon schilderen zonder dat zij er was.

Hij trok zijn wenkbrauwen op. 'Ja, Griet?'

Hij en Maertge waren de enige mensen in huis die me altijd bij mijn naam noemden.

'Zijn uw schilderijen katholieke schilderijen?'

Hij bleef staan met de fles lijnolie stil hangend boven de schelp met loodwit. 'Katholieke schilderijen,' herhaalde hij. Hij liet zijn hand zakken en tikte met de fles op het tafelblad. 'Wat bedoel je met katholieke schilderijen?'

Ik had gesproken zonder na te denken. Nu wist ik niet wat ik moest zeggen. Ik probeerde een andere vraag. 'Waarom zijn er schilderijen in katholieke kerken?'

'Ben je ooit in een katholieke kerk geweest, Griet?'

'Nee meneer.'

'Dan heb je nooit schilderijen gezien in een kerk, of beelden of gebrandschilderd glas?'

'Nee.'

'Je hebt alleen schilderijen in huizen gezien, of winkels, of herbergen?'

'En op de markt.'

'Ja, op de markt. Kijk je graag naar schilderijen?'

'Ja zeker, meneer.' Ik begon te denken dat hij me niet wilde antwoorden, dat hij me gewoon eindeloos vragen zou stellen.

'Wat zie je als je er een bekijkt?'

'Och, wat de schilder heeft geschilderd, meneer.'

Hij knikte weliswaar, maar ik had het gevoel dat ik niet had geantwoord zoals hij wilde.

'Als je dus naar het schilderij in het atelier kijkt, wat zie je dan?'

'Ik zie geen Maagd Maria, dat is zeker,' zei ik, dit meer in weerwil van mijn moeder dan als antwoord op zijn vraag.

Hij keek me verbaasd aan. 'Verwacht je dan de Maagd Maria te zien?'

'O nee, meneer,' antwoordde ik zenuwachtig.

'Denk je dat het schilderij katholiek is?'

'Ik weet het niet, meneer. Mijn moeder zei...'

'Je moeder heeft het schilderij toch niet gezien?'

'Nee.'

'Dan kan ze je niet zeggen wat je ziet of niet ziet.'

'Nee.' Ofschoon hij gelijk had, vond ik het niet leuk dat hij kritiek had op mijn moeder.

'Het is niet het schilderij dat katholiek of protestants is,' zei hij, 'maar de mensen die ernaar kijken en wat ze verwachten te zien. Een schilderij in een kerk is als een kaars in een donker vertrek – we gebruiken die om beter te zien. Het is de brug tussen ons en God. Maar het is geen protestantse kaars of katholieke kaars. Het is gewoon een kaars.'

'Wij hebben zulke dingen niet nodig om God te zien,' wierp ik tegen. 'Wij hebben Zijn Woord en dat is genoeg.'

Hij glimlachte. 'Wist jij, Griet, dat ik ben grootgebracht als protestant? Ik bekeerde me toen ik trouwde. Tegen mij hoef je dus niet te preken. Ik heb zulke woorden al eerder gehoord.'

Ik staarde hem aan. Ik had nog nooit iemand ontmoet die besloot niet langer protestant te zijn. Ik geloofde niet dat je echt kon omschakelen. Toch had hij dat gedaan.

Hij leek te wachten tot ik iets zou zeggen.

'Al ben ik dan nooit in een katholieke kerk geweest,' begon ik langzaam, 'ik denk, als ik daar een schilderij zou zien, dat het zoals de uwe zou zijn. Ook al zijn het geen bijbelse taferelen, of de Maagd Maria, of de kruisiging.' Ik huiverde en dacht aan het doek dat in de kelder boven mijn bed had gehangen.

Hij pakte de fles weer en goot voorzichtig een paar druppels olie in de schelp. Met zijn paletmes begon hij de olie en het loodwit te mengen, totdat de verf leek op boter die te lang in een warme keuken is gelaten. Ik werd betoverd door de beweging van het blinkende mes in de crèmeachtige witte verf.

'Er is een verschil tussen de protestanse en de katholieke houdingen ten opzichte van schilderijen,' legde hij uit terwijl hij doorwerkte, maar het is niet per se zo groot als jij misschien denkt. Schilderen mag dan een spirituele betekenis hebben voor katholieken, maar vergeet niet dat protestanten overal God zien, in alles. Door alledaagse dingen te schilderen – tafels en stoelen, schalen en kannen, soldaten en deernen – prijzen ze dan ook niet Gods schepping?'

Ik wilde dat mijn moeder hem kon horen. Hij zou het zelfs haar duidelijk hebben gemaakt.

Catharina stond het niet aan dat haar sieradenkistje in het atelier moest blijven, waar ze er niet bij kon komen. Ze wantrouwde mij, deels omdat ze me niet mocht, maar ook omdat ze beïnvloed was door de verhalen die we allemaal hadden gehoord van dienstboden die zilveren lepels stalen van hun meesteres. Stelen en de meester van het huis verleiden – dat verwachtten meesteressen altijd van dienstboden.

Zoals ik bij Van Ruijven echter had ontdekt, was het vaker de man die de dienstbode achternazat dan omgekeerd. Voor hem waren de dienstboden gratis.

Ofschoon Catharina hem zelden om advies vroeg in huishoudelijke zaken, ging ze toch naar haar man om te vragen er iets aan te doen. Zelf hoorde ik hen er niet over praten – Maertge vertelde het me op een morgen. Maertge en ik konden in die tijd goed met elkaar opschieten. Zij was ineens ouder geworden, had geen interesse meer voor de andere kinderen en was in de ochtenden liever bij mij als ik mijn werk aan het doen was. Van mij leerde ze de kleren met water te besprenkelen om ze in de zon te bleken, een mengsel van zout en wijn te gebruiken om vetvlekken te verwijderen, het strijkijzer met grofzout in te wrijven om te voorkomen dat het plakte en schroeide. Haar handen waren echter te zacht om in water te werken – ze mocht naar me kijken, maar ik wilde niet dat ze haar handen nat maakte. Die van mij waren al geruïneerd – hard en rood en vol kloven, ondanks de middeltjes van mijn moeder om ze zacht te maken. Ik had werkhanden en ik was nog geen achttien.

Maertge leek een beetje op mijn zusje Agnes – levendig, vraaglustig, snel om haar gedachten uit te spreken. Maar ze was ook de oudste, serieus en resoluut. Ze had op haar zusjes gepast zoals ik had gepast op mijn broertje en zusje. Dat maakte een meisje voorzichtig en afkerig van verandering.

'Mama wil haar sieradenkistje terug,' zei ze terwijl we om de ster op de Markt liepen, op weg naar de Vleeshal. 'Ze heeft er met papa over gesproken.'

'Wat zei hij?' Ik probeerde onverschillig te klinken terwijl ik de punten van de ster bekeek. Ik had de laatste tijd gemerkt dat Catharina, elke morgen als ze de atelierdeur voor me ontsloot, de kamer in keek naar de tafel waar haar sieraden lagen.

Maertge aarzelde. 'Het bevalt mama niet dat jij 's nachts bent opgesloten met haar sieraden,' zei ze ten slotte. Ze voegde er niet aan toe waarom Catharina zich zorgen maakte – dat ik de parels van de tafel kon pakken, het kistje onder mijn arm zou stoppen en vanuit het raam op straat zou klimmen, om naar een andere stad en een ander leven te ontsnappen.

Op haar manier probeerde Maertge me te waarschuwen. 'Ze wil dat je weer beneden gaat slapen,' vervolgde ze. 'De min gaat gauw weg en er is geen reden waarom je op de zolder blijft. Ze zei dat ofwel jij of haar sieradenkistje moet vertrekken.'

'En wat zei je vader?'

'Hij zei niets. Hij zal erover denken.'

Mijn hart werd zo zwaar als een steen in mijn borst. Catharina had hem gevraagd te kiezen tussen mij en het sieradenkistje. Hij kon niet beide hebben. Maar ik wist dat hij het kistje niet weg zou halen uit het schilderij om mij op zolder te houden. Hij zou me wegsturen. Ik zou hem niet langer helpen.

Ik ging langzamer lopen. Jaren van water sjouwen, kleren uitwringen, vloeren schrobben, nachtspiegels leeggooien, zonder een kans op schoonheid of kleur of licht in mijn leven, strekten zich voor me uit als een vlak landschap waar ver weg de zee zichtbaar is, maar nooit bereikt kan worden. Als ik niet met de kleuren kon werken, als ik niet bij hem in de buurt kon zijn, wist ik niet hoe ik in dat huis kon blijven werken.

Toen we bij de slagerskraam kwamen en Pieter de zoon er niet was, kreeg ik onverwacht tranen in mijn ogen. Ik had niet beseft dat ik zijn vriendelijke, knappe gezicht wilde zien. Zo verward als ik me ook over hem voelde, door hem kon ik ontsnappen, kon ik eraan denken dat er een andere wereld was waartoe ik kon behoren. Misschien was ik niet zoveel anders dan mijn ouders, die van hem verwachtten dat hij hen zou redden, vlees op hun tafel zou brengen.

Pieter de vader was opgetogen toen hij mijn tranen zag. 'Ik zal tegen mijn zoon zeggen dat je huilde toen je merkte dat hij er niet was,' verklaarde hij en hij schraapte het bloed van zijn hakblok.

'Dat zul je wel laten,' mompelde ik. 'Maertge, wat hebben we vandaag nodig?'

'Hachee,' antwoordde ze prompt. 'Vier pond.'

Ik wreef met een hoek van mijn schort mijn ogen af. 'Er zit een vlieg in mijn oog,' zei ik kortaf. 'Misschien is het hier niet zo schoon. Vuil trekt vliegen aan.'

Pieter de vader lachte hartelijk. 'Vlieg in haar oog, zegt ze! Vuil hier. Natuurlijk zijn er vliegen – ze komen op het bloed af, niet op het vuil. Het beste vlees is het bloedigste en trekt de meeste vliegen aan. Dat ontdek je op een dag zelf wel. Het is niet nodig je bij ons een air te geven, mevrouw.' Hij knipoogde tegen Maertge. 'Wat denkt u ervan, juffrouw? Moet de jonge Griet de plek veroordelen waar ze over een paar jaar zelf zal bedienen?'

Maertge probeerde niet geschrokken te kijken, maar ze was duidelijk verrast door zijn suggestie dat ik niet voor altijd bij haar familie zou zijn. Ze was zo verstandig hem niet te antwoorden – maar toonde plotseling belangstelling voor de baby die een vrouw bij de volgende kraam vasthield.

'Alstublieft,' zei ik zacht tegen Pieter de vader, 'zeg zulke dingen niet tegen haar of iemand van de familie, zelfs niet als een grapje. Ik ben hun dienstbode. Dat ben ik. Iets anders suggereren toont gebrek aan respect jegens hen.'

Pieter de vader keek me aan. Zijn ogen veranderden van kleur bij elke wisseling van het licht. Ik dacht niet dat zelfs mijn meester die in verf kon vastleggen. 'Misschien heb je gelijk,' gaf hij toe. 'Ik kan merken dat ik voorzichtiger zal moeten zijn wanneer ik je plaag. Maar laat me je één ding vertellen, meisje – aan vliegen kun je maar beter wennen.'

Hij haalde het sieradenkistje niet weg en vroeg mij ook niet te vertrekken. Wel bracht hij het kistje en de parels en oorbellen elke avond naar Catharina en zij sloot ze op in de kast in de grote zaal waar ze de gele mantel in had hangen. 's Morgens, als ze de atelierdeur ontsloot gaf ze mij het kistje en de juwelen. Mijn eerste taak in het atelier werd het kistje en de parels weer op de tafel te zetten, en de oorbellen klaar te leggen als de vrouw van Van Ruijven model kwam zitten. Catharina keek naar me vanuit de deuropening terwijl ik met mijn armen en handen de juiste posities afmat. Iedereen moet mijn gebaren vreemd hebben gevonden, maar zij vroeg nooit wat ik aan het doen was. Dat durfde ze niet.

Cornelia moet op de hoogte zijn geweest van het probleem met het sieradenkistje. Misschien had ze, net als Maertge, haar ouders erover horen praten. Misschien had ze gezien dat Catharina 's morgens het kistje naar boven bracht en 's avonds weer naar beneden droeg, en vermoed dat er iets niet in orde was. Wat ze ook zag of begreep, ze besloot dat het tijd werd de zaak weer eens op stelten te zetten.

Ze mocht me niet, ze had daar geen speciale reden voor, alleen een vaag wantrouwen. Daarin leek ze heel erg op haar moeder.

Ze begon met een verzoek, zoals ze had gedaan met de gescheurde kraag en de rode verf op mijn schort. Op een regenachtige morgen was Catharina haar haar aan het opmaken en Cornelia zat doelloos naast haar toe te kijken. Ik was kleren aan het stijven in de waskeuken, zodat ik hen niet kon horen. Maar zij was het waarschijnlijk die voorstelde dat haar moeder schildpadkammen in haar haar moest dragen.

Een paar minuten later kwam Catharina naar de deuropening die de waskeuken met de kookkeuken verbond en zei: 'Ik mis een van mijn kammen. Heeft een van jullie die gezien?' Ofschoon ze zowel tegen Tanneke als tegen mij sprak, keek ze strak naar mij.

'Nee, mevrouw,' antwoordde Tanneke ernstig en ze kwam vanuit de kookkeuken in de deuropening staan zodat ze mij ook aan kon kijken.

'Nee, mevrouw,' echode ik. Toen ik Cornelia vanuit de gang naar binnen zag gluren, met die bekende ondeugende blik van haar, wist ik dat ze iets begonnen was waarbij ik weer betrokken zou raken.

Dat zal ze blijven doen totdat ze me heeft weggejaagd, dacht ik.

'Iemand moet toch weten waar hij is,' zei Catharina.

‘Zal ik u helpen nog eens in de kast te zoeken, mevrouw?’ vroeg Tanneke. ‘Of zullen we ergens anders kijken?’ voegde ze er veelzeggend aan toe.

‘Misschien ligt hij in uw sieradenkistje,’ opperde ik.

‘Misschien.’

Catharina liep de gang in. Cornelia draaide zich om en liep haar na.

Ik dacht dat ze geen aandacht zou schenken aan mijn suggestie omdat die van mij kwam. Maar toen ik haar op de trap hoorde, besefte ik dat ze op weg was naar het atelier en ik liep haar haastig na – ze zou me nodig hebben. Woedend wachtte ze in de deuropening van het atelier en Cornelia treuzelde achter haar.

‘Breng me het kistje,’ beval Catharina zacht, en de vernedering dat ze het vertrek niet kon binnengaan gaf haar woorden een nadruk die ik nog niet eerder had gehoord. Ze had vaak bijtend en luid gesproken. Dit keer klonk haar rustige beheerste stem veel angstaanjagender.

Ik kon hem op de zolder horen. Ik wist wat hij aan het doen was – hij maalde lapis voor verf voor het tafelkleed.

Ik pakte het kistje, bracht het naar Catharina en liet de parels op tafel liggen. Zonder iets te zeggen droeg ze het de trap af met Cornelia opnieuw achter zich aan als een kat die denkt dat hij te eten krijgt. Ze zou naar de grote zaal gaan en al haar sieraden nazoeken om te zien of er nog iets anders mankeerde. Misschien was dat wel zo – het valt moeilijk te raden waartoe een kind van zeven jaar dat ondeugend wil zijn in staat is.

Ze zou de kam niet in haar kistje vinden. Ik wist precies waar die was.

Ik ging niet achter haar aan maar klom naar de zolder.

Hij keek me verrast aan, zijn hand met de wrijfsteen zwevend boven de holte, maar hij vroeg me niet waarom ik naar boven was gekomen. Hij begon weer te malen.

Ik opende de kist waarin ik mijn spulletjes bewaarde en wikkelde de kam uit zijn zakdoek. Ik bekeek de kam zelden – in dat huis was er geen reden waarom ik hem zou dragen of zelfs zou bewonderen. Hij deed me te veel denken aan het soort leven dat ik als dienstbode nooit kon leiden. Nu ik wist dat ik hem nauwkeurig moest bekijken, kon ik zien dat het niet die van mijn grootmoeder was, al leek hij er erg op. De vorm van een kamschelp aan het uiteinde was langer en meer gebogen, en aan elke kant van de schelp zaten kleine tandjes. Hij was fijner dan die van mijn grootmoeder, alleen niet zoveel fijner.

Ik vraag me af of ik nog ooit mijn grootmoeders kam terug zal zien, dacht ik.

Ik bleef zo lang op het bed zitten met de kam in mijn schoot dat hij weer ophield met malen.

'Wat schort eraan, Griet?'

Zijn stem klonk vriendelijk. Dat maakte het gemakkelijker te zeggen wat ik wel moest zeggen.

'Meneer,' zei ik ten slotte. 'Ik heb uw hulp nodig.'

Ik bleef in mijn zolderkamer op bed zitten, met mijn handen in mijn schoot, terwijl hij met Catharina en Maria Thins sprak en ze Cornelia onderzochten, en daarna tussen de spullen van de meisjes zochten naar de kam van mijn grootmoeder. Maertge vond hem uiteindelijk, verborgen in de grote schelp die de bakker hun had gegeven toen hij naar het schilderij kwam kijken. Toen had Cornelia waarschijnlijk de kammen omgeruild, van de zolder klimmend terwijl alle kinderen in de voorraadkamer speelden, en ze had mijn kam verstopt in het eerste ding dat ze kon vinden.

Maria Thins moest Cornelia een afstraffing geven – hij maakte duidelijk dat dat zijn werk niet was, en Catharina weigerde het, zelfs al wist ze dat Cornelia straf had verdiend. Maertge vertelde me later dat Cornelia niet huilde, maar zich spotlachend liet slaan.

Het was ook Maria Thins die me op zolder kwam opzoeken. 'Zo meisje,' zei ze, geleund tegen de maaltafel, 'nu heb je de knuppel in het hoenderhok gegooid.'

'Ik heb niets gedaan,' protesteerde ik.

'Nee, maar je hebt kans gezien een paar vijanden te maken. Hoe komt dat? We hebben met andere hulp nooit zoveel last gehad.' Ze grinnikte, maar achter haar lach was ze ernstig. 'Maar op zijn manier heeft hij je gesteund,' vervolgde ze, 'en dat heeft meer macht dan wat Catharina of Cornelia of Tanneke of zelfs ik tegen je kunnen inbrengen.'

Ze gooide de kam van mijn grootmoeder in mijn schoot. Ik wikkelde hem in een zakdoek en legde hem weer in de kist. Daarna keerde ik me naar Maria Thins. Als ik het haar nu niet vroeg, zou ik het nooit te weten komen. Dit zou weleens de enige keer kunnen zijn dat ze me wilde antwoorden. 'Alstublieft, mevrouw, wat zei hij? Over mij?'

Maria Thins keek me veelbetekenend aan. 'Vlei jezelf niet, kind. Hij zei heel weinig over jou. Maar het was duidelijk genoeg. Alleen al dat hij naar beneden kwam en zich ermee bemoeide – mijn dochter wist toen dat hij jouw kant koos. Nee, hij beschuldigde haar ervan dat ze haar kinderen niet goed opvoedde. Het is veel slimmer, weet je, haar te bekritiseren dan jou te prijzen.'

'Heeft hij verteld dat ik – hem hielp?'

'Nee.'

Ik probeerde op mijn gezicht niet te tonen wat ik voelde, maar de vraag alleen al maakte dat duidelijk.

'Maar ík heb het haar verteld toen hij weg was,' voegde Maria Thins eraan toe. 'Het is onzin dat jij maar wat rondsluipt en geheimen voor haar hebt in haar eigen huis.' Ze klonk alsof ze mij de schuld gaf, maar daarna mompelde ze:

'Ik dacht dat hij verstandiger was.' Ze zweeg en keek alsof ze wilde dat ze niet zo duidelijk had laten weten wat ze dacht.

'Wat zei ze toen u het haar vertelde?'

'Ze is er natuurlijk niet gelukkig mee, maar ze is banger voor zijn woede.' Maria Thins aarzelde. 'Er is nog een reden waarom ze er zich niet zoveel van aantrekt. Ik kan het je net zo goed nu vertellen. Ze draagt weer een kind.'

'Wéér een?' flapte ik uit. Ik was verbaasd dat Catharina nog een kind wilde nu ze zo weinig geld hadden.

Maria Thins keek me kwaad aan. 'Let op je woorden, meisje.'

'Het spijt me, mevrouw.' Ik had er direct spijt van zelfs die paar woorden geuit te hebben. Het was niet aan mij te zeggen hoe groot hun gezin moest zijn. 'Is de dokter al geweest?' vroeg ik, in een poging het goed te maken.

'Niet nodig. Ze kent de tekenen, ze heeft het vaak genoeg meegemaakt.' Even waren op het gezicht van Maria Thins haar gedachten te lezen – ook zij vroeg zich af waarom zoveel kinderen? Toen werd ze weer ernstig. 'Ga jij nu maar aan je werk, blijf bij haar uit de buurt en help hem, maar loop er niet mee te pronken zodat het hele gezin het ziet. Zo zeker is je plaats hier niet.'

Ik knikte en liet mijn oog vallen op haar knokige handen die met een pijp friemelden. Toen grinnikte ze. 'Nog nooit eerder zoveel moeite met een meid. De hemel beware ons!'

Op zondag nam ik de kam mee terug naar mijn moeder. Ik vertelde haar niet wat er gebeurd was – ik zei gewoon dat hij te mooi was voor een dienstbode om te bezitten.

Na de problemen met de kam veranderden er een paar dingen in het huis voor me. De grootste verrassing was de manier waarop Catharina me behandelde. Ik had verwacht dat ze nog lastiger dan voorheen zou zijn – me meer werk zou geven, me zou berispen als ze maar kon, het me zo moeilijk mogelijk maken. In plaats daarvan leek ze bang voor me te zijn. Ze haalde de ateliersleutel van de kostbare bos op haar heup, gaf die terug aan Maria Thins en sloot of ontsloot nooit meer de deur. Ze liet haar sieradenkistje in het atelier staan en stuurde haar moeder om het te halen als ze er iets uit nodig had. Ze ging me zoveel mogelijk uit de weg. Toen ik dat eenmaal begreep, vermeed ik haar ook.

Ze zei niets over mijn werk 's middags op zolder. Maria Thins had haar zeker het idee gegeven dat hij door mijn hulp meer zou gaan schilderen, en zo het kind kon onderhouden dat ze droeg, alsook die ze al had. Ze had zijn woorden over haar zorg voor de kinderen in haar oren geknoopt; die vormden tenslotte haar hoofdtaak, en ze begon meer tijd met hen door te brengen dan voorheen. Aangemoedigd door Maria Thins begon ze zelfs Maertge en Lisbeth lezen en schrijven te leren.

Maria Thins deed het subtieler, maar ook zij veranderde ten opzichte van mij, ze behandelde me met meer respect. Ik was nog duidelijk een dienstbode, maar ze zag me voor voller aan en negeerde me niet, zoals ze soms met Tanneke deed. Ze zou niet zover gaan om naar mijn mening te vragen, maar ze gaf me het gevoel dat ik meer één was met het huisgezin.

Ik was ook verrast dat Tanneke aardiger tegen me werd. Ik had gedacht dat ze er plezier in had kwaad te zijn en wrok tegen me te koesteren, maar misschien had ze daar genoeg van. Of toen het duidelijk werd dat hij aan mijn kant stond, had ze het misschien maar beter gevonden niet tegen mij te zijn. Misschien dachten ze er allemaal zo wel over. Wat de reden ook was, ze schiep niet langer meer extra werk voor me door dingen te morsen, mopperde niet langer meer binnensmonds op me en keek me niet meer kwaad van opzij aan. Ze werd niet direct een vriendin, maar het werd gemakkelijker met haar samen te werken.

Het was misschien wreed, maar ik had het gevoel dat ik een gevecht met haar had gewonnen. Ze was ouder en had veel langer deel uitgemaakt van het huishouden, maar nu hij me voortrok was dat duidelijk belangrijker dan haar loyaliteit en ervaring. Ze had die kleinering diep kunnen voelen, maar ze nam de nederlaag lichter op dan ik verwacht had. Tanneke was in haar hart een eenvoudig schepsel en ze wilde geen moeilijkheden veroorzaken. De gemakkelijkste manier was mij te accepteren.

Ofschoon haar moeder beter op haar ging letten, veranderde Cornelia niet. Zij was de favoriet van Catharina, misschien omdat ze in geaardheid het meest op haar leek, en Catharina deed weinig om haar manieren te temmen. Soms keek ze me aan met haar lichtbruine ogen, haar hoofd schuin zodat haar rode krullen om haar gezicht bungelden, en ik dacht aan de spotlach zoals Maertge Cornelia's uitdrukking had beschreven toen ze een pak slaag kreeg. En, net als op mijn eerste dag, dacht ik: ik zal mijn handen vol hebben aan haar.

Ofschoon ik er niet mee te koop liep, vermeed ik Cornelia net als haar moeder. Ik wilde haar niet aanmoedigen. Ik stopte mijn gebroken tegel weg, mijn mooiste kanten kraag die mijn moeder voor me had gemaakt en mijn mooiste geborduurde zakdoek, zodat ze die niet meer tegen me kon gebruiken.

Hij behandelde me niet anders na de kwestie met de kam. Toen ik hem bedankte omdat hij voor me was opgekomen, schudde hij zijn hoofd alsof hij een vlieg verjoeg die om hem heen zoemde.

Ik was degene die anders over hem dacht. Ik voelde me aan hem verplicht. Ik had het gevoel dat ik geen nee kon zeggen als hij me vroeg iets te doen. Ik wist niet wat hij kon vragen waarop ik nee zou willen zeggen, maar toch beviel de positie waarin ik was geraakt me niet.

Ik was ook teleurgesteld in hem, al dacht ik daar liever niet aan. Ik had gewild dat hij zelf aan Catharina verteld zou hebben dat ik hem assisteerde, om te tonen dat hij niet bang was het haar te zeggen, dat hij me steunde.

Dat had ik graag gewild.

Midden oktober, toen het schilderij van Van Ruijvens vrouw bijna klaar was, kwam Maria Thins hem op een middag in zijn atelier opzoeken. Ze moest geweten hebben dat ik op zolder aan het werk was en haar kon horen, maar toch sprak ze normaal tegen hem.

Ze vroeg hem wat hij hierna van plan was te gaan schilderen. Toen hij geen antwoord gaf, zei ze: 'Je moet een groter doek schilderen, met meer figuren erin, zoals je vroeger deed. Niet weer een vrouw, in gedachten verzonken. Als Van Ruijven komt om zijn schilderij te bekijken, moet je hem een ander voorstellen. Misschien een pendant van iets wat je al voor hem hebt geschilderd. Hij zal erin toestemmen – dat doet hij meestal. En hij zal je er meer voor betalen.'

Hij gaf nog steeds geen antwoord.

'We zitten dieper in de schuld,' zei Maria Thins botweg. 'We hebben het geld nodig.'

'Hij verwacht misschien dat zij erin voorkomt,' zei hij. Zijn stem klonk zacht, maar ik kon horen wat hij zei, al begreep ik pas later wat hij bedoelde.

'Wat dan nog?'

'Nee. Niet zo.'

'We zullen ons zorgen maken als dat gebeurt, niet eerder.'

Een paar dagen later kwamen Van Ruijven en zijn vrouw

naar het schilderij kijken. 's Morgens maakten mijn meester en ik de kamer klaar voor hun bezoek. Hij bracht de parels en het sieradenkistje naar beneden naar Catharina, terwijl ik al het andere opborg en de stoelen klaarzette. Daarna verplaatste hij de ezel en het schilderij naar de plek waar het decor was geweest en liet me alle luiken openen.

Die morgen hielp ik Tanneke een speciaal diner voor hen te bereiden. Ik dacht niet dat ik hen hoefde zien, en toen ze 's middags kwamen, was het Tanneke die de wijn naar boven bracht toen ze in het atelier bijeenkwamen. Toen ze terugkwam, zei ze echter dat ik haar moest helpen met het opdienen in plaats van Maertge, die oud genoeg was om met hen aan tafel te eten. 'Mijn meesteres heeft dat beslist,' voegde ze eraan toe.

Het verraste me – de laatste keer dat ze naar hun schilderij kwamen kijken, had Maria Thins geprobeerd mij uit de buurt van Van Ruijven te houden. Maar dat zei ik niet tegen Tanneke. 'Is Van Leeuwenhoek er ook bij?' vroeg ik in plaats daarvan. 'Ik dacht dat ik zijn stem hoorde in de gang.'

Tanneke knikte afwezig. Ze proefde de gebraden fazanten. 'Niet slecht,' mompelde ze. 'Ik kan mijn hoofd even hoog houden als welke kok van Van Ruijven ook.'

Terwijl ze boven was, had ik de fazant bedropen en met zout besprenkeld, waar Tanneke te zuinig mee was.

Toen ze naar beneden kwamen om te gaan eten en iedereen aan tafel zat, begonnen Tanneke en ik de schalen binnen te brengen. Catharina keek me kwaad aan. Ze kon haar gedachten nooit goed verbergen en ze zag vol afschuw dat ik bediende.

Ook mijn meester keek alsof hij een tand had gebroken op een steen. Hij staarde kil naar Maria Thins, die onverschilligheid voorwendde achter haar wijnglas.

Maar Van Ruijven grijnsde. 'Aha, de meid met de wijduitstaande ogen!' riep hij uit. 'Ik vroeg me al af waar je gebleven was. Hoe gaat het met je, meisje?'

'Heel goed, meneer, dank u,' mompelde ik. Ik legde een stuk fazant op zijn bord en ging zo snel mogelijk weer weg. Maar niet snel genoeg. Hij zag kans met zijn hand over mijn dij te strelen. Dat voelde ik een paar minuten later nog vaag.

Terwijl Van Ruijvens vrouw en Maertge er niets van merkten, zag Van Leeuwenhoek alles – de woede van Catharina, de irritatie van mijn meester, het schouderophalen van Maria Thins, Van Ruijvens dwalende hand. Toen ik hem bediende, keek hij me scherp aan, alsof hij zocht naar het antwoord hoe een eenvoudige dienstbode zoveel last kon veroorzaken. Ik was hem dankbaar – aan zijn gezicht was niet te zien dat hij me een verwijt maakte.

Ook Tanneke had gemerkt dat ik voor beroering zorgde en dit keer hielp ze me. We zeiden niets in de keuken, maar zij liep telkens terug naar de tafel om de jus te brengen, wijn bij te vullen, meer eten te serveren, terwijl ik voor de dingen in de keuken zorgde. Ik hoefde maar één keer terug te gaan om de borden af te nemen. Tanneke liep rechtstreeks naar waar Van Ruijven zat, terwijl ik aan de andere kant van de tafel de borden wegnam. Van Ruijvens ogen volgden me overal.

Dat deden die van mijn meester ook.

Ik probeerde hen te negeren en luisterde liever naar Maria Thins. Ze sprak over het volgende schilderij. 'Dat ene met de muziekles beviel je wel, nietwaar?' zei ze. 'Wat kun je daar beter op laten volgen dan een ander schilderij met een muzikale achtergrond? Na een les, een concert, misschien met meer mensen erin, drie of vier muzikanten, toehoorders...'

'Geen toehoorders,' viel mijn meester haar in de rede. 'Toehoorders schilder ik niet.'

Maria Thins keek hem sceptisch aan.

'Kom, kom,' kwam Van Leeuwenhoek vrolijk tussenbeide, 'toehoorders zijn toch minder interessant dan de muzikanten zelf.'

Ik was blij dat hij mijn meester verdedigde.

'Toehoorders kunnen me niets schelen,' zei Van Ruijven, 'maar ik zou graag op het schilderij voorkomen. Ik zal de luit spelen.' Na een kort stilzwijgen voegde hij eraan toe: 'Ik wil haar er ook in hebben.' Ik hoefde niet naar hem te kijken om te weten dat hij naar mij had gebaard.

Tanneke maakte een lichte hoofdbeweging naar de keuken en ik ontsnapte met het weinige dat ik had afgenomen, het aan haar overlatend de rest weg te halen. Ik wilde mijn meester aankijken, maar ik durfde niet. Toen ik wegging, hoorde ik Catharina opgewekt zeggen. 'Wat een geweldig idee! Net als dat schilderij met jou en de meid in de rode jurk. Herinner je je dat nog?'

Die zondag sprak moeder met me toen we alleen in haar keuken waren. Mijn vader zat buiten in de late oktoberzon terwijl wij het eten bereidden. 'Je weet dat ik niet naar marktgeroddel luister,' zei ze, 'maar het is moeilijk het niet te horen als de naam van mijn dochter wordt genoemd.'

Ik dacht direct aan Pieter de zoon. Niets van wat we deden in het steegje was de moeite van geroddel waard. Daar had ik op gestaan. 'Ik weet niet wat je bedoelt, moeder,' antwoordde ik eerlijk.

Mijn moeders mond verstrakte. 'Ze zeggen dat jouw meester je gaat schilderen.' Het leek of de woorden zelf haar een pruilmondje gaven.

Ik hield op in de pan te roeren waar ik mee bezig was. 'Wie zegt dat?'

Mijn moeder zuchtte met tegenzin, ze gaf liever geen afgeluisterde gesprekken door. 'Een paar vrouwen die appels verkopen.'

Toen ik niet reageerde, dacht ze dat mijn stilzwijgen het ergste betekende. 'Waarom heb je me dat niet verteld, Griet?'

'Moeder, ik heb dit zelf niet eens gehoord. Niemand heeft iets tegen me gezegd!'

Ze geloofde me niet.

'Het is waar,' hield ik vol. 'Mijn meester heeft niets gezegd, Maria Thins heeft niets gezegd. Ik maak gewoon zijn atelier schoon. Dichter dan dat kom ik niet bij zijn schilderijen.' Ik had haar nooit verteld over mijn werk op zolder. 'Hoe kun je nu oude vrouwen die appels verkopen geloven in plaats van mij?'

'Als er op de markt over iets wordt gesproken, is er meestal een reden voor, ook al is het niet precies wat er wordt gezegd.' Mijn moeder liep de keuken uit om mijn vader te halen. Ze wilde die dag niets meer zeggen over het onderwerp, maar ik begon te vrezen dat ze gelijk kon hebben – ik zou de laatste zijn die het te horen kreeg.

De volgende dag in de Vleeshal besloot ik Pieter de vader naar het gerucht te vragen. Ik durfde er niet met Pieter de zoon over te praten. Als mijn moeder het geroddel had gehoord, zou hij het ook weten. Ik wist dat het hem niet zou bevallen. Ofschoon hij het nooit tegen mij had gezegd, was het duidelijk dat hij jaloers was op mijn meester.

Pieter de zoon was niet in de kraam. Ik hoefde niet lang te wachten tot Pieter de vader zelf iets zei. 'Wat hoor ik nou?' grijnsde hij toen ik aan kwam lopen. 'Je gaat je laten schilderen, nietwaar? Nog even en je bent te deftig voor mensen als mijn zoon. Hij staat op de Beestenmarkt te pruilen vanwege jou.'

'Vertel me eens wat u heeft gehoord.'

'O, je wilt het nog eens horen, nietwaar.' Hij verhief zijn stem. Zal ik er een mooi verhaal van maken voor een paar anderen?'

'Stil!' siste ik. Onder zijn bravoure kon ik voelen dat hij kwaad op me was. 'Vertel me alleen maar wat u heeft gehoord.'

Pieter de vader ging zachter praten. 'Alleen dat de kokkin van Van Ruijven zei dat je met haar meester model zou zitten voor een schilderij.'

'Daar weet ik niets van,' verklaarde ik resoluut, maar terwijl ik dat zei, besefte ik al dat mijn woorden weinig uitwerking hadden, net als bij mijn moeder. Pieter de vader schepte met zijn hand wat varkensnieren op. 'Je moet met mij niet praten,' zei hij, ze wegend in zijn hand.

Ik wachtte een paar dagen voordat ik met Maria Thins sprak. Ik wilde zien of iemand het mij eerst zou vertellen. Ik trof haar op een middag in de kruisigingskamer, toen Catharina sliep en Maertge de meisjes had meegenomen naar de Beestenmarkt. Tanneke zat in de keuken te naaien en op Johannes en Franciscus te passen.

'Kan ik even met u praten, mevrouw?' zei ik zacht.

'Wat is er, meisje?' Ze stak haar pijp op en keek naar me door de rook. 'Weer moeilijkheden?' Ze klonk vermoeid.

'Ik weet het niet, mevrouw. Maar ik heb iets vreemds gehoord.'

'We hebben allemaal vreemde dingen gehoord.'

'Ik heb gehoord dat – dat ik op een schilderij zal voorkomen. Met Van Ruijven.'

Maria Thins grinnikte. 'Ja, dat is een vreemde zaak. Ze hebben zeker gepraat op de markt?'

Ik knikte.

Ze leunde achterover in haar stoel en trok aan haar pijp. 'Zeg me eens, wat zou je ervan denken voor zo'n schilderij te poseren?'

Ik wist niet wat ik moest antwoorden. 'Wat ik zou denken, mevrouw?' herhaalde ik suf.

'Ik zou de moeite niet doen dat sommige mensen te vragen. Tanneke, bijvoorbeeld. Toen hij haar schilderde, stond ze daar vrolijk maandenlang melk te schenken, zonder dat ze aan iets dacht, God zegene haar. Maar jij – er zijn allerlei dingen waaraan jij denkt maar die je niet vertelt. Ik vraag me af wat dat voor dingen zijn.'

Ik zei het enige verstandige waarvan ik wist dat zij het zou begrijpen. 'Ik wil niet met Van Ruijven poseren, mevrouw. Ik geloof niet dat zijn bedoelingen eerzaam zijn.' Mijn woorden klonken stijf.

'Zijn bedoelingen zijn nooit eerzaam als het om jonge vrouwen gaat.'

Ik veegde nerveus mijn handen af aan mijn schort.

'Het schijnt dat je een ridder hebt die jouw eer verdedigt,' vervolgde ze. 'Mijn schoonzoon wil jou al net zomin schilderen met Van Ruijven als jij met hem wilt poseren.'

Ik probeerde niet mijn opluchting te verbergen.

'Maar,' waarschuwde Maria Thins, 'Van Ruijven is zijn opdrachtgever en een rijk en machtig man. We kunnen ons niet veroorloven hem te beledigen.'

'Wat gaat u hem zeggen, mevrouw?'

'Daar moet ik nog eens over denken. Intussen zul je de geruchten voor lief moeten nemen. Ga er niet op in – we willen niet dat Van Ruijven uit het marktgeroddel hoort dat jij weigert te poseren met hem.'

Ik moet er onbehaaglijk hebben uitgezien. 'Maak je geen zorgen, meisje,' gromde Maria Thins terwijl ze met haar pijp op de tafel klopte om de tabak los te maken. 'Wij maken dit wel in orde. Doe jij maar rustig aan en doe je werk en praat er met niemand over.'

'Ja mevrouw.'

Maar één persoon vertelde ik het wel. Ik voelde dat dat moest.

Het was gemakkelijk genoeg geweest Pieter de zoon uit de weg te gaan – die hele week waren er veilingen op de Beestenmarkt, van dieren die de hele zomer en herfst waren vetgemest en nu klaar waren voor de slacht, net voordat de winter begon. Pieter was elke dag naar de verkopen gegaan.

De middag nadat Maria Thins en ik elkaar hadden gesproken, glipte ik weg om hem op de markt te zoeken, net om de hoek van de Oude Langendijk. 's Middags was het daar rustiger dan in de morgen als de veilingen plaatsvonden. Tegen deze tijd waren veel dieren meegenomen door hun nieuwe eigenaars, en de mannen stonden bijeen onder de platanen langs het plein om hun geld te tellen en de transacties die gedaan waren te bespreken. De bladeren aan de bomen waren geel geworden en gevallen en hadden zich vermengd met de mest en de urine die ik lang voordat ik de markt bereikte al kon ruiken.

Pieter de zoon zat met een andere man voor een van de herbergen op het plein met een kroes bier voor zich. Ze waren diep in gesprek gewikkeld en hij zag me niet toen ik zwijgend bij zijn tafel ging staan. Het was zijn metgezel die opkeek en Pieter aanstootte.

'Ik zou je graag even spreken,' zei ik snel, voordat Pieter zelfs kans zag verbaasd te kijken.

Zijn metgezel sprong direct op en bood me zijn stoel aan.

'Zullen we lopen?' gebaarde ik naar het plein.

'Natuurlijk,' zei Pieter. Hij knikte tegen zijn vriend en liep achter me aan de straat in. Aan zijn uitdrukking te merken was het niet duidelijk of hij wel of niet blij was me te zien.

'Hoe waren de veilingen vandaag?' vroeg ik schutterig. Ik was nooit goed in alledaagse praatjes.

Pieter trok de schouders op. Hij pakte mijn elleboog om

me om een hoop mest heen te sturen en liet daarna zijn hand zakken.

Ik gaf het op. 'Er wordt op de markt over mij geroddeld,' zei ik botweg.

'Er wordt van tijd tot tijd over iedereen geroddeld,' antwoordde hij nietszeggend.

'Het is niet waar wat ze zeggen. Ik ga niet op een schilderij met Van Ruijven.'

'Van Ruijven vindt jou aardig. Dat zei mijn vader me.'

'Maar ik ga niet met hem op een schilderij staan.'

'Hij is heel machtig.'

'Je moet me geloven, Pieter.'

'Hij is heel machtig,' herhaalde hij, 'en jij bent maar een dienstbode. Wie denk je dat dat potje kaarten zal winnen?'

'Jij denkt dat ik net zo zal worden als de dienstbode in de rode jurk.'

'Alleen als je van zijn wijn drinkt.' Pieter keek me strak aan.

'Mijn meester wil me niet met Van Ruijven schilderen,' zei ik na een tijdje met tegenzin. Ik had hem niet willen noemen.

'Dat is prima. Ik wil ook niet dat hij je schildert.'

Ik bleef staan en sloot mijn ogen. De benauwende dierenlucht maakte me duizelig.

'Je raakt verzeild waar je niet thuishoort, Griet,' zei Pieter vriendelijker. 'Hun wereld is niet de jouwe.'

Ik opende mijn ogen en deed een stap bij hem vandaan. 'Ik ben hier gekomen om uit te leggen dat het gerucht niet waar is, niet om door jou beschuldigd te worden. Nu spijt het me dat ik je lastig heb gevallen.'

'Je hoeft geen spijt te hebben, ik geloof je echt.' Hij zuchtte. 'Maar je hebt weinig macht over wat er met je gebeurt. Dat zie je toch zeker wel in?'

Toen ik geen antwoord gaf, voegde hij eraan toe: 'Als je meester wel een schilderij van jou en Van Ruijven wilde schilderen, denk je dan dat je nee zou kunnen zeggen?'

Het was een vraag die ik mezelf ook had gesteld, maar waar ik geen antwoord op had gevonden. 'Bedankt dat je me eraan herinnert hoe hulpeloos ik ben,' antwoordde ik bits.

'Bij mij zou je dat niet zijn. We zouden onze eigen zaak drijven, ons eigen geld verdienen, onze eigen levens leiden. Is dat niet wat je wilt?'

Ik keek naar hem, naar zijn helderblauwe ogen, zijn blonde krullen, zijn verlangende gezicht. Ik was gek om zelfs maar te aarzelen.

'Ik ben hier niet gekomen om met jou hierover te praten. Ik ben nog te jong.' Ik gebruikte de oude uitvlucht. Op een dag zou ik te oud zijn om die te gebruiken.

'Ik weet nooit wat jij denkt, Griet,' probeerde hij opnieuw. 'Je bent zo rustig en stil, je zegt nooit iets. Maar er zitten dingen in je binnenste. Soms zie ik die, verborgen in je ogen.'

Ik streek mijn muts glad en voelde of er haren ontsnapten. 'Ik wil alleen maar zeggen dat er geen schilderij is,' verklaarde ik zonder in te gaan op wat hij zojuist had gezegd. 'Maria Thins heeft het me beloofd. Maar je mag het aan niemand vertellen. Als ze op de markt met jou over me willen praten, moet je je mond houden. Probeer me niet te verdedigen. Anders hoort Van Ruijven het misschien en dan werken je woorden averechts.'

Pieter knikte ongelukkig en trapte tegen wat stro.

Hij zal niet altijd zo redelijk zijn, dacht ik. Op een dag zal hij het opgeven.

Om hem te belonen voor zijn redelijkheid liet ik me door hem meenemen naar een ruimte tussen twee huizen aan de

Beestenmarkt en stond ik toe dat hij mijn lichaam betastte, en zijn handen legde om de welvingen die hij tegenkwam. Ik probeerde er plezier aan te beleven, maar ik voelde me nog misselijk van de dierenstank.

Wat ik ook gezegd had tegen Pieter de zoon, ik voelde me niet gerustgesteld door de belofte van Maria Thins om me uit het schilderij te houden. Ze was een formidabele vrouw, geslepen in zaken, zeker van haar plaats, maar ze was geen Van Ruijven. Ik zag niet in hoe ze hem zouden kunnen weigeren wat hij hebben wilde. Hij had een schilderij gewild van zijn vrouw terwijl ze naar de schilder keek, en mijn meester had het gemaakt. Hij had een schilderij gewild van de dienstbode in de rode jurk en dat had hij gekregen. Als hij mij wilde hebben, waarom zou hij me dan niet krijgen?

Op een dag kwamen er drie onbekende mannen met een virginaal, stevig vastgebonden op een kar. Achter hen aan liep een jongen met een contrabas die groter was dan hijzelf. Het waren niet de instrumenten van Van Ruijven, maar van een van zijn relaties, een muziekliefhebber. Het hele huis liep uit om de mannen op de steile trap te zien worstelen met het virginaal. Cornelia stond onder aan de trap – als ze het instrument lieten vallen zou het precies op haar terechtkomen. Ik wilde mijn hand uitsteken en haar achteruittrekken, en als het een van de andere kinderen was geweest, zou ik dat zeker hebben gedaan. Maar ik bleef staan waar ik was. Uiteindelijk was het Catharina die per se wilde dat ze op een veiliger plek ging staan.

Toen ze het de trap op hadden gesleept, brachten ze het onder het wakend oog van mijn meester naar het atelier. Nadat de mannen vertrokken waren, riep hij naar beneden naar Catharina. Maria Thins liep achter haar aan de trap op. Even later hoorden we dat er op het virginaal werd gespeeld. De meisjes zaten op de trap terwijl Tanneke en ik in de gang stonden te luisteren.

'Is het de meesteres die daar speelt? Of jouw meesteres?' vroeg ik Tanneke. Het leek zo helemaal niets voor hen en ik dacht dat hij misschien speelde en gewoon Catharina als toehoorder wilde hebben.

'Dat is natuurlijk de jonge meesteres,' siste Tanneke. 'Waarom zou hij haar anders boven hebben gevraagd? Ze is heel goed, de jonge meesteres. Ze speelde al toen ze nog een meisje was. Maar haar vader hield het virginaal toen hij en mijn meesteres uit elkaar gingen. Heb je de jonge meesteres nooit horen klagen dat ze zich geen instrument kunnen veroorloven?'

'Nee.' Ik dacht even na. 'Denk je dat hij haar zal gaan schilderen? Voor dat schilderij met Van Ruijven?' Tanneke moest het geklets op de markt hebben gehoord, maar ze had er niets van tegen mij gezegd.

'O, de meester schildert haar nooit. Ze kan niet stilzitten!'

Een paar dagen daarna zette hij een tafel en stoelen klaar om te schilderen en tilde het deksel van het virginaal op, dat beschilderd was met een landschap van rotsen en bomen en lucht. Op de tafel op de voorgrond spreidde hij een dik tafelkleed en legde de contrabas eronder.

Op een dag riep Maria Thins me naar de kruisigingskamer. 'Zo, meisje,' zei ze, 'vanmiddag moet je wat boodschappen voor me gaan doen. Naar de apotheker voor wat vlierbloesem en marjolein – Franciscus is gaan hoesten nu het weer koud is. En daarna naar de oude Marie de spinster, voor wat wol, net voldoende voor een kraag voor Aleydis. Heb je gemerkt dat de hare begint te rafelen?' Ze zweeg alsof ze berekende hoe lang ik onderweg zou zijn. 'En dan ga je nog naar het huis van Jan Mayer om te vragen wanneer zijn broer in Delft wordt verwacht. Hij woont bij de Rietveldtoren. Dat is dicht bij je ouders, nietwaar? Je mag wel even naar binnen gaan en hen opzoeken.'

Maria Thins had me nooit toegestaan mijn ouders te bezoeken, behalve op zondag. Toen raadde ik het. 'Komt Van Ruijven vandaag, mevrouw?'

'Laat hij je niet zien,' antwoordde ze grimmig. 'Het is het beste als je hier helemaal niet bent. Als hij dan naar je vraagt, kunnen we zeggen dat je weg bent.'

Even voelde ik aandrang om te lachen. Van Ruijven liet ons allemaal – zelfs Maria Thins – rennen als konijnen voor de honden uit.

Mijn moeder was verbaasd me die middag te zien. Gelukkig was er een buurvrouw op bezoek en daarom kon ze me niet dringend ondervragen. Mijn vader was niet zo geïnteresseerd. Hij was erg veranderd sinds de dood van Agnes. Hij was niet meer zo nieuwsgierig naar de wereld buiten zijn straat en vroeg me zelden wat er gebeurde op de Oude Langendijk of de markt. Alleen de schilderijen interesseerden hem nog.

'Moeder,' zei ik toen we bij de haard zaten, 'mijn meester begint het schilderij te schilderen waarover u me vroeg. Van Ruijven is gekomen en hij begint er vandaag aan. Iedereen die op het schilderij zal voorkomen is er nu.'

Onze buurvrouw, een oude vrouw met pientere oogjes die dol was op marktgeroddel, staarde me aan alsof ik zojuist een gebraden kapoen voor haar had neergezet. Mijn moeder fronste de wenkbrauwen – ze wist wat ik eigenlijk wilde zeggen.

Ziezo, dacht ik. Laat nu de geruchten maar komen.

Die avond was hij zichzelf niet. Bij het avondeten hoorde ik hem tegen Maria Thins snauwen, later ging hij weg en kwam terug met de geur van de herberg om zich heen. Ik klom de trap op om naar bed te gaan toen hij binnenkwam. Hij keek naar me omhoog met een rood, vermoeid gezicht. Zijn blik was niet boos, maar mat, als van een man die net al het hout heeft gezien dat hij moet klein hakken, of een dienstbode die een hele stapel was moet doen.

De volgende morgen in het atelier werd het wat duidelijker wat er die middag was gebeurd. Er waren twee stoelen neergezet, de ene aan het virginaal, de andere met de rug naar de schilder. Op de stoel lag een luit en links op de tafel een viool. De contrabas lag nog in de schaduw onder de tafel. Aan de opstelling was moeilijk te zien hoeveel mensen er op het schilderij zouden komen.

Later vertelde Maertge me dat Van Ruijven gekomen was met zijn zuster en met een van zijn dochters.

'Hoe oud is de dochter?' kon ik niet nalaten te vragen.

'Ik geloof zeventien.'

Mijn leeftijd.

Een paar dagen later kwamen ze weer. Maria Thins stuurde me uit voor nog meer boodschappen en zei me dat ik me die morgen maar elders moest amuseren. Ik wilde haar zeggen dat ik niet elke dag dat ze kwamen om geschilderd te worden kon wegblijven – het werd te koud om op straat zomaar wat rond te dolen, en er was te veel werk te doen. Maar ik zei niets. Ik kon niet zeggen waarom, maar ik voelde dat er spoedig iets zou veranderen. Ik wist alleen niet wat.

Ik kon niet nog eens naar mijn ouders gaan – ze zouden denken dat er iets niet in orde was en als ik uitlegde dat dat niet zo was, zouden ze geloven dat er nog ergere dingen gebeurden. Dus ging ik maar naar de fabriek van Frans. Ik had hem niet meer gezien sinds hij me over de waardevolle zaken in huis had gevraagd. Zijn vragen hadden me kwaad gemaakt en ik had de moeite niet genomen hem op te zoeken.

De vrouw aan de poort herkende me niet. Toen ik naar Frans vroeg, trok ze haar schouders op, stapte opzij en verdween zonder me te zeggen waar ik heen moest. Ik liep het lage gebouw in waar jongens van de leeftijd van Frans aan eenvoudige ontwerpen werkten, helemaal niet de gracieuze stijl van de tegels van mijn vader. Velen van hen schilderden niet eens de hoofdfiguren, maar alleen de sierkrullen in de hoeken van de tegels, de bladeren en tierelantijntjes, en ze lieten in het midden een lege ruimte over die een bedrevener meester moest invullen.

Toen ze me zagen brak er een fluitconcert los zodat ik mijn oren wel dicht wilde houden. Ik liep naar de dichtstbijzijnde jongen en vroeg hem waar mijn broer was. Hij bloosde en boog zijn hoofd. Ofschoon ik een welkome afleiding vormde, wilde niemand antwoord geven op mijn vraag.

Ik kwam in een ander gebouw, kleiner en warmer, waar de oven stond. Frans was er alleen, zonder hemd, druipend van het zweet en met een sombere uitdrukking op zijn gezicht. De spieren in zijn armen en borst waren gegroeid. Hij begon een man te worden.

Hij had dikke lappen om zijn onderarmen en handen gewonden zodat hij er plomp uitzag, maar toen hij plateaus vol tegels in en uit de oven schoof, manoeuvreerde hij handig met de platte schalen zodat hij zich niet brandde. Ik was bang tegen hem te roepen omdat hij zou kunnen schrikken en een plateau kon laten vallen. Maar hij zag me voordat ik iets zei en zette direct het plateau dat hij droeg neer.

'Griet, wat doe je hier? Is er iets aan de hand met moeder of vader?'

'Nee, nee, die maken het goed. Ik kom gewoon op bezoek.'

'O.' Frans trok de lappen van zijn armen, veegde zijn gezicht af met een doek en nam een slok bier uit een kroes. Hij leunde tegen de muur en rolde zijn schouders zoals mannen dat doen nadat ze een kanaalboot uitgeladen hebben en hun spieren ontspannen en rekken. Ik had hem nog nooit eerder zo'n gebaar zien maken.

'Werk je nog steeds bij de oven? Hebben ze je nog geen ander werk gegeven? Glazuren of schilderen, zoals die jongens in het andere gebouw?'

Frans schokschouderde.

'Maar die jongens zijn net zo oud als jij. Zou jij niet...' Ik kon mijn zin niet afmaken toen ik de blik in zijn ogen zag.

'Ik heb straf,' zei hij zacht.

'Waarom? Straf voor wat?'

Frans gaf geen antwoord.

'Frans, je moet het me vertellen anders zeg ik tegen onze ouders dat je problemen hebt.'

'Ik heb geen problemen,' zei hij snel. 'Ik heb de eigenaar kwaad gemaakt, meer niet.'

'Hoezo?'

'Ik heb iets gedaan wat zijn vrouw niet beviel.'

'Wat heb je gedaan?'

Frans aarzelde. 'Zij begon ermee,' zei hij zacht. 'Ze liet me zien dat ze belangstelling had, weet je. Maar toen ik daarop reageerde, vertelde ze het tegen haar man. Hij heeft me niet de laan uitgestuurd omdat hij een vriend is van vader. Dus sta ik bij de oven totdat hij in een beter humeur is.'

'Frans! Hoe kon je zo stom doen? Je weet dat ze niet bij jou past. Je baan in gevaar brengen voor zoiets?'

'Je begrijpt niet hoe het is,' mompelde Frans. 'Het werk hier is uitputtend, het is saai. Het was iets om over te denken, meer niet. Jíj hebt het recht niet te oordelen, jij met je slager met wie je gaat trouwen en met wie je een mooi leven tegemoet kunt zien. Het is gemakkelijk voor jou te zeggen hoe mijn leven moet zijn, als ik hier alleen maar eindeloze tegels en lange dagen zie. Waarom zou ik geen knap gezicht bewonderen als ik er een zie?'

Ik wilde protesteren, hem zeggen dat ik het begreep. 's Nachts droomde ik soms over stapels wasgoed die nooit kleiner werden, hoezeer ik ook boende en kookte en streek.

'Was het de vrouw aan de poort?' vroeg ik in plaats daarvan.

Frans trok de schouders op en dronk nog wat bier. Ik zag haar zure blik voor me en vroeg me af hoe zo'n gezicht hem ooit in verleiding kon brengen.

'Waarom ben je trouwens hier?' vroeg hij. 'Moet je niet in de Papenhoek zijn?'

Ik had een uitvlucht klaar waarom ik was gekomen, ik moest voor een boodschap in dat deel van Delft zijn. Maar ik had zo'n medelijden met mijn broer dat ik hem onwillekeurig vertelde over Van Ruijven en het schilderij. Het was een opluchting hem dat te kunnen zeggen.

Hij luisterde nauwlettend. Toen ik klaar was zei hij: 'Zie je wel, we zijn niet zo verschillend, met de aandacht die we trekken van onze meerderen.'

'Maar ik heb niet gereageerd op Van Ruijven en ik ben ook niet van plan het te doen.'

'Van Ruijven bedoelde ik niet,' zei Frans en zijn ogen keken ineens sluw. 'Nee, hij niet. Ik bedoelde je meester.'

'Wat is er met mijn meester?' riep ik uit.

Frans glimlachte. 'Toe Griet, je maakt jezelf overstuur.'

'Hou daarmee op! Wat wil je eigenlijk zeggen? Hij heeft nooit...'

'Dat hoeft hij niet. Het is duidelijk te zien aan je gezicht. Je verlangt naar hem. Je kunt het verbergen voor je ouders en voor je slager, maar niet voor mij. Ik ken jou wel beter.'

Dat was zo. Hij kende me inderdaad beter.

Ik opende mijn mond maar kon geen woord uitbrengen.

Ofschoon het december was en koud, liep ik zo hard en maakte me zo veel zorgen over Frans dat ik veel eerder dan ik moest terugkwam op de Papenhoek. Ik kreeg het warm en begon mijn sjaals los te maken om mijn gezicht af te koelen. Toen ik op de Oude Langendijk liep zag ik Van Ruijven en mijn meester aan komen. Ik boog mijn hoofd en ging aan de andere kant lopen, zodat ik aan de kant van mijn meester kon passeren en niet aan die van Van Ruijven, maar dat oversteken richtte Van Ruijvens aandacht op mij. Hij bleef staan en dwong zo mijn meester ook stil te blijven staan.

'Jij – de meid met de wijduitstaande ogen,' riep hij en hij draaide zich naar me toe. 'Ze zeiden me dat je weg was. Ik geloof dat je mij uit de weg gaat. Hoe heet je, meisje?'

'Griet, meneer.' Ik hield mijn ogen strak gericht op de schoenen van mijn meester. Ze waren glimmend zwart – Maertge had ze eerder die dag onder mijn leiding gepoetst.

'Zo, Griet, ben je mij uit de weg gegaan?'

'O nee, meneer. Ik heb boodschappen gedaan.' Ik stak de emmer omhoog met dingen die ik voor Maria Thins had gehaald voordat ik Frans opzocht.

'Dan hoop ik dat ik je vaker zal zien.'

'Ja meneer.' Achter de mannen stonden twee vrouwen. Ik keek even naar hun gezichten en schatte dat zij de dochter en de zuster waren die model stonden voor het schilderij. De dochter staarde naar me.

'Ik hoop dat je je belofte niet bent vergeten,' zei Van Ruijven tegen mijn meester.

Mijn meester hief met een ruk zijn hoofd op als een ledenpop. 'Nee,' antwoordde hij na even zwijgen.

'Goed, ik verwacht dat je daaraan zult willen beginnen voordat je ons vraagt weer te komen.' Van Ruijvens glimlach deed me huiveren.

Lang was het stil. Ik keek naar mijn meester. Hij kon maar met moeite zijn kalmte bewaren, maar ik wist dat hij kwaad was.

'Ja,' zei hij ten slotte, terwijl zijn ogen gericht waren op het huis aan de overkant. Hij keek me niet aan.

Dat gesprek op straat begreep ik niet, maar ik wist dat het met mij had te maken. De volgende dag ontdekte ik op welke manier.

's Morgens vroeg hij me die middag naar boven te komen. Ik nam aan dat hij me met de kleuren wilde laten werken, dat hij aan het concertschilderij begon. Toen ik in het atelier kwam, was hij er niet. Ik ging recht naar de zolder. De maaltafel was opgeruimd – er was niets voor me klaargelegd. Beteuterd klom ik de ladder weer af.

Hij was binnengekomen en stond in het atelier uit een raam te kijken.

'Ga eens zitten, Griet,' zei hij met zijn rug naar me toe.

Ik ging op de stoel bij het virginaal zitten. Ik raakte het niet aan – ik had nog nooit een instrument aangeraakt, behalve om het schoon te maken. Terwijl ik wachtte, bekeek ik de schilderijen die hij aan de achtermuur had opgehangen en die deel zouden uitmaken van het concertdoek. Links hing een landschap en rechts een doek met drie mensen – een vrouw die de luit bespeelde en die een jurk droeg die veel van haar boezem liet zien, een heer met zijn arm om haar heen en een oude vrouw. De man kocht de gunsten van de jonge vrouw, de oude vrouw stak haar hand uit om de munt die hij vasthield in ontvangst te nemen. Het schilderij was van Maria Thins; ze had me verteld dat het *De koppelaarster* heette.

'Die stoel niet.' Hij had zich omgedraaid van het raam. 'Daar zit de dochter van Van Ruijven.'

Waar ik gezeten zou hebben, als ik in het schilderij zou voorkomen.

Hij pakte een andere stoel met leeuwenkoppen en zette die dicht bij zijn ezel, maar zijdelings zodat hij naar het raam gekeerd stond. 'Ga hier eens zitten.'

'Wat wilt u, meneer?' vroeg ik terwijl ik ging zitten. Ik was verbaasd – we zaten nooit bij elkaar. Ik huiverde ofschoon het niet koud was.

'Niet praten.' Hij opende een luik zodat het licht recht op mijn gezicht viel. 'Kijk eens uit het raam.' Hij ging op zijn stoel bij de ezel zitten.

Ik keek naar de Nieuwe Kerk en slikte moeizaam. Ik voelde dat mijn kaak verstrakte en mijn ogen zich opensperden.

'Nu moet je naar me kijken.'

Ik draaide mijn hoofd om en keek over mijn linkerschouder naar hem.

Zijn ogen waren strak op me gericht. Ik kon aan niets anders denken dan hoe grijs ze waren, als de binnenkant van een oesterschelp.

Hij leek op iets te wachten. Mijn gezicht begon te verstrakken van de angst dat ik hem niet gaf wat hij wilde.

'Griet,' zei hij zacht. Meer hoefde hij niet te zeggen. Mijn ogen schoten vol tranen die ik niet de vrije loop liet. Nu wist ik het.

'Ja. Niet bewegen.'

Hij ging me schilderen.

1666

'Je ruikt naar lijnolie.'

Mijn vader zei dat op verbaasde toon. Hij geloofde niet dat door gewoon een schildersatelier schoon te houden de geur in mijn kleren zou blijven hangen, in mijn huid en mijn haar. Hij had gelijk. Het was alsof hij aanvoelde dat ik nu met de olie in mijn kamer sliep, dat ik urenlang zat terwijl ik geschilderd werd en de geur in me opnam. Hij voelde het aan maar hij kon het niet zeggen. Zijn blindheid had hem zijn zelfvertrouwen ontnomen, zodat hij zich niet meer kon verlaten op de gedachten in zijn hoofd.

Een jaar geleden had ik misschien geprobeerd hem te helpen, hem in te geven wat hij dacht, hem aan te sporen vrijuit te spreken. Nu echter keek ik alleen toe hoe hij in stilte worstelde, als een kever die op zijn rug is gevallen en zich niet meer om kan draaien.

Mijn moeder had het ook aangevoeld, al wist ze niet precies wat het was. Soms kon ik haar niet in de ogen kijken. Als ik dat wel deed, sprak er verwarring uit haar blik, ingehouden boosheid, nieuwsgierigheid, pijn. Ze probeerde te begrijpen wat er met haar dochter was gebeurd.

Ik was gewend geraakt aan de geur van lijnolie. Ik bewaarde er zelfs een flesje van bij mijn bed. 's Morgens als ik me aankleedde hield ik het omhoog voor het raam om de kleur te bewonderen, een kleur als citroensap met een druppeltje loodgeel erin.

Die kleur draag ik nu, wilde ik zeggen. Hij schildert me in die kleur.

Maar om de gedachten van mijn vader af te leiden van de geur, beschreef ik een ander schilderij waaraan mijn meester werkte. 'Aan een virginaal zit een jonge vrouw te spelen. Ze draagt een geel met zwart lijfje – hetzelfde dat de bakkersdochter droeg voor haar schilderij – een witsatijnen rok en witte linten in het haar. In de ronding van het virginaal staat nog een vrouw die zingt, bladmuziek in de hand. Ze draagt een groene, met bont afgezette ochtendjas en een blauwe jurk. Tussen de vrouwen zit een man met zijn rug naar ons toe...'

'Van Ruijven,' viel mijn vader me in de rede.

'Ja, Van Ruijven. Je ziet alleen de achterkant van zijn haren, en één hand aan de hals van een luit.'

'Hij speelt slecht op de luit,' voegde mijn vader er gretig aan toe.

'Heel slecht. Daarom heeft hij zijn rug naar ons toe – dan kunnen we niet zien dat hij zijn luit niet eens behoorlijk kan vasthouden.'

Mijn vader grinnikte, hij had zijn goede humeur weer terug. Het deed hem altijd plezier te horen dat een rijke man een slechte muzikant kon zijn.

Het was niet altijd gemakkelijk hem weer in een goed humeur te brengen. De zondagen bij mijn ouders waren zo onbehaaglijk geworden, dat ik begon uit te zien naar de keren dat Pieter de zoon bij ons at. Hij moest de bezorgde blikken hebben opgemerkt die mijn moeder op me richtte, de knorrige opmerkingen van mijn vader, de gênante perioden van stilzwijgen, zo onverwacht tussen ouder en kind. Hij zei er nooit iets van, vertrok nooit zijn gezicht, of staarde, of zat zelf met zijn mond vol tanden. In plaats daarvan plaagde hij goedaardig mijn vader, vleide mijn moeder en glimlachte tegen mij.

Pieter vroeg niet waarom ik naar lijnolie rook. Hij leek

zich geen zorgen te maken over wat ik voor me hield. Hij had besloten mij te vertrouwen.

Hij was een goede man.

Maar ik kon het niet helpen – ik keek altijd of er bloed onder zijn vingernagels zat.

Hij zou ze in zout water moeten weken, dacht ik. Ik zal het hem weleens zeggen.

Hij was een goede man, maar hij begon ongeduldig te worden. Hij zei niets, maar soms op zondagen in het steegje bij de Rietveldgracht kon ik het ongeduld voelen in zijn handen. Dan greep hij mijn dijen harder vast dan nodig was, drukte zijn handpalm in mijn rug zodat ik tegen zijn kruis geperst stond en zijn uitstulping kon voelen, zelfs onder veel lagen kleren. Het was zo koud dat we elkaars huid niet aanraakten – alleen de ruw aanvoelende zwellingen, de grove omtrekken van onze ledematen.

Pieters aanraking stootte me niet altijd af. Soms, als ik over zijn schouder naar de lucht keek, en naast het wit de andere kleuren vond in een wolk, of dacht aan het malen van loodwit of koningsgeel, tintelden mijn borsten en buik, en dan drukte ik me tegen hem aan. Hij was altijd in zijn nopjes als ik reageerde. Hij merkte niet dat ik vermeed naar zijn gezicht en handen te kijken.

Die zondag van de lijnolie, toen mijn vader en moeder zo verbaasd en triest hadden gekeken, loodste Pieter me later naar het steegje. Daar begon hij in mijn borsten te knijpen en door de stof van mijn jurk aan m'n tepels te trekken. Toen hield hij ineens op, keek me sluw aan en liet zijn handen over mijn schouders en mijn hals glijden. Voordat ik hem kon tegenhouden had hij zijn handen onder mijn muts en zaten ze verward in mijn haren.

Ik trok met beide handen mijn muts omlaag. 'Nee!'

Pieter glimlachte tegen me, met glazige ogen, alsof hij te

lang in de zon had gekeken. Hij had kans gezien een haarlok van me los te wurmen en trok er nu met zijn vingers aan. 'Op een dag, en het duurt niet lang meer, Griet, zal ik dit alles zien. Je zult niet altijd een geheim voor me zijn.' Hij liet een hand zakken naar de laagste ronding van mijn buik en duwde zich tegen me aan. 'Over een maand ben je achttien. Dan ga ik met je vader praten.'

Ik deed een stap achteruit – ik had het gevoel alsof ik me in een warme, donkere kamer bevond en geen adem kon halen. 'Ik ben nog jong. Te jong daarvoor.'

Pieter schokschouderde. 'Niet alle meisjes wachten tot ze ouder zijn. En jouw familie heeft me nodig.' Het was voor het eerst dat hij een opmerking maakte over de armoede van mijn familie, en hun afhankelijk zijn van hem – hun afhankelijkheid werd ook mijn afhankelijkheid. Daarom stemden ze ermee in de geschenken van vlees aan te nemen en mij 's zondags met hem in een steegje te laten staan.

Ik fronste mijn voorhoofd. Ik werd niet graag aan zijn macht over ons herinnerd.

Pieter voelde aan dat hij dat niet had moeten zeggen. Om het goed te maken stopte hij de haarlok weer onder mijn muts en raakte mijn wang aan. 'Ik zal je gelukkig maken, Griet,' zei hij. 'Dat zal ik echt.'

Toen hij vertrokken was liep ik langs de gracht, ondanks de kou. Het ijs was gebroken zodat de boten erdoor konden, maar op het oppervlak had zich weer een dun laagje gevormd. Toen we klein waren, gooiden Frans en Agnes en ik altijd met steentjes om het dunne ijs kapot te maken, totdat elke splinter onder water was verdwenen. Het leek lang geleden.

Een maand tevoren had hij me gevraagd naar boven naar het atelier te komen.

'Ik ben op zolder,' zei ik die middag tegen de kamer in het algemeen.

Tanneke keek niet op van haar naaiwerk. 'Leg nog wat hout op het vuur voordat je weggaat,' beval ze.

De meisjes waren aan het kantklossen, onder toezicht van Maertge en Maria Thins. Lisbeth was geduldig en ze had behendige vingers, ze kon goed werk leveren, maar Aleydis was nog te jong om het fijne weefwerk goed te doen, en Cornelia was te ongeduldig. De poes zat aan Cornelia's voeten bij de haard en nu en dan bukte het meisje zich voorover en liet een stukje garen bungelen zodat de poes ernaar kon slaan. Uiteindelijk, zo hoopte ze waarschijnlijk, zou de poes haar klauwen door haar werk trekken en het in de war maken.

Nadat ik de haard had bijgevuld, liep ik om Johannes heen, die op de koude keukentegels met een tol zat te spelen. Toen ik wegging, gaf hij er een heftige ruk aan en de tol sprong recht in het vuur. Hij begon te huilen terwijl Cornelia gilde van het lachen en Maertge probeerde met een haardtang de tol uit de vlammen te trekken.

'Sst, jullie maken Catharina en Franciscus nog wakker,' waarschuwde Maria Thins de kinderen. Ze hoorden haar niet.

Ik sloop weg, opgelucht te kunnen ontsnappen aan het lawaai, hoe koud het in het atelier ook zou zijn.

De atelierdeur was dicht. Terwijl ik dichterbij kwam, perste ik mijn lippen samen, streek mijn wenkbrauwen glad en liet mijn vingers langs de zijkanten van mijn wangen naar mijn kin glijden, alsof ik een appel betastte om te kijken of hij stevig was. Ik aarzelde voor de zware houten deur en klopte toen zachtjes. Er kwam geen antwoord, al wist ik dat hij daar moest zijn – hij verwachtte me.

Het was de eerste dag van het nieuwe jaar. De grondlaag

van mijn schilderij had hij bijna een maand eerder geschilderd, maar sindsdien niets meer – geen roodachtige puntjes om de vormen aan te geven, geen valse kleuren, geen kleuren over elkaar heen, geen hoogsels. Het doek had een nietszeggende, geelachtig witte tint. Ik zag het elke morgen bij het poetsen.

Ik klopte harder.

Toen de deur openging, keek hij fronsend en vermeed mijn ogen. 'Niet kloppen, Griet, kom maar zachtjes binnen,' zei hij, zich omdraaiend en teruglopend naar de ezel, waar het lege doek op zijn kleuren stond te wachten.

Ik deed zacht de deur achter me dicht, sloot het geluid van de kinderen beneden buiten en liep naar het midden van het vertrek. Nu het moment eindelijk was aangebroken, was ik verrassend rustig. 'U heeft me geroepen, meneer?'

'Ja. Ga daar eens staan.' Hij gebaarde naar de hoek waar hij de andere vrouwen had geschilderd. Daar stond de tafel die hij gebruikte voor het concertstuk, maar hij had de muziekinstrumenten weggehaald. Hij gaf me een brief. 'Lees die eens,' zei hij.

Ik vouwde het papier open en boog er mijn hoofd over, bang dat hij zou ontdekken dat ik slechts voorwendde een onbekend handschrift te lezen.

Op het papier was niets geschreven.

Ik keek op om hem dat te zeggen, maar hield me in. Bij hem was het vaak beter niets te zeggen. Ik boog mijn hoofd weer over de brief.

'Probeer dit liever,' opperde hij en gaf me een boek. Het was in versleten leer gebonden en de rug was op verscheidene plaatsen gebroken. Ik opende het op een willekeurige plek en bekeek een pagina. Ik herkende geen van de woorden.

Hij liet me zitten met het boek, daarna staan en het vasthouden terwijl ik hem aankeek. Hij pakte het boek weg, gaf me een witte kan met een tinnen deksel en liet me net doen of ik een glas wijn inschonk. Hij vroeg me te gaan staan en gewoon uit het raam te kijken. Al die tijd leek hij in verwarring, alsof iemand hem een verhaal had verteld waarvan hij zich het einde niet meer kon herinneren.

'Het zit in de kleren,' mompelde hij. 'Dat is het probleem.'

Ik begreep het. Hij liet me dingen doen die een dame zou doen, maar ik droeg de kleren van een dienstbode. Ik dacht aan de gele mantel en het geel met zwarte lijfje, en vroeg me af welke hij me zou vragen te dragen. Ik voelde me niet op mijn gemak. Het was niet alleen dat dat ik onmogelijk voor Catharina verborgen kon houden dat ik haar kleren droeg. Ik voelde dat het niet juist was wijn te schenken, dingen te doen die ik nooit deed. Hoezeer ik er ook naar verlangde het zachte bont van de mantel om mijn hals te voelen, het was niet iets wat ik normaal droeg.

'Meneer,' zei ik ten slotte, 'misschien moet u mij andere dingen laten doen. Dingen die een dienstbode doet.'

'Wat doet een dienstbode?' vroeg hij zacht en hij sloeg zijn armen over elkaar en trok zijn wenkbrauwen op.

Ik moest even wachten voordat ik kon antwoorden – mijn kaak beefde. Ik dacht aan Pieter en mij in het steegje en slikte moeizaam. 'Naaien,' antwoordde ik. 'Dweilen en vegen. Water dragen. Lakens wassen. Brood snijden. Vensterruiten poetsen.'

'Zou je willen dat ik je met je zwabber schilder?'

'Dat kan ik niet zeggen, meneer. Het is mijn schilderij niet.'

Hij fronste zijn voorhoofd. 'Nee, het is niet van jou.' Hij klonk alsof hij in zichzelf sprak.

'Ik wil niet dat u me schildert met mijn zwabber.' Ik zei

het zonder te weten dat ik dat wilde zegggen.

'Nee. Nee, je hebt gelijk, Griet. Ik zou je niet schilderen met een zwabber in je hand.'

'Maar ik kan de kleren van uw vrouw niet dragen.'

Lang was het stil. 'Nee, ik denk van niet,' zei hij. 'Maar ik ga je ook niet schilderen als een dienstbode.'

'Hoe dan, meneer?'

'Ik ga je schilderen zoals ik je voor het eerst heb gezien, Griet. Alleen jou.'

Hij zette een stoel bij zijn ezel, naar het middelste raam gericht, en ik ging zitten. Ik wist dat dat mijn plaats zou zijn. Hij ging op zoek naar de pose waarin hij me een maand eerder had gezet, toen hij had besloten mij te schilderen.

'Kijk eens uit het raam,' zei hij.

Ik keek naar buiten, naar de grauwe winterdag en herinnerde me de keer dat ik de plaats van de bakkersdochter had ingenomen. Toen had ik geprobeerd niets te zien, maar mijn gedachten tot rust te brengen. Dat was moeilijk omdat ik aan hem dacht, aan mezelf terwijl ik voor hem poseerde.

De klok van de Nieuwe Kerk sloeg twee keer.

'Draai nu je hoofd langzaam naar mij toe. Nee, niet je schouders. Houd je lichaam naar het raam gekeerd. Beweeg alleen je hoofd. Langzaam, langzaam. Stop. Iets meer zodat... stop. Nu moet je stilzitten.'

Ik zat stil.

Eerst kon ik hem niet in de ogen kijken. Toen ik het deed, was het alsof ik dicht bij een vuur zat dat ineens opvlamt. In plaats daarvan bestudeerde ik zijn vastberaden kin, zijn dunne lippen.

'Griet, je kijkt niet naar me.'

Ik dwong me naar zijn ogen te kijken. Weer had ik dat brandende gevoel, maar ik verdroeg het – hij wilde het van me.

Spoedig werd het gemakkelijker hem in de ogen te kijken. Hij keek naar me alsof hij mij niet zag maar iemand anders, of iets anders – alsof hij naar een schilderij keek.

Hij kijkt naar het licht dat op mijn gezicht valt, dacht ik, niet naar mijn gezicht zelf. Dat is het verschil.

Het leek bijna alsof ik er niet was. Toen ik dat eenmaal voelde, kon ik me wat ontspannen. Omdat hij mij niet zag, zag ik hem niet. Mijn gedachten begonnen af te dwalen – naar gestoofde haas die we hadden gegeten, de kanten kraag die Lisbeth me had gegeven, een verhaal dat Pieter de zoon me de dag tevoren had verteld. Daarna dacht ik aan niets. Twee keer stond hij op om de positie van een van de luiken te veranderen. Hij liep een paar keer naar het kastje om verschillende penselen en kleuren te kiezen. Ik volgde zijn bewegingen alsof ik op straat stond en door het raam naar binnen keek.

De kerkklok sloeg drie keer. Ik knipperde met mijn ogen. Ik had niet het gevoel dat er zoveel tijd was verstreken. Het was alsof ik in een ban was geraakt.

Ik keek naar hem – zijn ogen waren nu op mij gericht. Hij keek me aan. Terwijl we elkaar aankeken trok er een vleugje warmte door mijn lichaam. Maar ik hield mijn ogen op hem gericht, totdat hij ten slotte zijn blik afwendde en zijn keel schraapte.

'Zo is het voldoende, Griet. Boven ligt wat been voor je om fijn te wrijven.'

Ik knikte en glipte met bonzend hart de kamer uit. Hij was mij aan het schilderen.

'Trek je muts eens uit je gezicht,' zei hij op een dag.

'Uit mijn gezicht, meneer?' herhaalde ik suf en meteen had ik spijt. Hij had liever dat ik niet sprak, maar deed wat hij zei. Als ik wel sprak, hoorde ik iets te zeggen wat de moeite waard was.

Hij gaf geen antwoord. Ik trok de zijkant van mijn muts, het dichtst naar hem gekeerd, weg van mijn wang. De gesteven punt schuurde langs mijn hals.

'Verder,' zei hij. 'Ik wil de lijn van je wang zien.'

Ik aarzelde en trok de muts toen verder terug. Zijn ogen dwaalden over mijn wang.

'Laat me je oor eens zien.'

Dat wilde ik niet. Maar ik kon niet anders.

Ik tastte onder mijn muts om zeker te zijn dat er geen haren loszaten en duwde een paar lokken achter mijn oor. Daarna trok ik de muts naar achteren om het laagste deel van mijn oor te laten zien.

De uitdrukking op zijn gelaat was als een zucht, al maakte hij geen geluid. Ik hoorde wel een geluid in mijn eigen keel en onderdrukte het zodat het niet kon ontsnappen.

'Je muts,' zei hij. 'Zet die eens af.'

'Nee, meneer.'

'Nee?'

'Alstublieft, meneer, vraag me niet dat te doen.' Ik trok de stof van de muts omlaag zodat mijn oor en wang weer bedekt waren. Ik keek naar de vloer, de grijze en witte tegels die zich, schoon en recht, voor me uitstrekten.

'Je wilt je hoofd niet ontbloten?'

'Nee.'

'En toch wil je niet geschilderd worden als een dienstbode, met je zwabber en je muts, en ook niet als een dame, met satijn en bont en een opgemaakt kapsel.'

Ik gaf geen antwoord. Ik kon hem mijn haren niet laten zien. Ik was niet zo'n meisje dat haar hoofd onbedekt liet.

Hij verschoof op zijn stoel en stond op. Ik hoorde hem naar de voorraadkamer gaan. Toen hij terugkwam had hij allerlei doeken in zijn armen die hij op mijn schoot liet vallen.

'Zo, Griet, kijk maar eens wat je hiermee kunt doen. Zoek iets wat je om je hoofd kunt wikkelen, zodat je noch een dame, noch een dienstbode bent.' Ik kon niet zien of hij boos was of geamuseerd. Hij verliet de kamer en sloot de deur achter zich.

Ik zocht tussen de doeken. Er waren drie mutsen bij, allemaal te mooi voor mij en te klein om mijn hoofd helemaal te bedekken. Er waren stukken stof bij, overblijfsels van jurken en jakjes die Catharina had gemaakt, in geel en bruin, blauw en grijs.

Ik wist niet wat ik doen moest. Ik keek om me heen alsof ik in het atelier een antwoord zou vinden. Mijn ogen vielen op het schilderij van *De koppelaarster* – het hoofd van de jonge vrouw was onbedekt, haar haren zaten naar achteren vast met linten, maar de oude vrouw droeg een stuk stof dat om haar hoofd was gewikkeld, kriskras ineen gestopt. Misschien wil hij dat, dacht ik. Misschien doen vrouwen, die geen dames of dienstboden zijn noch iets anders, dat met hun haar.

Ik koos een stuk bruine stof en nam dat mee naar de voorraadkamer, waar een spiegel was. Ik zette mijn muts af en wikkelde de doek zo goed mogelijk om mijn hoofd, naar het schilderij kijkend in een poging het hoofd van de oude vrouw zo goed mogelijk te imiteren. Ik zag er heel vreemd uit.

Ik had me inderdaad door hem moeten laten schilderen met een zwabber, dacht ik. Trots heeft me ijdel gemaakt.

Toen hij terugkwam en zag wat ik had gedaan, lachte hij. Ik had hem niet vaak horen lachen – soms met de kinderen, een keer met Van Leeuwenhoek. Ik fronste mijn wenkbrauwen. Ik vond het niet leuk uitgelachen te worden.

'Ik heb alleen gedaan wat u wilde, meneer,' mompelde ik.

Hij hield op met grinniken. 'Je hebt gelijk, Griet. Het spijt me. En nu je gezicht, nu ik er meer van kan zien is, is het...' Hij zweeg en maakte de zin niet af. Ik heb me altijd afgevraagd wat hij had willen zeggen.

Hij bekeek de stapel doeken die ik op mijn stoel had laten liggen. 'Waarom heb je bruin gekozen,' vroeg hij, 'terwijl er andere kleuren zijn?'

Ik wilde niet nog een keer over dienstboden en dames beginnen. Ik wilde hem niet eraan herinneren dat blauw en geel kleuren waren van dames. 'Bruin is de kleur die ik meestal draag,' zei ik eenvoudig.

Hij leek te raden wat ik dacht. 'Tanneke droeg blauw en geel toen ik haar een paar jaar geleden schilderde,' wierp hij tegen.

'Ik ben Tanneke niet, meneer.'

'Nee, dat ben je zeker niet.' Hij trok een lange, smalle reep blauwe stof tevoorschijn. 'Toch wil ik dat je dit probeert.'

Ik bekeek het. 'Dat is niet voldoende stof om mijn hoofd te bedekken.'

'Neem dit er dan bij.' Hij pakte een stuk gele stof met een rand van hetzelfde blauw en reikte het me aan.

Met tegenzin nam ik de twee stukken stof mee naar de voorraadkamer en probeerde ook deze voor de spiegel. Ik bond de blauwe stof over mijn voorhoofd, met het gele stuk een paar keer rond gewikkeld zodat de bovenkant van mijn hoofd bedekt was. Ik liet het uiteinde los naar beneden hangen opzij van mijn hoofd, schikte hier en daar wat plooien, streek de blauwe stof glad om mijn hoofd en liep het atelier weer in.

Hij stond in een boek te kijken en merkte niet dat ik terugglipte op mijn stoel. Ik ging zitten zoals ik eerst had gezeten. Toen ik mijn hoofd omdraaide om over mijn linkerschouder te kijken, keek hij op. Tegelijkertijd viel het uiteinde van de gele doek los over mijn schouder.

'O,' zuchtte ik, bang dat de stof van mijn hoofd zou glijden en al mijn haar zou ontbloten. Maar het bleef zitten – alleen het uiteinde van de gele doek bungelde los. Mijn haar bleef verborgen.

'Ja,' zei hij toen. 'Dat is het, Griet. Ja.'

Hij wilde me het schilderij niet laten zien. Hij plaatste het op een tweede ezel, schuin van de deur af gekeerd, en zei me er niet naar te kijken. Ik beloofde dat ik het niet zou doen, maar een paar nachten lag ik in bed erover te denken een deken om me heen te slaan en stiekem naar beneden te gaan om het te zien. Hij zou het nooit weten.

Maar hij zou het raden. Ik geloofde niet dat ik dag in dag uit kon zitten terwijl hij naar me keek, zonder te raden dat ik naar het schilderij had gekeken. Ik kon geen dingen voor hem verbergen. Dat wilde ik ook niet.

Ik voelde ook tegenzin om te ontdekken hoe hij me zag. Het was beter dat geheim te houden.

De kleuren die hij me vroeg te mengen, gaven ook geen aanwijzing van wat hij aan het doen was. Zwart, oker, loodwit, loodgeel, ultramarijn, geel – het waren allemaal kleuren waar ik eerder mee had gewerkt, en ze konden evengoed gebruikt worden voor het concertdoek.

Het was ongewoon voor hem aan twee schilderijen tegelijk te werken. Ofschoon hij er niet van hield van het ene naar het andere te gaan, maakte het hem wel gemakkelijker voor anderen te verbergen dat hij mij schilderde. Een paar mensen wisten het. Van Ruijven wist het – ik wist zeker dat mijn meester het doek schilderde op zijn verzoek. Mijn meester moest erin hebben toegestemd mij alleen te schilderen, zodat hij me niet met Van Ruijven hoefde schilderen. Van Ruijven zou het doek van mij in bezit krijgen.

Die gedachte beviel me niet. En ik geloofde dat het mijn meester evenmin aanstond.

Ook Maria Thins was op de hoogte van het bestaan van het schilderij. Waarschijnlijk was zij het die de afspraak had gemaakt met Van Ruijven. En zij kon het atelier nog in en uit gaan als ze zin had en naar het schilderij kijken, wat ik niet mocht. Soms keek ze me van opzij aan met een onverholen nieuwsgierige blik.

Ik vermoedde dat Cornelia het wist van het schilderij. Ik betrapte haar op een dag waar ze niet mocht zijn, op de trap naar het atelier. Ze wilde niet zeggen waarom ze daar was toen ik het haar vroeg, en ik liet haar gaan in plaats van haar naar Maria Thins of Catharina te brengen. Ik durfde geen moeilijkheden te maken terwijl hij me schilderde.

Van Leeuwenhoek was op de hoogte van het schilderij. Op een dag bracht hij zijn camera obscura mee en stelde die op zodat ze naar me konden kijken. Hij leek niet verbaasd toen hij me op mijn stoel zag zitten – mijn meester had het hem zeker verteld. Hij keek wel even naar mijn ongewone hoofdtooi, maar gaf geen commentaar.

Ze keken om beurten door de camera. Ik had geleerd te blijven zitten zonder me te bewegen of te denken, en zonder afgeleid te worden door zijn blik. Het was lastiger als de zwarte kist op me was gericht. Als er geen ogen, geen gezicht, geen lichaam naar me toe gedraaid waren, alleen een kist en een zwart kleed over een gebogen rug, voelde ik me onbehaaglijk. Ik kon er niet langer zeker van zijn hoe ze naar me keken.

Maar ik kon niet ontkennen dat het spannend was zo te worden bestudeerd door twee heren, ook al kon ik hun gezichten niet zien.

Mijn meester was de kamer uit gegaan om een zachte doek te vinden waarmee hij de lens kon afwrijven. Van

Leeuwenhoek wachtte tot hij zijn voetstappen op de trap niet meer hoorde en zei toen zacht: 'Pas op jezelf, kindje.'

'Wat bedoelt u, meneer?'

'Je moet weten dat hij je schildert om Van Ruijven tevreden te stellen. Van Ruijvens belangstelling voor jou heeft van je meester een beschermer van jou gemaakt.'

Ik knikte, stilletjes blij te horen wat ik had vermoed.

'Zorg dat je niet verwikkeld raakt in hun strijd. Je zou gekwetst kunnen worden.'

Ik zat nog steeds in de positie die ik had aangenomen voor het schilderij. Nu schokten mijn schouders onwillekeurig even, alsof ik een sjaal afschudde. 'Ik geloof niet dat hij me ooit kwaad zou doen, meneer.'

'Zeg me eens, kindje, hoeveel weet jij van mannen?'

Ik bloosde diep en wendde mijn hoofd af. Ik dacht eraan dat ik in de steeg was met Pieter de zoon.

'Weet je, rivaliteit maakt mannen bezitterig. Hij is in jou geïnteresseerd deels omdat Van Ruijven het is.'

Ik gaf geen antwoord.

'Hij is een uitzonderlijk man,' vervolgde Van Leeuwenhoek. 'Zijn ogen zijn een kamer vol goud waard. Maar soms ziet hij de wereld alleen zoals hij die wenst te zien, niet zoals hij is. Hij begrijpt de gevolgen van zijn gezichtspunt voor anderen niet. Hij denkt alleen aan zichzelf en aan zijn werk, niet aan jou. Dan moet je voorzichtig zijn...' Hij zweeg. De voetstappen van mijn meester klonken op de trap.

'Waarvoor voorzichtig zijn, meneer?' fluisterde ik.

'Voorzichtig zijn om jezelf te blijven.'

Ik hief mijn kin naar hem op. 'Om een dienstbode te blijven, meneer?'

'Dat bedoel ik niet. De vrouwen op zijn schilderijen – die zet hij gevangen in zijn wereld. Daarin kun je verdwalen.'

Mijn meester kwam de kamer in. 'Griet, je hebt je bewogen,' zei hij.

'Het spijt me, meneer.' Ik nam mijn positie weer in.

Catharina was zes maanden zwanger toen hij aan het schilderij van mij begon. Ze was al zwaar en bewoog zich langzaam, leunde tegen muren, greep de rugleuning van stoelen vast en liet zich er dan met een zucht zwaar in zakken. Ik was verbaasd hoe moeilijk ze het deed lijken een kind te dragen, terwijl dit echt niet de eerste keer was. Ofschoon ze niet hardop klaagde, deed ze het voorkomen alsof elke beweging die ze maakte een straf was die ze gedwongen werd te ondergaan. Dat had ik niet gemerkt toen ze zwanger was van Franciscus, toen ik nieuw was in het huis en nauwelijks verder kon kijken dan de stapel wasgoed die elke morgen op me wachtte.

Naarmate Catharina zwaarder werd, raakte ze ook steeds meer in zichzelf gekeerd. Ze zorgde nog wel voor de kinderen, met hulp van Maertge, en gaf Tanneke en mij bevelen. Ze deed nog steeds boodschappen voor het huis met Maria Thins. Maar een deel van haar was elders, bij de baby in haar binnenste. Ze trad nu nog maar zelden scherp op en ook minder opzettelijk. Ze was rustiger en ofschoon ze onhandig was, brak ze minder dingen.

Ik maakte me er zorgen over dat ze het schilderij van mij zou ontdekken. Gelukkig werd de trap naar het atelier lastig te beklimmen voor haar, zodat ze niet zo gauw de atelierdeur zou opengooien en mij op de stoel en hem aan de ezel zou ontdekken. En omdat het winter, was zat ze liever bij het haardvuur met de kinderen en Tanneke en Maria Thins, of deed ze een dutje onder een stapel dekens en bont.

Het echte gevaar was dat ze het door Van Ruijven te weten zou komen. Van de mensen die op de hoogte waren van het schilderij kon hij het slechtst een geheim bewaren. Hij kwam regelmatig naar het huis om model te zitten voor het concertstuk. Maria Thins stuurde me niet langer weg om boodschappen te doen en zei me evenmin dat ik uit zijn buurt moest blijven als hij kwam. Dat zou onpraktisch zijn geweest – zoveel boodschappen kon ik niet voor haar doen. En zij moet hebben gedacht dat hij tevreden zou zijn met de belofte van het schilderij en me met rust zou laten.

Dat deed hij niet. Soms zocht hij me op terwijl ik aan het wassen of kleren strijken was in de waskeuken, of met Tanneke in de kookkeuken werkte. Het was niet zo erg als er anderen in de buurt waren – als Maertge bij me was, of Tanneke, of zelfs Aleydis, riep hij alleen: 'Hallo, meisje van me,' met zijn honingzoete stem en hij liet me met rust. Maar als ik alleen was, zoals ik vaak was op de achterplaats, bezig met was ophangen zodat die een paar minuten bleke winterzon kon vangen, dan liep hij het ommuurde plaatsje op, en raakte me aan achter een laken dat ik juist had opgehangen, of achter een van de overhemden van mijn meester. Ik duwde hem weg, zo beleefd als een dienstbode dat met een heer kon doen. Toch zag hij kans vertrouwd te raken met de vorm van mijn borsten en dijen onder mijn kleren. Hij zei dingen tegen me die ik probeerde te vergeten, woorden die ik nooit tegen iemand anders zou herhalen.

Van Ruijven ging altijd even op bezoek bij Catharina, nadat hij in het atelier had geposeerd, terwijl zijn dochter en zuster geduldig op hem wachtten tot hij klaar was met flirten en roddelen. Ofschoon Maria Thins hem had gevraagd Catharina niets over het schilderij te vertellen, was hij niet de man om geheimen voor zich te houden. Hij was heel blij dat hij het schilderij van mij zou krijgen, en soms liet hij daarover iets los tegen Catharina.

Toen ik op een dag de gang aan het dweilen was, hoorde

ik hem tegen haar zeggen: 'Wie zou je door je man laten schilderen, als hij wie dan ook in de wereld kon schilderen?'

'Och, aan zulke dingen denk ik niet,' antwoordde ze lachend. 'Hij schildert wat hij schildert.'

'Dat weet ik nog zo net niet.' Van Ruijven deed zo zijn best geheimzinnig te klinken dat het zelfs Catharina niet ontging.

'Wat bedoel je?' wilde ze weten.

'Niets, niets. Maar je zou hem om een schilderij moeten vragen. Hij zou geen nee kunnen zeggen. Hij zou een van de kinderen kunnen schilderen – Maertge misschien. Of jouw lieflijke figuur.'

Catharina zweeg. Te horen aan de manier waarop Van Ruijven snel van onderwerp veranderde, moest hij beseft hebben dat hij iets had gezegd wat haar van haar stuk bracht.

Een andere keer, toen ze hem vroeg of hij graag model zat voor het schilderij, antwoordde hij: 'Niet zo graag als wanneer ik een knap meisje bij me had zitten. Maar over niet al te lange tijd zal ik haar toch hebben, en dat moet voorlopig voldoende zijn.'

Catharina ging niet in op die opmerking, zoals ze een paar maanden eerder wel gedaan zou hebben. Maar misschien klonk het haar niet zo verdacht in de oren omdat ze niets wist over het schilderij. Mij vervulde het echter met afschuw en ik herhaalde de woorden tegen Maria Thins.

'Heb jij aan de deur staan luisteren, meisje?' vroeg de oude vrouw.

'Ik...' Ik kon het niet ontkennen.

Maria Thins glimlachte zuur. 'Het werd onderhand weleens tijd dat ik je betrapte op dingen die dienstboden horen te doen. Straks ga je de zilveren lepels nog stelen.'

Ik kromp ineen. Het was wreed om zoiets te zeggen,

vooral na de problemen met Catharina en de kammen. Maar ik kon niet anders – ik stond bij Maria Thins in het krijt. Die harde woorden moest ze kunnen zeggen.

'Maar je hebt gelijk, Van Ruijvens mond zit nog losser dan de beurs van een hoer,' vervolgde ze. 'Ik zal nog eens met hem praten.'

Met hem over iets praten had echter weinig zin – het leek hem nog meer te stimuleren om bij Catharina dingen te suggereren. Maria Thins begon ervoor te zorgen dat ze bij haar dochter in de kamer was als hij op bezoek kwam, zodat ze kon proberen hem de mond te snoeren.

Ik wist niet wat Catharina zou doen als ze het schilderij van mij ontdekte. En dat zou ze zeker op een dag – zo niet in het huis, dan bij de Van Ruijvens, als ze daar ging dineren en op zou kijken en mij vanaf de muur naar hen zou zien staren.

Hij werkte niet elke dag aan het schilderij van mij. Hij moest ook het concert schilderen, met of zonder Van Ruijven en zijn vrouwen. Hij schilderde om hen heen als ze er niet waren, of vroeg mij de plaats van een van de vrouwen in te nemen – het meisje dat aan het virginaal zat, de vrouw die ernaast stond te zingen van een vel papier. Hun kleren droeg ik niet. Hij had daar alleen maar een lichaam nodig. Soms kwamen de twee vrouwen zonder Van Ruijven en dan werkte hij het best. Van Ruijven zelf was een moeilijk model. Ik kon hem horen als ik op de zolder werkte. Hij kon niet stilzitten en wilde praten en op zijn luit spelen. Mijn meester had geduld met hem, zoals hij dat met een kind zou hebben, maar soms kon ik in zijn stem een toon horen doorklinken en dan wist ik dat hij die avond naar de herberg zou gaan, en met glinsterende ogen zou terugkeren.

Drie of vier keer per week poseerde ik voor het andere schilderij, telkens een uur of twee. Het was het deel van de week dat ik het fijnste vond, als al die uren zijn ogen alleen op mij waren gericht. Ik vond het niet erg dat het geen gemakkelijke pose was om aan te nemen, dat het lange tijd opzij kijken me hoofdpijn bezorgde. Ik vond het niet erg als hij me soms mijn hoofd telkens weer liet bewegen, zodat de gele doek in het rond zwaaide en hij me kon schilderen zodat het leek of ik juist mijn hoofd naar hem had omgedraaid. Ik deed alles wat hij van me vroeg.

Maar hij was niet gelukkig. Februari ging voorbij en maart kwam eraan, met zijn dagen van ijs en zon, en hij was niet gelukkig. Hij had bijna twee maanden aan het schilderij gewerkt, en ofschoon ik het niet had gezien, dacht ik dat het bijna klaar moest zijn. Hij liet me niet langer hoeveelheden verf ervoor bereiden, maar gebruikte hele kleine beetjes en bewoog zijn penselen spaarzaam terwijl ik poseerde. Ik had gedacht dat ik begreep hoe hij me hebben wilde, maar nu wist ik het niet zo zeker. Soms zat hij alleen maar naar me te kijken, alsof hij wachtte tot ik iets zou doen. Dan leek hij niet op een schilder maar op een man, en was het moeilijk naar hem te kijken.

Op een dag zei hij ineens, terwijl ik op mijn stoel zat: 'Hiermee zal Van Ruijven tevreden zijn, maar ik niet.'

Ik wist niet wat ik moest zeggen. Ik kon hem niet helpen als ik het doek niet had gezien. 'Mag ik naar het schilderij kijken, meneer?'

Hij keek me vreemd aan.

'Misschien kan ik helpen,' voegde ik eraan toe en wilde direct dat ik dat niet had gedaan. Ik was bang dat ik te vrijpostig was geworden.

'Goed dan,' zei hij na een tijdje.

Ik stond op en ging achter hem staan. Hij draaide zich niet om maar bleef heel stil zitten. Ik kon hem langzaam en regelmatig horen ademhalen.

Het schilderij was heel anders dan alle andere. Het was alleen van mij, van mijn hoofd en schouders, zonder tafels of gordijnen, geen ramen, geen poederkwasten om te verzachten en af te leiden. Hij had me geschilderd met mijn ogen wijdopen; het licht viel over mijn gezicht maar mijn linkerkant was in de schaduw. Ik droeg blauw en geel en bruin. De doek die om mijn hoofd was gewonden deed me niet op mezelf lijken, maar op Griet uit een andere stad, nee zelfs uit een ander land. De achtergrond was zwart zodat ik helemaal alleen leek, ofschoon ik duidelijk naar iemand keek. Ik leek te wachten op iets waarvan ik niet dacht dat het ooit zou gebeuren.

Hij had gelijk – het schilderij zou Van Ruijven misschien tevreden stellen, maar er mankeerde iets aan.

Ik wist het voordat hij het wist. Toen ik zag wat er ontbrak – de sprankelende lichteffecten waarmee hij andere schilderijen tot leven had gebracht – huiverde ik. Dit wordt het einde, dacht ik.

Ik had gelijk.

Dit keer probeerde ik niet hem te helpen zoals ik had gedaan bij het schilderij van Van Ruijvens vrouw terwijl ze een brief schreef. Ik sloop het atelier niet meer in om dingen te veranderen – zoals de stoel waarop ik zat anders zetten of de luiken verder openen. Ik wikkelde de blauw met gele doek niet op een andere manier, noch stopte ik de kraag van mijn onderhemd weg. Ik beet niet op mijn lippen om ze roder te maken en zoog evenmin mijn wangen naar binnen. Ik zette geen kleuren klaar waarvan ik dacht dat hij ze misschien zou gebruiken.

Ik zat gewoon model voor hem, en wreef en spoelde de kleuren waarom hij vroeg.

Hij zou het zelf toch wel ontdekken.

Het duurde langer dan ik had verwacht. Ik zat nog twee keer voor hem, voordat hij ontdekte wat er mankeerde. Beide keren zat hij met een ontevreden blik op zijn gezicht te schilderen en liet hij me vroeg weer gaan.

Ik wachtte.

Catharina zelf gaf hem het antwoord. Op een middag zaten Maertge en ik in de waskeuken schoenen te poetsen, terwijl de andere meisjes in de grote zaal stonden te kijken hoe hun moeder zich kleedde voor een geboortefeest. Ik hoorde Aleydis en Lisbeth gillen en wist dat Catharina haar parels tevoorschijn had gehaald, want daar waren de meisjes dol op.

Toen hoorde ik zijn voetstappen in de gang, stilte, daarna zachte stemmen. Even later riep hij: 'Griet, breng mijn vrouw eens een glas wijn.'

Ik zette de witte kan met twee glazen op een dienblad, voor geval hij ook een glas zou willen, en bracht ze naar de grote zaal. Toen ik binnenkwam, botste ik tegen Cornelia aan die in de deuropening had gestaan. Ik zag kans de kan vast te grijpen en de glazen kletterden tegen mijn borst zonder te breken. Cornelia lachte zelfgenoegzaam en stapte me uit de weg.

Catharina zat aan tafel met haar poederkwast en kruikje, haar kammen en sieradenkistje. Ze droeg haar parels en haar groene zijden jurk, die vermaakt was om over haar buik te vallen. Ik zette een glas bij haar neer en schonk in.

'Wilt u ook wat wijn, meneer?' vroeg ik en keek naar hem op. Hij leunde tegen de kast die om het bed was gebouwd, tegen de zijden gordijnen gedrukt, waarvan ik nu voor het eerst merkte dat ze van dezelfde stof waren gemaakt als Catharina's jurk. Hij keek heen en weer tussen Catharina en mij. Hij keek weer met die schildersogen.

'Domme meid, je hebt wijn op me gemorst!' Catharina

duwde zich van de tafel af en wreef met haar hand over haar buik. Daar waren een paar druppels rood geknoeid.

'Het spijt me, mevrouw. Ik zal een vochtige doek halen om het af te deppen.'

'Nee, laat maar. Ik kan het niet uitstaan als je zo om me heen drentelt. Ga nu maar.'

Terwijl ik mijn blad oppakte, keek ik tersluiks naar hem. Zijn ogen waren strak gericht op de paarlen oorbel van zijn vrouw. Toen ze haar hoofd omdraaide om meer poeder op haar gezicht te deppen, bungelde de oorbel heen en weer, gevangen in het licht van de voorramen. Onze aandacht werd erdoor op haar gezicht gericht en het licht weerkaatste erin, net als in haar ogen.

'Ik moet even naar boven,' zei hij tegen Catharina. 'Ik ben zo terug.'

Dat is het dan, dacht ik. Hij heeft zijn antwoord.

Toen hij me de volgende middag vroeg naar het atelier te komen, voelde ik me niet zo opgewonden, zoals meestal als ik wist dat ik model voor hem moest zitten. Voor het eerst was ik er bang voor. Die morgen hadden de kleren die ik waste bijzonder zwaar en doorweekt geleken, en mijn handen waren niet sterk genoeg om ze goed uit te wringen. Ik bewoog me langzaam tussen de keuken en het achterplaatsje en ging meer dan eens zitten rusten. Maria Thins betrapte me terwijl ik zat, toen ze binnenkwam voor een koperen koekenpan. 'Wat mankeert jou, meisje? Ben je ziek?' vroeg ze.

Ik sprong op. 'Nee, mevrouw. Alleen wat moe.'

'Moe, hè? Dat mag een meid niet zijn, zeker 's morgens niet.' Ze keek alsof ze me niet geloofde.

Ik dompelde mijn handen onder in het afkoelende water en trok er een van Catharina's onderhemden uit. 'Zijn er vanmiddag misschien boodschappen die ik voor u kan doen, mevrouw?'

'Boodschappen? Vanmiddag? Ik geloof van niet. Vreemd dat je me zoiets vraagt terwijl je moe bent.' Ze kneep haar ogen halfdicht. 'Je hebt toch geen problemen, meisje? Van Ruijven heeft je toch zeker niet ergens alleen vastgepakt?'

'Nee mevrouw.' Eigenlijk had hij dat wel, twee dagen geleden, maar ik had kans gezien me van hem los te rukken.

'Heeft iemand ontdekt dat je boven werkt?' vroeg Maria Thins met zachte stem, terwijl ze met haar hoofd naar boven, naar het atelier gebaarde.

'Nee mevrouw.' Heel even kwam ik in de verleiding haar over de oorbel te vertellen. In plaats daarvan zei ik: 'Ik heb iets gegeten wat me niet is bekomen, meer niet.'

Maria Thins trok de schouders op en wendde zich af. Ze geloofde me nog niet, maar had geconcludeerd dat het niet belangrijk was.

Die middag beklom ik moeizaam de trap en bleef voor de atelierdeur staan. Dit zou anders zijn dan de keren dat ik model voor hem zat. Hij ging me iets vragen en ik was hem verplicht.

Ik duwde de deur open. Hij zat aan zijn ezel en bekeek het puntje van een van zijn penselen. Toen hij naar me opkeek, zag ik iets in zijn gezicht wat ik nooit eerder had gezien. Hij was nerveus.

Dat gaf me de moed te zeggen wat ik zei. Ik ging bij mijn stoel staan en legde mijn hand op een van de leeuwenkoppen. 'Meneer,' begon ik en ik greep stevig de harde, koele gesneden kop vast. 'Ik kan het niet doen.'

'Wat doen, Griet?' Hij was echt verbaasd.

'Wat u me gaat vragen te doen. Ik kan het niet dragen. Dienstboden dragen geen parels.'

Lang staarde hij me aan, toen schudde hij enkele malen zijn hoofd. 'Ik weet nooit wat ik van jou moet verwachten. Altijd verbaas je me.'

Ik tastte met mijn vingers over de neus van de leeuw en de bek en over zijn snuit naar zijn manen, glad en knobbelig. Zijn ogen volgden mijn vingers.

'Je weet,' mompelde hij, 'dat het schilderij het nodig heeft, het licht dat de parel weerkaatst. Anders is het niet compleet.'

Dat wist ik inderdaad. Ik had niet lang naar het doek gekeken – ik vond het te vreemd mezelf te zien – maar ik had direct geweten dat de paarlen oorbel ervoor nodig was. Zonder die waren er alleen mijn ogen, mijn mond, de kraag van mijn onderhemd, de donkere ruimte achter mijn oren, allemaal apart. De oorbel zou ze samenbrengen. Het schilderij zou er compleet door worden.

Het zou me ook op straat zetten. Ik wist dat hij geen oorbel zou lenen van Van Ruijven of Van Leeuwenhoek of iemand anders. Hij had de parel van Catharina gezien en die zou hij me laten dragen. Hij gebruikte wat hij hebben wilde voor zijn schilderij, zonder aan de gevolgen te denken. Daarvoor had Van Leeuwenhoek me gewaarschuwd.

Als Catharina haar oorbel in het schilderij zag, zou ze ontploffen.

Ik had hem moeten smeken me niet te ruïneren.

'U schildert het voor Van Ruijven,' wierp ik tegen, 'niet voor uzelf. Is het dan zo belangrijk? U zei zelf dat hij er tevreden mee zou zijn.'

Zijn gezicht verhardde en ik wist dat ik iets verkeerds had gezegd.

'Ik zou nooit ophouden aan een schilderij te werken als ik wist dat het niet compleet was, ongeacht wie het zou krijgen,' mompelde hij. 'Zo werk ik niet.'

'Nee meneer.' Ik slikte moeizaam en staarde naar de betegelde vloer. Stomme meid, dacht ik en mijn kaak verstrakte.

'Ga je klaarmaken.'

Ik boog mijn hoofd en liep haastig naar de voorraadkamer waar ik de blauwe en gele doeken bewaarde. Ik had zijn afkeuring nooit eerder zo sterk gevoeld. Ik dacht niet dat ik het kon verdragen. Ik zette mijn muts af en voelde dat het lint waarmee mijn haar werd opgebonden los begon te raken. Ik trok het eraf. Ik had mijn handen naar achteren gestoken om mijn haar weer bijeen te pakken, toen ik een van de losse vloertegels in het atelier hoorde klikken. Ik verstijfde. Hij was nog nooit in de voorraadkamer gekomen terwijl ik me omkleedde. Dat had hij nooit van me gevraagd.

Ik draaide me om, mijn handen nog in mijn haren. Hij stond op de drempel naar me te kijken.

Ik liet mijn handen zakken. Mijn haren vielen golvend over mijn schouders, bruin zoals de akkers in de herfst. Niemand zag het ooit, alleen ik.

'Je haren,' zei hij. Hij was niet boos meer.

Ten slotte wendde hij zijn ogen van me af.

Nu hij mijn haren had gezien, nu ik me voor hem had blootgegeven, had ik niet meer het gevoel dat ik iets kostbaars te verbergen had, iets wat ik voor mezelf moest houden. Ik kon vrijer zijn, zo niet met hem, dan met iemand anders. Het deed er niet meer toe wat ik deed en niet deed.

Die avond glipte ik het huis uit en vond Pieter de zoon in een van de herbergen bij de Vleeshal, waar de slagers dronken. Ik negeerde het fluitconcert en de opmerkingen, liep naar hem toe en vroeg hem met mij mee te komen. Met grote ogen zette hij zijn bier neer en liep met me naar buiten, waar ik hem bij de hand pakte en naar een nabij steegje loodste. Daar trok ik mijn rok op en liet hem doen wat hij wilde. Met mijn handen greep ik hem achter in zijn hals en hield me vast terwijl hij in me binnendrong en ritmisch begon te duwen. Hij deed me pijn, maar toen ik dacht aan mijn haren, los om mijn schouders in het atelier, voelde ik ook iets als genot.

Later, terug in de Papenhoek, waste ik mezelf met azijn.

Toen ik daarna naar het schilderij keek, zag ik dat hij een plukje haar toegevoegd had dat onder de blauwe doek boven mijn linkeroog uit piepte.

De volgende keer dat ik model zat had hij het niet meer over de oorbel. Hij gaf me die niet, zoals ik gevreesd had, veranderde mijn houding niet en hield ook niet op met schilderen.

Ook kwam hij niet meer in de voorraadkamer om naar mijn haren te kjken.

Hij zat lange tijd op zijn palet kleuren te mengen met zijn paletmes. Er was daar rood en oker, maar de meeste verf die hij mengde was wit waaraan hij likjes zwart toevoegde, ze langzaam en zorgvuldig ineenwerkte terwijl de zilveren ruit van het mes door de grijze verf flitste.

'Meneer?' begon ik.

Hij keek naar me op en hield zijn mes stil.

'Ik heb u soms iets zien schilderen zonder dat er een model bij was. Zou u de oorbel niet kunnen schilderen zonder dat ik hem draag?'

Het paletmes bleef stil. 'Je zou graag willen dat ik me jou voorstel met de oorbel in je oor en dan schilder wat ik voor me zie?'

'Ja meneer.'

Hij keek neer op de verf, het paletmes was weer in beweging. Ik geloof dat hij vaag glimlachte. 'Ik wil je de oorbel zien dragen.'

'Maar u weet wat er dan zal gebeuren, meneer.'

'Ik weet dat het schilderij compleet zal zijn.'

Je zult me ruïneren, dacht ik. Opnieuw kon ik het niet opbrengen dat te zeggen. 'Wat zal uw vrouw zeggen als ze het uiteindelijke schilderij ziet?' vroeg ik in plaats daarvan, zo vrijpostig als ik durfde.

'Ze zal het niet zien. Ik zal het rechtstreeks aan Van Ruijven geven.' Het was voor het eerst dat hij toegaf mij in het geheim te schilderen, dat Catharina het zou afkeuren.

'Je hoeft hem maar één keer te dragen,' voegde hij eraan toe als om me gerust te stellen. 'De volgende keer dat ik je schilder zal ik hem meebrengen. Volgende week. Catharina zal hem voor een middag niet missen.'

'Maar meneer,' zei ik, 'ik heb geen gaatje in mijn oor.'

Hij fronste even zijn voorhoofd. 'Nou ja, daar zul je dan voor moeten zorgen.' Dit was duidelijk iets voor een vrouw, niet iets waarmee hij zich hoefde te bemoeien. Hij klopte zachtjes met het mes en veegde het af aan een doek. 'Laten we nu maar beginnen. Je kin iets naar beneden.' Hij keek naar me op. 'Ga eens met je tong langs je lippen, Griet.'

Dat deed ik.

'Laat je mond open.'

Ik was zo verbaasd over zijn verzoek dat mijn mond vanzelf openbleef. Ik hield mijn tranen in. Eerzame vrouwen openden hun mond niet op schilderijen.

Het leek alsof hij met Pieter en mij in het steegje was geweest.

Je hebt me geruïneerd, dacht ik. Ik likte mijn lippen weer.

'Goed,' zei hij.

Ik wilde het niet zelf doen. Ik was niet bang voor de pijn, maar ik wilde de naald niet door mijn eigen oor steken.

Als ik iemand had kunnen vragen het voor mij te doen, zou dat mijn moeder zijn geweest. Maar ze zou het nooit begrepen hebben, en het niet willen doen zonder te weten waarom. En als ik haar de reden had verteld, zou ze zich dood geschrokken zijn.

Ik kon het Tanneke of Maertge ook niet vragen.

Ik dacht eraan het Maria Thins te vragen. Misschien wist ze het nog niet van de oorbel, maar ze zou het gauw genoeg te weten zijn gekomen. Ik kon het echter niet over me verkrijgen het haar te vragen, haar deel te laten zijn van mijn vernedering.

De enige persoon die het misschien kon doen en begrijpen, was Frans. De volgende middag glipte ik naar buiten met een naaldendoosje dat Maria Thins me had gegeven. De vrouw met het zure gezicht aan de fabriekspoort lachte spottend toen ik vroeg hem te zien.

'Die is al lang weg, opgeruimd staat netjes,' antwoordde ze, gniffelend om de woorden.

'Weg? Weg waarheen?'

De vrouw trok de schouders op. 'Naar Rotterdam, zeggen ze. Maar dan, wie zal het weten? Misschien verdient hij zijn fortuin op zee, als hij niet sterft tussen de benen van een Rotterdamse hoer.' Die laatste woorden deden me scherper naar haar kijken. Ze was zwanger.

Toen Cornelia de tegel van Frans en mij brak, had ze niet geweten dat het uit zou komen – dat hij los zou raken van mij en van het gezin. Zal ik hem ooit terugzien? dacht ik. En wat zullen onze ouders zeggen? Ik voelde me eenzamer dan ooit.

De volgende dag ging ik even naar de apotheek op mijn weg terug van de viskramen. De apotheker kende me nu, en begroette me zelfs bij mijn naam. 'En wat wil hij vandaag hebben?' vroeg hij. 'Linnen? Vermiljoen? Oker? Lijnolie?'

'Hij heeft niets nodig,' antwoordde ik nerveus. 'Mijn meesteres ook niet. Ik ben gekomen...' Even overwoog ik hem te vragen mijn oor te doorboren. Hij leek een discrete man die het zou kunnen doen zonder het tegen iemand te vertellen of te willen weten waarom.

Zoiets kon ik een onbekende niet vragen. 'Ik heb iets nodig om de huid te verdoven,' zei ik.

'De huid verdoven?'

'Ja. Net als ijs.'

'Waarom wil je de huid verdoven?'

Ik schokschouderde en gaf geen antwoord en bekeek de flessen op de schappen achter hem.

'Kruidnagelolie,' zei hij ten slotte zuchtend. Hij pakte een fles achter zich. 'Wrijf een beetje op de plek en laat het een paar minuten inwerken. Maar het blijft niet lang.'

'Ik zou graag wat hebben, alstublieft.'

'En wie gaat hiervoor betalen? Je meester? Het is heel duur, dat weet je. Het komt van ver weg.' Zijn stem klonk zowel afkeurend als nieuwsgierig.

'Ik zal betalen. Ik hoef maar weinig te hebben.' Ik trok een beurs uit mijn schort en telde de kostbare stuivers uit op de tafel. Een heel klein flesje kostte me het loon voor twee dagen. Ik had wat geld van Tanneke geleend en beloofd haar terug te betalen als ik op zondag mijn geld kreeg.

Toen ik mijn lagere loon die zondag aan mijn moeder gaf, zei ik haar dat ik een handspiegel had gebroken en ervoor moest betalen.

'Het zal meer dan het loon voor twee dagen kosten die te vervangen,' keef ze. 'Waar was je mee bezig, keek je naar jezelf in de spiegel? Wat slordig.'

'Ja,' gaf ik toe. 'Ik ben heel slordig geweest.'

Ik wachtte tot het laat was, tot ik er zeker van was dat iedereen in huis sliep. Ofschoon er gewoonlijk niemand naar het atelier kwam nadat het voor de nacht was afgesloten, was ik toch bang dat iemand me zou betrappen, met mijn naald en spiegel en kruidnagelolie. Ik stond bij de gesloten deur te luisteren. Ik kon Catharina beneden in de gang op en neer horen lopen. Ze had nu veel moeite met slapen – haar lichaam was te log geworden om in een comfortabele positie te kunnen liggen. Toen hoorde ik een kinderstem, van een meisje, die probeerde zacht te spreken maar het heldere geluid niet kon onderdrukken. Cornelia was bij haar moeder. Ik kon niet horen wat ze zei en omdat ik in het atelier was opgesloten, kon ik niet tot boven aan de trap kruipen om beter te kunnen horen.

Maria Thins liep ook door haar kamers, naast de voorraadkamer. Het was een rusteloos huis en het maakte mij ook ongedurig. Ik dwong mezelf op mijn stoel met de leeuwenkoppen te gaan zitten en te wachten. Ik had geen slaap. Ik had me nog nooit zo wakker gevoeld.

Eindelijk gingen Catharina en Cornelia weer naar bed, en Maria Thins hield op met rondlopen. Terwijl het huis tot rust kwam bleef ik op mijn stoel zitten. Het was gemakkelijker daar te zitten dan te doen wat ik moest doen. Toen ik het niet langer meer kon uitstellen, stond ik op en gluurde eerst naar het schilderij. Alles wat ik nu kon zien, was de grote leegte waar de oorbel moest komen, en die ik zou moeten vullen.

Ik pakte mijn kaars, vond de spiegel in de voorraadkamer en klom naar de zolder. Ik zette de spiegel op de wrijftafel tegen de muur en de kaars ernaast. Ik pakte mijn naaldendoosje, zocht de dunste naald uit en hield de punt in de kaarsvlam. Daarna opende ik het flesje met kruidnagelolie; ik verwachtte dat het vies zou ruiken, naar schimmel en rottende bladeren, zoals vaak het geval is met medicijnen. Het kwam van ver weg, uit plaatsen waar Frans misschien zou komen op zijn schepen. Ik schudde enkele druppels op een doek en wreef ermee over mijn linkeroorlelletje. De apotheker had gelijk – toen ik een paar minuten later het lelletje aanraakte voelde het aan alsof ik in de kou was geweest, zonder een sjaal om mijn oren te slaan.

Ik haalde de naald uit de vlam en liet de gloeiend rode punt afzwakken tot dof oranje en daarna tot zwart. Toen ik me naar de spiegel boog keek ik even naar mezelf. Mijn ogen waren vochtig in het kaarslicht, glinsterend van angst.

Doe dit snel, dacht ik. Het helpt niet als je talmt.

Ik trok het oorlelletje strak en stak in één beweging de naald door mijn vlees.

Net voordat ik flauwviel dacht ik: ik heb altijd al parels willen dragen.

Elke avond verdoofde ik mijn oor en duwde een wat grotere naald door het gat om het open te houden. Het deed niet veel pijn, totdat het lelletje geïnfecteerd raakte en begon te zwellen. Hoeveel kruidnagelolie ik ook op mijn oor deed, de tranen dropen uit mijn ogen als ik de naald erdoor stak. Ik wist niet hoe ik de oorbel zou kunnen dragen zonder weer flauw te vallen.

Ik was dankbaar dat ik mijn muts over mijn oren droeg, zodat niemand het gezwollen lelletje zag. Het klopte als ik me over het dampende wasgoed boog, als ik ingrediënten voor kleuren fijnwreef, als ik met Pieter en mijn ouders in de kerk zat.

Het klopte toen Van Ruijven me op een morgen betrapte bij het ophangen van de lakens op het achterplaatsje en probeerde mijn onderhemd omlaag te trekken en mijn boezem te ontbloten.

'Je hoort je niet tegen mij te verzetten, mijn meisje,' mompelde hij toen ik achteruitliep. 'Je zult er meer plezier aan beleven als je je niet verzet. En weet je, ik heb je toch, als ik dat schilderij krijg.' Hij duwde me tegen de muur en liet zijn lippen naar mijn borst zakken, terwijl hij aan mijn borsten trok om ze uit de jurk te halen.

'Tanneke!' riep ik vertwijfeld, vergeefs hopend dat ze vroeg was teruggekomen van een boodschap naar de bakker.

'Wat doet u daar?'

Cornelia stond in de deuropening naar ons te kijken. Ik had nooit gedacht dat ik blij zou zijn haar te zien.

Van Ruijven hief zijn hoofd op en stapte achteruit. 'Wij spelen een spelletje, lief meisje,' antwoordde hij glimlachend. 'Gewoon een spelletje. Als je ouder bent zul jij het ook spelen.' Hij streek zijn jas glad en liep langs haar heen het huis in.

Ik kon Cornelia niet in de ogen kijken. Ik stopte mijn onderhemd weer in en streek met bevende handen mijn jurk glad. Toen ik eindelijk opkeek was ze verdwenen.

Op de morgen van mijn achttiende verjaardag stond ik op en poetste het atelier zoals gewoonlijk. Het concertschilderij was af – over een paar dagen zou Van Ruijven ernaar komen kijken en het meenemen. Ofschoon dat nu niet meer hoefde, maakte ik alle opgestelde voorwerpen zorgvuldig schoon, ik stofte het virginaal af, de viool, de contrabas, bette het dikke tafelkleed met een vochtige doek, boende de stoelen en dweilde de grijs met witte vloertegels.

Ik vond het schilderij niet zo mooi als zijn andere. Ofschoon de bedoeling was dat het meer zou opbrengen met drie figuren erin, gaf ik de voorkeur aan de doeken die hij van vrouwen alleen had geschilderd – ze waren oprechter, minder ingewikkeld. Ik merkte dat ik niet lang naar het concert wilde kijken, of proberen te begrijpen wat de mensen erin dachten.

Ik vroeg me af wat hij nu zou gaan schilderen.

Beneden zette ik water op het vuur om te koken en vroeg Tanneke wat ze van de slager wilde hebben. Ze was de treden en tegels voor het huis aan het vegen. 'Een runderribstuk,' antwoordde ze en ze leunde op haar bezem. 'Waarom niet eens iets lekkers?' Ze wreef kreunend over haar onderrug. 'Misschien hoef ik dan niet zo aan mijn pijn te denken.'

'Is het je rug weer?' Ik probeerde meelevend te klinken, maar Tannekes rug deed altijd pijn. De rug van een dienstbode zou altijd pijn doen. Dat hoorde bij het leven van een meid.

Maertge ging met me mee naar de Vleeshal en ik was er blij om – sinds die avond in de steeg geneerde ik me als ik alleen was met Pieter de zoon. Ik wist niet zeker hoe hij me zou behandelen. Maar als Maertge bij me was, zou hij voorzichtig moeten zijn met wat hij zei of deed.

Pieter de zoon was er niet – alleen zijn vader, die tegen me grijnsde. 'Aha, de jarige meid!' riep hij uit. 'Een belangrijke dag voor jou.'

Maertge keek me verbaasd aan. Ik had tegen de familie niet over mijn verjaardag gesproken – daar was geen reden voor.

'Er is niets belangrijks aan,' snauwde ik.

'Mijn zoon denkt daar anders over. Hij is nu weg om een boodschap te doen. Hij moet iemand spreken.' Pieter de vader knipoogde tegen me. Mijn bloed verkilde. Hij zei iets zonder het te zeggen, iets wat ik moest begrijpen.

'Uw mooiste runderribstuk,' beval ik en ik besloot hem te negeren.

'Om het te vieren, zeker?' Pieter de vader bleef altijd doorzaniken; hij ging tot het uiterste.

Ik gaf geen antwoord. Ik wachtte gewoon tot hij me had bediend, legde toen het rundvlees in mijn emmer en draaide me om.

'Is het echt jouw verjaardag, Griet?' fluisterde Maertge toen we de Vleeshal verlieten.

'Ja.'

'Hoe oud ben je?'

'Achttien.'

'Waarom is achttien zo belangrijk?'

'Dat is het niet. Je moet niet luisteren naar wat hij zegt – hij is een dwaze man.'

Maertge leek niet overtuigd. Ik ook niet. Zijn woorden deden me aan iets denken.

Ik werkte de hele morgen aan het spoelen en koken van de was. Ik dacht aan veel dingen terwijl ik boven de tobbe met dampend water stond. Ik vroeg me af waar Frans was, en of mijn ouders al hadden gehoord dat hij Delft had verlaten. Ik vroeg me af wat Pieter de vader daarnet had bedoeld en waar Pieter de zoon was. Ik dacht aan de avond in het steegje. Ik dacht aan het schilderij van mij en vroeg me af wanneer het klaar zou zijn en wat er dan met me zou gebeuren. Al die tijd vlijmde er pijn door mijn oor, steeds wanneer ik mijn hoofd bewoog.

Maria Thins kwam me halen.

'Laat je was maar met rust, meisje,' hoorde ik haar achter me zeggen. 'Hij wil je boven hebben.' Ze stond in de deuropening met iets in haar hand te schudden.

Ik stond verward op. 'Nu mevrouw?'

'Ja, nu. Tegen mij hoef je niet zo quasi-verlegen te doen, meisje. Je weet waarom. Catharina is vanmorgen weggegaan en dat doet ze niet zoveel meer nu haar tijd bijna is gekomen. Steek je hand eens uit.'

Ik droogde mijn hand af aan mijn schort en stak die uit. Maria Thins liet er een paar paarlen oorbellen in vallen.

'Neem die nu met je mee naar boven. Vlug.'

Ik bleef roerloos staan. Ik had twee parels in mijn hand,

zo groot als hazelnoten, in de vorm van waterdruppels. Ze waren zilverachtig grijs, zelfs in het zonlicht, op een puntje fel wit licht na. Ik had eerder parels aangeraakt, als ik ze naar boven bracht voor Van Ruijvens vrouw, en ze om haar hals had gebonden of op de tafel gelegd. Maar ik had ze nooit voor mezelf vastgehouden.

'Schiet op, meisje,' gromde Maria Thins ongeduldig. 'Catharina kan eerder terugkomen dan ze zei.'

Ik strompelde de gang in en liet het wasgoed onuitgewrongen achter. Ik beklom de trap, onder de ogen van Tanneke, die water uit de gracht binnenbracht, en Aleydis en Cornelia, die in de gang met knikkers aan het spelen waren. Allen keken ze naar me op.

'Waar ga je heen?' vroeg Aleydis, haar ogen gretig geïnteresseerd.

'Naar de zolder,' antwoordde ik zacht.

'Mogen wij met je mee?' zei Cornelia op zeurende toon.

'Nee.'

'Meisjes, jullie versperren me de weg,' zei Tanneke die zich met een boos gezicht langs hen heen wrong.

De atelierdeur stond op een kier. Ik liep naar binnen, perste mijn lippen samen, met kramp in mijn maag, en sloot de deur achter me.

Hij stond me op te wachten. Ik stak mijn hand naar hem uit en liet de parels in zijn handpalm vallen.

Hij keek me glimlachend aan. 'Ga je haren maar inpakken.'

Ik kleedde me om in de voorraadkamer. Hij kwam niet naar mijn haren kijken. Toen ik terugkwam keek ik even naar *De koppelaarster* aan de muur. De man glimlachte tegen de jonge vrouw alsof hij op de markt in peren kneep om te zien of ze rijp waren. Ik huiverde.

Hij hield een oorbel omhoog aan zijn draad. Het sieraad

ving het licht dat door het venster viel in een vlekje fel wit.

'Hier, Griet.' Hij stak de parel naar me uit.

'Griet! Griet! Er is iemand hier voor jou!' riep Maertge van beneden aan de trap.

Ik liep naar het raam. Hij kwam naast me staan en we keken naar buiten.

Pieter de zoon stond beneden op de straat met over elkaar geslagen armen. Hij keek omhoog en zag ons samen aan het raam staan. 'Kom eens beneden, Griet,' riep hij. 'Ik moet met je praten.' Hij zag eruit alsof hij nooit van die plek weg zou gaan.

Ik liep weg bij het raam. 'Het spijt me, meneer,' zei ik zacht. 'Ik ben zo terug.' Ik haastte me naar de voorraadkamer, trok de hoofddoeken af en zette mijn muts weer op. Hij stond nog steeds aan het raam met zijn rug naar me toe toen ik door het atelier liep.

De meisjes zaten op een rij op de bank nieuwsgierig naar Pieter te kijken, die op zijn beurt naar hen staarde.

'Laten we de hoek omgaan,' fluisterde ik en ik bewoog me naar de Molenpoort. Pieter volgde me niet, maar bleef met gevouwen armen staan.

'Wat droeg je daarboven?' vroeg hij. 'Op je hoofd.'

Ik bleef staan en keerde me om. 'Mijn muts.'

'Nee, het was blauw en geel.'

Vijf paar ogen keken naar ons – de meisjes op de bank, hij aan het raam. Daarop verscheen Tanneke in de deuropening en toen waren het er zes.

'Alsjeblieft, Pieter,' siste ik. 'Laten we wat verderop gaan.'

'Wat ik te zeggen heb mag iedereen horen. Ik heb niets te verbergen.' Hij schudde zijn hoofd en zijn blonde krullen bungelden om zijn oren.

Ik kon zien dat hij niet tot zwijgen te brengen was. Waar iedereen bij was zou hij zeggen wat ik vreesde te horen.

Pieter verhief zijn stem niet, maar we hoorden allemaal zijn woorden. 'Ik heb vanmorgen met je vader gesproken en hij heeft erin toegestemd dat we trouwen nu je achttien bent. Je kunt hier vertrekken en naar mij toe komen. Vandaag nog.'

Ik voelde dat ik bloosde, ik wist niet zeker of het van kwaadheid of van schaamte was. Iedereen wachtte tot ik wat zou zeggen.

Ik haalde diep adem. 'Dit is niet de plaats om over zulke dingen te praten,' antwoordde ik streng. 'Niet zo op straat. Je had hier niet zo moeten komen.' Ik wachtte niet op zijn antwoord, maar toen ik me omdraaide keek hij verslagen.

'Griet!' riep hij uit.

Ik wrong me langs Tanneke die zo zacht sprak dat ik niet zeker wist of ik het wel goed had gehoord. 'Hoer.'

Ik rende de trap op naar het atelier. Hij stond nog steeds bij het raam toen ik de deur sloot. 'Het spijt me, meneer,' zei ik. 'Ik zal direct mijn muts afzetten.'

Hij draaide zich niet om. 'Hij is er nog,' zei hij.

Toen ik terugkwam liep ik naar het raam, maar ging er niet te dichtbij staan, voor het geval Pieter me weer zou zien met mijn hoofd gewikkeld in blauw en geel.

Mijn meester stond niet meer naar de straat te kijken, maar naar de toren van de Nieuwe Kerk. Ik gluurde – Pieter was weg.

Ik nam mijn plaats in op de stoel met de leeuwenkoppen en wachtte af.

Toen hij zich ten slotte naar me toe keerde, waren zijn ogen gesluierd. Minder dan ooit wist ik wat hij dacht.

'Je gaat ons dus verlaten,' zei hij.

'Och meneer, ik weet het niet. Let niet op woorden die zomaar op straat worden gesproken.'

'Ga je met hem trouwen?'

'Alstublieft, u moet me niet over hem vragen.'

'Nee, misschien moet ik dat niet doen. Laten we nu maar beginnen.' Hij stak zijn hand uit naar het kastje achter hem, pakte een oorbel en hield die me voor.

'Ik wil dat u het doet.' Ik had niet gedacht dat ik ooit zo vrijpostig kon zijn.

Hij ook niet. Hij trok zijn wenkbrauwen op en opende zijn mond om iets te zeggen, maar hij zweeg.

Hij liep naar mijn stoel. Mijn kaak verstrakte maar ik slaagde erin mijn hoofd stil te houden. Hij stak zijn hand uit en raakte zachtjes mijn oorlelletje aan.

Ik hijgde alsof ik onder water mijn adem had ingehouden.

Hij wreef het gezwollen lelletje tussen zijn duim en wijsvinger en trok het strak. Met zijn andere hand stak hij het draadje van de oorbel in het gaatje en duwde het erdoor. Er vlamde een vurige pijn door me heen die tranen in mijn ogen deed springen.

Hij haalde zijn hand niet weg. Zijn vingers gleden strelend langs mijn hals en mijn kaak. Hij liet ze langs de zijkant van mijn gezicht glijden tot op mijn wang, en veegde toen met zijn duim de tranen weg die uit mijn ogen waren gedruppeld. Hij streelde met zijn duim mijn onderlip. Ik likte eraan en proefde zout.

Toen sloot ik mijn ogen en hij trok zijn vingers terug. Toen ik ze weer opendeed, was hij teruggelopen naar zijn ezel en had zijn palet gepakt.

Ik zat op mijn stoel en keek over mijn schouder naar hem. Mijn oor brandde, het gewicht van de parel trok aan mijn lelletje. Ik kon alleen maar aan zijn vingers langs mijn hals denken, zijn duim op mijn lippen.

Hij keek naar me maar begon niet te schilderen. Ik vroeg me af wat hij dacht.

Ten slotte nam hij achter zich weer iets op. 'Je moet de andere ook dragen,' zei hij terwijl hij de tweede oorbel pakte en die naar me uitstak.

Heel even was ik sprakeloos. Ik wilde dat hij aan mij dacht, niet aan het schilderij.

'Waarom?' antwoordde ik ten slotte. 'Die zie je niet op het schilderij.'

'Je moet beide dragen,' hield hij vol. 'Het is een farce er maar een te dragen.'

'Maar... in mijn andere oor zit geen gaatje,' stamelde ik.

'Dan moet je daarvoor zorgen.' Hij bleef met de oorbel uitgestoken zitten.

Ik pakte hem van hem aan. Ik deed het voor hem. Ik nam mijn naald en kruidnagelolie en doorboorde mijn andere oor. Ik uitte geen kreet, viel niet flauw en maakte geen geluid. Daarna zat ik de hele morgen en hij schilderde de oorbel die hij kon zien, en ik voelde de parel die hij niet kon zien als vuur in mijn andere oor branden.

De kleren die lagen te weken in de keuken werden koud, het water werd grijs. Tanneke rommelde in de keuken, de meisjes schreeuwden buiten en wij zaten achter onze gesloten deur naar elkaar te kijken. En hij schilderde.

Toen hij eindelijk zijn penseel en palet neerlegde, veranderde ik niet van houding, al deden mijn ogen pijn van het opzij kijken. Ik wilde me niet bewegen.

'Het is klaar,' zei hij met gedempte stem. Hij keerde zich af en begon zijn paletmes met een doek schoon te vegen. Ik keek naar het mes – er zat witte verf op.

'Doe je oorbellen af en geef ze terug aan Maria Thins als je naar beneden gaat,' voegde hij eraan toe.

Ik begon stil te huilen. Zonder naar hem te kijken stond ik op en liep de voorraadkamer in waar ik de blauwe en gele doeken van mijn hoofd haalde. Ik wachtte even met mijn haren los over mijn schouders, maar hij kwam niet. Nu het schilderij af was, had hij me niet meer nodig.

Ik keek naar mezelf in het spiegeltje en deed de oorbellen af. Beide gaatjes in mijn oren bloedden. Ik depte ze af met een stukje doek, bond daarna mijn haren op en bedekte die en mijn oren met mijn muts; de punten liet ik onder mijn kin bungelen.

Toen ik weer naar buiten kwam, was hij weg. Hij had de atelierdeur voor me opengelaten. Heel even dacht ik eraan naar het doek te kijken om te zien wat hij had gedaan, het voltooid te zien met de oorbel op zijn plaats. Ik besloot te wachten tot het avond was, wanneer ik het kon bekijken zonder dat iemand binnenkwam.

Ik liep het atelier door en deed de deur achter me dicht.

Dat besluit heb ik altijd betreurd. Ik zou nooit meer de kans krijgen het voltooide schilderij goed te bekijken.

Ik had de oorbellen nog maar net aan Maria Thins gegeven, die ze direct weer in het sieradenkistje legde, toen Catharina thuiskwam. Ik haastte me naar de kookkeuken om Tanneke te helpen met het eten. Ze wilde me niet recht in de ogen kijken, maar keek van opzij naar me en schudde nu en dan haar hoofd.

Hij was niet bij het eten – hij was uitgegaan. Nadat we hadden opgeruimd, liep ik terug naar het achterplaatsje om het wasgoed verder uit te spoelen. Ik moest opnieuw water aanslepen en het verwarmen. Terwijl ik werkte sliep Catharina in de grote zaal. Maria Thins rookte en schreef brieven in de kruisigingskamer. Tanneke zat in de opening van de voordeur te naaien. Maertge zat op de bank te kantklossen. Naast haar waren Aleydis en Lisbeth hun schelpencollectie aan het sorteren.

Cornelia zag ik niet.

Ik was een schort aan het ophangen toen ik Maria Thins hoorde zeggen: 'Waar ga je heen?' Het was meer de toon van haar stem dan wat ze zei die me deed ophouden met mijn werk. Ze klonk ongerust.

Ik glipte naar binnen de gang door. Maria Thins stond onder aan de trap naar boven te kijken. Tanneke was in de opening van de voordeur komen staan, waar ze eerder die dag had gestaan, maar keek nu naar binnen en volgde de blik van haar meesteres. Ik hoorde de traptreden kraken en het geluid van moeizaam ademhalen. Catharina trok zichzelf de trap op.

Op dat moment wist ik wat er ging gebeuren – met haar, met hem, met mij.

Cornelia is daar, dacht ik. Ze brengt haar moeder naar het schilderij.

Ik had het ellendige afwachten kunnen verkorten. Ik had toen weg kunnen gaan, de deur uit kunnen lopen zonder de was gedaan te hebben, zonder om te kijken. Maar ik kon me niet bewegen. Ik stond aan de grond genageld, net als Maria Thins onder aan de trap. Ze wist wat er ging gebeuren en kon het niet voorkomen.

Ik liet me op de vloer zakken. Maria Thins zag me maar zei niets. Ze bleef onzeker naar boven staren. Toen hield het geluid op de trap op en we hoorden Catharina's zware stappen bij de atelierdeur. Maria Thins vloog de trap op. Ik bleef op mijn knieën zitten, te moe om op te staan. Tanneke blokkeerde het licht dat door de voordeur viel. Ze bekeek me met over elkaar geslagen armen, met een uitdrukkingloos gezicht.

Spoedig daarna weerklonk er een kreet van woede, daarna luide stemmen die spoedig afzwakten.

Cornelia kwam de trap af. 'Mama wil dat papa naar huis komt,' zei ze tegen Tanneke.

Tanneke stapte achteruit naar buiten en draaide zich naar de bank. 'Maertge, ga je vader halen bij het gilde,' beval ze. 'Vlug. Zeg maar dat het belangrijk is.'

Cornelia keek om zich heen. Toen ze mij zag begonnen haar ogen te schitteren. Ik stond op uit mijn geknielde houding en liep moeizaam terug naar de achterplaats. Ik kon niets anders doen dan mijn was ophangen en afwachten.

Toen hij terugkwam, dacht ik even dat hij naar me toe zou komen op de achterplaats, waar ik verborgen stond tussen de opgehangen lakens. Dat deed hij niet – ik hoorde hem op de trap en daarna niets meer.

Ik ging zitten, leunde tegen de warme stenen muur en keek omhoog. Het was een heldere, wolkeloze dag, de hemel was spottend blauw. Het was zo'n dag waarop kinderen roepend de straat op en neer renden, waarop stelletjes door de stadspoorten naar buiten wandelden, langs de molens en de grachten, waarop oude vrouwen met gesloten ogen in de zon zaten. Mijn vader zat waarschijnlijk op de bank voor het huis, met zijn gezicht naar de warmte gekeerd. Morgen was het misschien bitter koud, maar vandaag was het lente.

Ze stuurden Cornelia om me te halen. Toen ze opdook tussen de lakens aan de waslijn en op me neerkeek met een wreed, zelfgenoegzaam lachje op haar gezicht, wilde ik haar een klap in haar gezicht geven, zoals ik de eerste dag had gedaan toen ik in het huis kwam werken. Maar dat deed ik niet – ik zat gewoon, met de handen in mijn schoot, gekromde schouders en zag haar opzettelijk spottende blik. De zon deed puntjes goud opblinken – vleugjes van haar moeder – in haar haren.

'Je moet boven komen,' zei ze met formele stem. 'Ze willen je spreken.' Ze draaide zich om en huppelde het huis in.

Ik boog me voorover en veegde wat stof van mijn schoen.

Daarna stond ik op, trok mijn rok glad en voelde of er haarlokken loszaten. Ik likte over mijn lippen en perste ze op elkaar, haalde diep adem en volgde Cornelia.

Catharina had gehuild – haar neus zag rood, haar ogen waren gezwollen. Ze zat op de stoel die hij gewoonlijk bij zijn ezel trok – hij stond tegen de muur geduwd en tegen het kastje waarop zijn penselen en paletmes lagen. Toen ik verscheen, stond ze op, lang en breed. Ofschoon ze me woedend aankeek, zei ze niets. Ze drukte haar armen tegen haar buik en vertrok haar gezicht.

Maria Thins stond naast de ezel; ze keek kalm maar ook ongeduldig, alsof ze andere, belangrijker dingen te doen had.

Hij stond naast zijn vrouw, met een gezicht waarop niets te zien was, zijn ogen op het schilderij gericht. Hij wachtte tot iemand, Catharina of Maria Thins of ik, het woord nam.

Ik kwam niet verder de kamer in dan net over de deurdrempel. Cornelia stond afwachtend achter me. Vanaf mijn plaats kon ik het schilderij niet zien.

Maria Thins zei ten slotte iets.

'Zo, meisje, mijn dochter wil weten hoe het kwam dat je haar oorbellen draagt.' Ze zei het alsof ze niet verwachtte dat ik zou antwoorden.

Ik keek in haar gerimpelde gelaat. Ze ging niet toegeven dat ze me had geholpen de oorbellen te pakken. Dat zou hij ook niet doen, dat wist ik. Ik wist niet wat ik moest zeggen. Daarom zei ik niets.

'Heb je de sleutel van mijn sieradenkistje gestolen en de oorbellen gepakt?' Catharina uitte het alsof ze probeerde zichzelf te overtuigen van wat ze zei. Haar stem beefde.

'Nee, mevrouw.' Ofschoon ik wist dat het voor iedereen gemakkelijker was als ik zei dat ik ze gestolen had, kon ik niet liegen over mezelf.

'Lieg niet tegen me. Meiden stelen altijd. Heb je mijn oorbellen gepakt?'

'Mist u ze nu, mevrouw?'

Even keek Catharina verward, zowel over het feit dat ik de vraag stelde als over de vraag zelf. Ze had kennelijk haar sieradenkistje niet gecontroleerd nadat ze het schilderij had gezien. Ze had geen idee of de oorbellen weg waren of niet. Maar het stond haar niet aan dat ik vragen stelde. 'Zwijg, dief. Ze zullen je in de gevangenis zetten,' siste ze, 'en je zult in jaren geen zonlicht meer zien.' Ze kromp weer ineen. Ze mankeerde wat.

'Maar mevrouw...'

'Catharina, je moet je niet opwinden,' viel hij me in de rede. 'Van Ruijven zal het schilderij meenemen zodra het droog is en dan kun je het uit je hoofd zetten.'

Hij wilde ook niet tegen me praten. Het leek wel of niemand dat wilde. Ik vroeg me af waarom ze me eigenlijk naar boven hadden laten komen, als ze zo bang waren voor wat ik zou zeggen.

Ik zou kunnen zeggen: 'Hoe zit het met de manier waarop hij naar me keek terwijl hij dit schilderij schilderde?'

Ik zou kunnen zeggen: 'Hoe zit het met je moeder en je man, die je achter je rug hebben bedrogen?'

Of ik zou gewoon kunnen zeggen: 'Je man heeft me aangeraakt, hier in deze kamer.'

Ze wisten niet wat ik zou kunnen zeggen.

Catharina was niet gek. Ze wist dat het in werkelijkheid niet om de oorbellen ging. Ze wilde dat dat wel zo was, ze probeerde te doen of dat het geval was, maar ze kon het niet helpen. Ze keerde zich naar haar man. 'Waarom,' vroeg ze, 'heb je mij nooit geschilderd?'

Terwijl ze elkaar aankeken, viel het me op dat ze langer was dan hij en, op een bepaalde manier, steviger.

'Jij en de kinderen maken geen deel uit van deze wereld,' zei hij. 'Dat was niet de bedoeling.'

'En zij wel?' riep Catharina schril uit terwijl ze met een ruk van haar hoofd naar mij gebaarde.

Hij gaf geen antwoord. Ik wilde dat Maria Thins en Cornelia en ik in de keuken waren of in de kruisigingskamer, of buiten op de markt. Dit was een zaak die een man en zijn vrouw alleen moesten bespreken.

'En met míjn oorbellen?'

Opnieuw zweeg hij en dat wond Catharina nog meer op dan zijn woorden. Ze begon met haar hoofd te schudden zodat haar blonde krullen om haar oren dansten. 'Ik wil dit niet in mijn eigen huis hebben,' verklaarde ze. 'Ik wil het niet hebben!' Ze keek wild om zich heen. Toen haar ogen op het paletmes vielen trok er een huivering door mijn lijf. Ik zette een stap vooruit, op hetzelfde moment dat zij naar het kastje liep en het mes pakte. Ik bleef staan, onzeker wat ze vervolgens zou doen.

Maar hij wist het. Hij kende zijn eigen vrouw. Hij bewoog zich terwijl Catharina naar het schilderij liep. Ze was snel, maar hij was sneller – hij pakte haar pols vast terwijl ze het ruitvormige lemmet van het mes naar het schilderij stootte. Hij hield haar tegen juist voordat het mes mijn oog raakte. Vanwaar ik stond kon ik het opengesperde oog zien, een glinstering van de oorbel die hij zojuist had geschilderd en het glimmen van het mes terwijl het voor het schilderij zweefde. Catharina verzette zich maar hij hield haar pols stevig vast en wachtte tot ze het mes zou laten vallen. Ineens kreunde ze. Ze smeet het mes weg en greep naar haar buik. Het mes gleed over de tegels tot bij mijn voeten, tolde daar in het rond, steeds langzamer, terwijl we er allemaal naar stonden te staren. Het bleef stilliggen met de punt naar mij gericht.

De bedoeling was dat ik het op zou pakken. Dat hoorden dienstboden te doen – de dingen van hun meester en meesteres oppakken en weer op hun plaats leggen.

Ik keek op, zag zijn blik, en keek lang in zijn grijze ogen. Ik wist dat het voor het laatst was. Ik keek naar niemand anders.

Ik dacht dat ik spijt zag in zijn ogen.

Ik pakte het mes niet op. Ik draaide me om en liep de kamer uit, de trap af en de voordeur door, Tanneke opzij duwend. Toen ik op straat kwam keek ik niet om naar de kinderen die naar ik wist op de bank zaten, evenmin naar Tanneke en ook niet omhoog naar de ramen waar hij misschien stond. Ik liep de straat op en begon te rennen. Ik rende de Oude Langendijk af en de brug over, de Markt op.

Alleen dieven en kinderen lopen hard.

Op het plein aangekomen, stopte ik bij de tegels met de achtpuntige ster in het midden. Elke punt wees naar een richting die ik kon inslaan.

Ik kon teruggaan naar mijn ouders.

Ik kon Pieter gaan zoeken in de Vleeshal en zeggen dat ik met hem zou trouwen.

Ik kon naar Van Ruijvens huis gaan – hij zou me glimlachend binnenlaten.

Ik kon naar Van Leeuwenhoek gaan en hem vragen medelijden met me te hebben.

Ik kon naar Rotterdam gaan en Frans zoeken.

Ik kon teruggaan naar de Papenhoek.

Ik kon de Nieuwe Kerk ingaan en God om raad bidden.

Ik stond in de kring, draaide me om en om en dacht na.

Toen ik de keuze, naar ik wist de enig mogelijke keuze, had gemaakt, plaatste ik mijn voeten zorgvuldig naast de rand van de punt en liep de kant op die hij aanwees, resoluut doorstappend.

1676

Toen ik opkeek en haar zag, liet ik bijna mijn mes vallen. Ik had haar in tien jaar niet gezien. Ze zag er bijna hetzelfde uit al was ze wat uitgedijd, en behalve de oude pokputjes had ze nu aan één kant littekens – Maertge, die me nu en dan kwam opzoeken, had me over het ongeluk verteld, de hete olie die van het schapenvlees was gespat.

Ze was nooit goed geweest in vlees braden.

Ze stond zo ver weg dat het niet duidelijk was of ze bij mij moest zijn. Maar ik wist dat dit geen toeval kon zijn. Tien jaar lang had ze kans gezien mij uit de weg te gaan in wat toch geen grote stad was. Ik had haar niet één keer ontmoet op de markt of in de Vleeshal of langs een van de grachten. Maar ik liep dan ook niet meer over de Oude Langendijk.

Met tegenzin kwam ze naar de kraam. Ik legde mijn mes neer en veegde mijn bebloede handen af aan mijn schort. 'Hallo, Tanneke,' zei ik rustig, alsof ik haar pas enkele dagen geleden had gezien. 'Hoe is het met je?'

'De meesteres wil je spreken,' zei Tanneke kortaf en met gefronst voorhoofd. 'Je moet vanmiddag naar het huis komen.'

Het was heel lang geleden dat iemand me op die toon had gecommandeerd. Klanten vroegen om dingen, maar dat was anders. Ik kon weigeren als het me niet beviel wat ik hoorde.

'Hoe is het met Maria Thins?' vroeg ik in een poging beleefd te blijven. 'En met Catharina?'

'Zo goed als je kunt verwachten onder de omstandigheden.'

'Ik verwacht dat ze zich wel zullen redden.'

'Mijn meesteres heeft wat eigendommen moeten verkopen, maar ze is handig in dat soort dingen. De kinderen zullen niet te lijden hebben.' Net als in het verleden kon Tanneke het niet nalaten Maria Thins te prijzen tegenover iedereen die het horen wilde, ook al betekende het dat ze te gemakkelijk bijzonderheden prijsgaf.

Twee vrouwen waren dichterbij gekomen en stonden achter Tanneke, wachtend op hun beurt. Een deel van me wilde dat ze er niet waren, zodat ik meer vragen kon stellen, haar ertoe kon brengen meer details te vertellen, meer te vertellen over zoveel andere dingen. Maar een ander deel van me – het verstandige deel waaraan ik me nu zo lang had vastgehouden – wilde niets met haar te maken hebben. Ik wilde het niet horen.

De vrouwen gingen van het ene been op het andere staan terwijl Tanneke vierkant voor de kraam stond, nog steeds fronsend maar met een wat mildere blik. Ze bekeek de stukken vlees die voor haar uitgestald lagen.

'Wil je iets kopen?' vroeg ik.

Mijn vraag haalde haar met een ruk uit haar lethargie. 'Nee,' mompelde ze.

Ze kochten nu hun vlees van een kraam aan het uiteinde van de Vleeshal. Zodra ik naast Pieter begon te werken, hadden ze van slagers gewisseld – zo abrupt dat ze zelfs hun rekening niet betaalden. Ze waren ons nog vijftien gulden verschuldigd. Pieter vroeg er nooit naar. 'Het is de prijs die ik voor jou heb moeten betalen,' plaagde hij soms. 'Nu weet ik wat een dienstbode waard is.'

Ik lachte niet toen hij dat zei.

Ik voelde een kleine hand aan mijn kleding trekken en

keek omlaag. Kleine Frans had me gevonden en hield zich vast aan mijn rok. Ik streelde het blonde haar op zijn kruin, vol krullen als dat van zijn vader. 'O, ben je daar,' zei ik. 'Waar zijn Jan en je grootmoeder?'

Hij was te jong om het me te kunnen zeggen, maar toen zag ik mijn moeder en mijn oudste zoon tussen de kramen naar me toe komen.

Tanneke keek van mij naar mijn zoons en haar gezicht verstrakte. Ze wierp me een afkeurende blik toe, maar zei niet wat ze dacht. Ze stapte achteruit, op de voet van de vrouw vlak achter haar. 'Denk erom dat je vanmiddag komt,' zei ze en draaide zich om voordat ik kon antwoorden.

Ze hadden nu elf kinderen – Maertge en het geroddel op de markt hadden me op de hoogte gehouden. Toch had Catharina de baby verloren die ze baarde op die dag van het schilderij en het paletmes. Ze beviel in het atelier zelf – ze kon de trap niet meer afkomen naar haar eigen bed. De baby werd een maand te vroeg geboren en was klein en ziekelijk. Het kind stierf vrij kort na het geboortefeest. Ik wist dat Tanneke mij de schuld had gegeven van de dood.

Soms stelde ik me zijn atelier voor met Catharina's bloed op de vloer en vroeg me af hoe hij daar nog kon werken.

Jan rende naar zijn broertje en trok hem in een hoek, waar ze een bot naar elkaar begonnen te trappen.

'Wie was dat?' vroeg mijn moeder. Ze had Tanneke nooit gezien.

'Een klant,' antwoordde ik. Ik hield vaak dingen voor haar verborgen waarvan ik wist dat ze haar van streek zouden maken. Sinds de dood van mijn vader was ze zo schichtig geworden als een wilde hond met betrekking tot alles wat nieuw was, verschillend, wat veranderd was.

'Ze heeft niets gekocht,' merkte mijn moeder op.

'Nee. We hadden niet wat ze hebben wilde.' Ik draaide me om en begon de volgende klant te helpen voordat mijn moeder nog meer vragen kon stellen.

Pieter en zijn vader kwamen aanlopen; samen droegen ze een groot stuk rundvlees. Ze slingerden het op de tafel achter de kraam en pakten hun messen. Jan en kleine Frans lieten hun bot liggen en renden erheen om te kijken. Mijn moeder stapte achteruit – ze kon nog steeds niet wennen aan het zien van zoveel vlees. 'Ik ga maar eens verder,' zei ze en ze pakte haar boodschappenemmer.

'Kunt u vanmiddag op de kinderen passen? Ik moet een paar boodschappen doen.'

'Waar ga je heen?'

Ik trok mijn wenkbrauwen op. Ik had eerder tegen mijn moeder geklaagd dat ze te veel vragen stelde. Ze was oud en wantrouwig geworden terwijl er niets was om achterdochtig over te zijn. Maar nu, als er iets voor haar te verbergen was, merkte ik dat ik vreemd rustig was. Ik gaf geen antwoord op haar vraag.

Met Pieter was het gemakkelijker. Hij keek alleen even op van zijn werk. Ik knikte naar hem. Hij had langgeleden geleerd niets te vragen, ook al wist hij dat ik soms aan dingen dacht waarover ik niet sprak. Toen ik in de huwelijksnacht mijn muts afzette en hij de gaatjes in mijn oren zag, vroeg hij niets.

De gaatjes waren nu al lang genezen. Het enige wat overbleef waren kleine bultjes hard vlees, die ik alleen kon voelen als ik met mijn vingers hard in de lelletjes kneep.

Twee maanden geleden had ik het nieuws gehoord. Twee maanden kon ik nu door Delft lopen zonder me af te vragen of ik hem zou tegenkomen. In de loop der jaren had ik hem soms in de verte gezien, op weg naar of van het gilde, of bij de herberg van zijn moeder, of op weg naar Van Leeuwenhoeks huis, niet ver van de Vleeshal. Ik kwam nooit in zijn buurt en wist niet zeker of hij me wel zag. Hij stapte door de straten of over het plein met zijn ogen op iets gericht wat ver weg en onbestemd was – niet onbeleefd of opzettelijk, maar alsof hij in andere wereld leefde.

In het begin was het heel moeilijk voor me. Als ik hem zag verstijfde ik, waar ik ook was; ik voelde een beklemming op mijn borst en kon geen adem krijgen. Ik moest mijn reactie verbergen voor Pieter de vader en de zoon, voor mijn moeder, voor de nieuwsgierige marktroddels.

Lange tijd dacht ik dat hij misschien nog om me gaf.

Maar na een tijdje was ik ervan overtuigd dat hij altijd meer om het schilderij had gegeven dan om mij.

Het werd gemakkelijker te accepteren toen Jan werd geboren. Mijn zoon maakte dat ik me verdiepte in mijn gezin, zoals ik had gedaan toen ik kind was, voordat ik dienstbode werd. Ik had het zo druk met hem dat ik geen tijd had om naar buiten en om me heen te kijken. Met een baby in mijn armen liep ik niet langer meer om de achtpuntige ster op het plein, me afvragend waar zijn punten naar wezen. Als ik mijn vroegere meester op het plein zag, balde mijn hart zich niet meer samen als een vuist. Ik dacht niet meer aan parels en bont en verlangde er evenmin naar een van zijn schilderijen te zien.

Soms ontmoette ik op straat de anderen – Catharina, de kinderen, Maria Thins. Catharina en ik keken elkaar niet aan. Zo was het gemakkelijker. Cornelia keek met teleurgestelde ogen door me heen. Ik denk dat ze had gehoopt mij compleet kapot te maken. Lisbeth had het druk met op de jongens te passen, die te jong waren om zich mij te herinneren. En Aleydis was als haar vader – haar grijze ogen keken om zich heen zonder zich te richten op iets in haar buurt.

Na een tijdje waren er andere kinderen die ik niet kende, of alleen herkende aan de ogen van hun vader of het haar van hun moeder.

Van hen allen groetten alleen Maria Thins en Maertge mij. Maria Thins knikte even als ze me zag, Maertge glipte weg naar de Vleeshal om met me te praten. Maertge was het die me mijn spulletjes uit het huis bracht – de gebroken tegel, mijn gebedenboek, mijn kragen en mutsen. Maertge vertelde me in de loop der jaren dat zijn moeder was gestorven en dat hij nu de baas was in haar herberg, over hun toenemende schulden, over Tannekes ongeluk met de olie.

Maertge was het die op een dag opgetogen verkondigde: 'Papa heeft mij geschilderd zoals hij jou schilderde. Alleen mij, over mijn schouder kijkend. Weet je dat het de enige schilderijen zijn die hij zo heeft gemaakt?'

Niet precies zo, dacht ik. Niet precies. Maar ik was verbaasd dat ze op de hoogte was van het schilderij. Ik vroeg me af of ze het had gezien.

Ik moest oppassen met haar. Lange tijd was ze nog maar een meisje en vond ik het niet juist haar te veel over haar familie te vragen. Ik moest geduldig wachten tot ze me snippertjes nieuws vertelde. Tegen de tijd dat ze oud genoeg was om opener tegen me te zijn was ik niet zo geïnteresseerd meer in haar familie, omdat ik nu mijn eigen gezin had.

Pieter verdroeg haar bezoeken maar ik wist dat ze hem verontrustten. Hij was opgelucht toen Maertge met de zoon van een zijdekoopman trouwde, me minder begon te bezoeken en haar vlees kocht van een andere slager.

Nu, na tien jaar, werd ik teruggeroepen naar het huis dat ik zo abrupt had verlaten. Twee maanden eerder was ik tong aan het snijden in de kraam, toen ik een vrouw die haar beurt afwachtte tegen een andere hoorde zeggen: 'Ja, te denken dat je doodgaat en elf kinderen en een weduwe met al die schulden achterlaat.'

Ik keek op en het mes sneed diep in mijn handpalm. Ik voelde de pijn ervan niet totdat ik had gevraagd: 'Over wie heeft u het?' en de vrouw antwoordde: 'De schilder Vermeer is dood.'

Ik borstelde mijn vingernagels extra hard nadat ik klaar was in de kraam. Ik had het langgeleden opgegeven ze altijd flink te boenen, tot groot genoegen van Pieter de vader. 'Zie je wel, je bent gewend geraakt aan vlekken op je vingers, net zoals je gewend bent geraakt aan de vliegen,' zei hij graag. 'Nu je de wereld wat beter kent, kun je zien dat het geen zin heeft altijd je handen schoon te houden. Ze worden toch weer vuil. Netheid is niet zo belangrijk als je dacht toen je dienstbode was, nietwaar?' Maar soms perste ik lavendel fijn en verborg die onder mijn hemd om de geur van vlees te maskeren die om me heen leek te hangen, zelfs wanneer ik ver van de Vleeshal was.

Er waren veel dingen waaraan ik moest wennen.

Ik trok een andere jurk aan, een schone schort en zette een pas gesteven muts op. Ik droeg mijn muts nog op dezelfde manier, en ik zag er waarschijnlijk net zo uit als op de dag dat ik voor het eerst als dienstbode ging werken. Alleen stonden mijn ogen nu niet zo wijdopen en waren ze niet zo onschuldig.

Ofschoon het februari was, was het niet bitter koud. Er waren veel mensen op de Markt – onze klanten, onze buren, mensen die ons kenden en zouden zien dat ik voor het eerst weer de Oude Langendijk opliep. Op den duur zou ik Pieter moeten vertellen dat ik daar was geweest. Ik wist nog niet of ik tegen hem zou moeten liegen over het waarom.

Ik stak het plein over en vervolgens de brug over de

gracht naar de Oude Langendijk. Ik aarzelde niet want ik wilde niet meer belangstelling trekken. Ik sloeg vlug de straat in. Het was niet ver – in een halve minuut was ik bij het huis – maar het leek me lang, alsof ik in een vreemde stad liep die ik vele jaren lang niet had bezocht.

Omdat het een milde dag was, stond de deur open en er zaten kinderen op de bank – vier waren het er, twee jongens en twee meisjes, op een rijtje net als hun oudere zusjes tien jaar eerder hadden gezeten toen ik er voor het eerst kwam. De oudste zat bellen te blazen, zoals Maertge had gedaan, ofschoon hij zijn pijp neerlegde zodra hij me zag. Hij leek tien of elf jaar. Na een tijdje besefte ik dat hij Franciscus moest zijn, al zag ik in hem niet veel van de baby die ik had gekend. Maar ik was ook nooit zo geïnteresseerd geweest in baby's toen ik jong was. De anderen herkende ik niet, maar ik had ze zo nu en dan wel in de stad gezien met de oudere meisjes. Allen staarden ze me aan.

Ik sprak Franciscus aan. 'Wil je je grootmoeder gaan zeggen dat Griet hier is?'

Franciscus keerde zich naar de oudste van de twee meisjes. 'Beatrix, ga Maria Thins eens zoeken.'

Het meisje sprong gehoorzaam op en liep naar binnen. Ik dacht aan het geruzie van Maertge en Cornelia zo lang geleden om me aan te kondigen, en glimlachte bij mezelf.

De kinderen bleven me aanstaren. 'Ik weet wie jij bent,' zei Franciscus.

'Ik denk niet dat je je mij kunt herinneren, Franciscus. Je was nog maar een baby toen ik je kende.'

Hij negeerde mijn opmerking – hij volgde zijn eigen gedachte. 'Jij bent de dame op het schilderij.'

Ik schrok en Franciscus lachte triomfantelijk. 'Ja, dat ben je, alleen draag je op het schilderij geen muts, maar een ingewikkelde blauw met gele hoofddoek.

‘Waar is dat schilderij?’

Hij leek verbaasd dat ik het vroeg. ‘Bij de dochter van Van Ruijven natuurlijk. Hij is verleden jaar gestorven, weet je.’

Dat nieuws had ik met heimelijke opluchting in de Vleeshal gehoord. Van Ruijven had me nooit meer opgezocht toen ik eenmaal was vertrokken, maar ik was altijd bang geweest dat hij op een dag weer zou opduiken met zijn gladde glimlach en graaiende handen.

‘Hoe heb je het schilderij gezien als het bij Van Ruijven is?’

‘Papa vroeg het een tijdje te leen,’ legde Franciscus uit. ‘De dag nadat papa gestorven was, stuurde mama het terug naar de dochter van Van Ruijven.’

Met bevende handen trok ik mijn mantel recht. ‘Wilde hij het schilderij weer zien?’ zag ik kans met zachte stem uit te brengen.

‘Ja meisje.’ Maria Thins was in de deuropening komen staan. ‘Het maakte de zaak hier er niet gemakkelijker op, dat kan ik je wel vertellen. Maar tegen die tijd was hij in zo’n staat dat we geen nee durfden zeggen, zelfs Catharina niet.’ Ze zag er nog precies hetzelfde uit – ze zou nooit ouder worden. Op een dag zou ze gewoon inslapen en niet meer wakker worden.

Ik knikte tegen haar. ‘Ik vind het erg, dat verlies van u en uw moeilijkheden, mevrouw.’

‘Nou ja, het leven is geen lolletje. Als je zo lang leeft, verbaast niets je meer.’

Ik wist niet wat ik moest antwoorden op zulke woorden, daarom zei ik gewoon wat ik wist dat waarheid was. ‘U wilde me spreken, mevrouw?’

‘Nee, Catharina wil je spreken.’

‘Catharina?’ Ik kon niet voorkomen dat mijn stem verbaasd klonk.

Maria Thins glimlachte zuur. 'Je hebt nooit geleerd je gedachten voor je te houden, nietwaar, meisje? Doet er niet toe, ik denk dat je goed genoeg kunt opschieten met je slager, als hij niet te veel van je vraagt.'

Ik opende mijn mond om iets te zeggen en sloot hem weer.

'Zo is het goed. Je leert al. Nu, Catharina en Van Leeuwenhoek zijn in de grote zaal. Hij is de executeur-testamentair, weet je.'

Ik wist het niet. Ik wilde haar vragen wat ze bedoelde, en waarom Van Leeuwenhoek daar was, maar ik durfde het niet. 'Ja mevrouw,' zei ik alleen.

Maria Thins grinnikte even. 'Nog nooit zoveel problemen met een meid gehad,' mompelde ze en ze schudde haar hoofd voordat ze naar binnen verdween.

Ik liep de voorhal in. Er hingen nog overal schilderijen aan de muren, sommige herkende ik, andere niet. Ik had half verwacht mezelf te zien tussen de stillevens en de zeegezichten, maar natuurlijk hing ik er niet.

Ik keek naar de trap die naar boven naar het atelier leidde en bleef staan, met een beklemde borst. Weer in het huis te staan, zijn kamer boven me, was meer dan ik dacht te kunnen verdragen, zelfs al wist ik dat hij er niet was. Jarenlang had ik niet willen denken aan de uren die ik doorbracht met naast hem pigmentpoeder te maken, in het licht van de ramen te zitten, mijn ogen op hem gericht terwijl hij naar me keek. Voor het eerst in twee maanden werd ik me ten volle bewust dat hij dood was. Hij was dood en zou geen schilderijen meer maken. Er waren er zo weinig – ik had gehoord dat hij nooit sneller was gaan schilderen, zoals Maria Thins en Catharina van hem hadden gewild.

Pas toen een meisje haar hoofd uit de kruisigingskamer stak, dwong ik mezelf diep adem te halen en door de gang naar haar toe te lopen. Cornelia was nu zowat van mijn leeftijd toen ik voor het eerst dienstbode werd. Haar rode haar was in de afgelopen tien jaar donkerder geworden en was eenvoudig opgemaakt, zonder linten of vlechten. In de loop van de tijd was ik me minder bedreigd gaan voelen door haar. Ik had zelfs bijna medelijden met haar – haar gezicht werd ontsierd door een sluwe trek die een meisje van haar leeftijd lelijk maakte.

Ik vroeg me af wat er met haar zou gebeuren, wat er met hen allen zou gebeuren. Ondanks Tannekes vertrouwen in de bekwaamheid van haar meesteres om alles te regelen, was het een groot gezin, met een grote schuld. Ik had op de markt gehoord dat ze drie jaar lang hun rekening bij de bakker niet hadden betaald, en na de dood van mijn meester had de bakker medelijden met Catharina gekregen en een schilderij geaccepteerd om de schuld te vereffenen. Even vroeg ik me af of Catharina mij ook een schilderij zou geven om haar schuld bij Pieter af te lossen.

Cornelia trok haar hoofd weer de kamer in en ik liep de grote zaal in. Die was niet erg veranderd sinds ik daar had gewerkt. Om het bed hingen nog de groene zijden gordijnen, die nu verbleekt waren. De met ivoor ingelegde kast stond er en de tafel en de Spaanse leren stoelen en de schilderijen van zijn gezin en van haar. Alles leek ouder, stoffiger, meer versleten. De rode en bruine vloertegels waren gebarsten of ontbraken hier en daar.

Van Leeuwenhoek stond van de deur afgekeerd, met zijn handen ineengeslagen op zijn rug, een schilderij te bekijken van drinkende soldaten in een kroeg. Hij draaide zich om en boog voor me, nog steeds de vriendelijke heer.

Catharina zat aan de tafel. Ze droeg geen zwart zoals ik had verwacht, maar de gele mantel, afgezet met hermelijn. Ook die zag er verschoten uit, alsof hij te vaak was gedragen. In de mouwen zaten slecht verstelde scheuren en het bont was hier en daar aangevreten door motten. Toch speelde ze haar rol van de deftige dame des huizes. Ze had haar haren zorgvuldig opgemaakt, haar gezicht was gepoederd en ze droeg haar paarlen halssnoer.

De oorbellen droeg ze niet.

Haar gezicht was verre van elegant. Geen poeder, hoeveel ook, kon haar starre boosheid maskeren, haar tegenzin, haar angst. Ze wilde me niet zien, maar ze moest.

'Mevrouw, u wilde me spreken.' Ik vond het het beste haar aan te spreken, al keek ik naar Van Leeuwenhoek toen ik het zei.

'Ja.' Catharina gebaarde niet naar een stoel, zoals ze met een andere dame gedaan zou hebben. Ze liet me staan.

Het was pijnlijk stil terwijl ze daar zat en ik stond te wachten tot ze iets zou zeggen. Ze had duidelijk moeite met spreken. Van Leeuwenhoek ging van zijn ene voet op de andere staan.

Ik probeerde niet haar te helpen. Dat leek ik onmogelijk te kunnen. Ik keek toe hoe haar handen wat papieren op de tafel rangschikten, langs de randen van het sieradenkistje bij haar elleboog gleden, de poederkwast oppakten en weer neerlegden. Ze veegde haar handen af aan een witte doek.

'Je weet dat mijn man twee maanden geleden gestorven is?' begon ze ten slotte.

'Ik had het gehoord, mevrouw, ja. Ik vond het heel erg het te horen. Moge God hem bewaren.'

Catharina leek mijn zachte woorden niet te horen. Haar gedachten waren elders. Ze pakte de kwast weer op en liet haar vingers door de haren spelen.

'Het was de oorlog met Frankrijk, moet je weten, die ons in deze toestand bracht. Zelfs Van Ruijven wilde toen geen schilderijen meer kopen. En mijn moeder had problemen met het innen van haar huurgelden. En hij had geprobeerd de hypotheek op de herberg van zijn moeder over te nemen. Het is geen wonder dat de zaken zo moeilijk werden.'

Het laatste wat ik van Catharina had verwacht was uitleg waarom ze in schulden waren geraakt. Vijftien gulden na al die tijd is niet zo heel veel, wilde ik zeggen. Pieter heeft het laten lopen. Denk er niet meer aan. Maar ik durfde haar niet te onderbreken.

'En dan waren er de kinderen. Weet je hoeveel brood elf kinderen eten?' Ze keek even naar me op, daarna weer naar de poederkwast. De waarde van één schilderij over drie jaar, antwoordde ik bij mezelf. Eén heel mooi schilderij voor een bakker die medelijden had.

Ik hoorde het klikken van een tegel in de gang en het ruisen van kleding die met een hand stil werd gehouden. Cornelia, dacht ik, nog steeds aan het spioneren. Ook zij neemt haar plaats in het drama in.

Ik wachtte en slikte de vragen in die ik wilde stellen.

Eindelijk sprak Van Leeuwenhoek. 'Griet, als er een testament is opgesteld,' begon hij met zijn zware stem, 'moet er een inventaris worden gemaakt van het bezit van de familie, om de baten en lasten vast te stellen bij het overwegen van de schulden. Er zijn echter privé-zaken die Catharina af wil handelen voordat dat gebeurt.' Hij keek even naar Catharina. Ze bleef met de poederkwast spelen.

Ze mogen elkaar nog steeds niet, dacht ik. Ze zouden niet eens samen in dezelfde kamer willen zijn als ze er iets aan konden doen.

Van Leeuwenhoek pakte een stuk papier van de tafel. 'Deze brief heeft hij me geschreven voordat hij stierf,' zei hij tegen me. Hij keerde zich naar Catharina. 'Dit moet jij doen,' beval hij, 'want ze zijn van jou om weg te geven, niet van hem of van mij. Als executeur-testamentair hoor ik niet eens hier te zijn als getuige, maar hij was mijn vriend en ik zou graag zien dat zijn wens wordt vervuld.'

Catharina graaide het papier uit zijn handen. 'Mijn man was niet ziek, weet je,' sprak ze mij aan. 'Hij was niet echt ziek tot een dag of twee voor zijn dood. Het was de druk van de schuld die hem razend maakte.'

Ik kon me mijn meester niet razend voorstellen.

Catharina keek neer op de brief, keek naar Van Leeuwenhoek en opende vervolgens het sieradenkistje. 'Hij vroeg deze aan jou te geven.' Ze pakte de oorbellen en legde die, na een korte aarzeling op de tafel.

Ik voelde me misselijk en sloot mijn ogen terwijl ik met mijn vingers even de rugleuning van de stoel aanraakte om steun te zoeken.

Ik opende mijn ogen. 'Uw oorbellen kan ik niet aannemen, mevrouw.'

'Waarom niet? Je hebt ze al eerder genomen. Bovendien kun jij dat niet beslissen. Het is voor jou beslist en voor mij. Ze zijn nu van jou, neem ze dus maar.'

Ik aarzelde, stak toen mijn hand uit en pakte ze op. Ze voelden koel en glad aan, zoals ik ze me herinnerde, en in hun grijswitte ronding weerspiegelde een hele wereld.

Ik nam ze.

'Ga nu,' beval Catharina met een stem die gedempt klonk van ingehouden tranen. 'Ik heb gedaan wat hij vroeg. Meer zal ik niet doen.' Ze stond op, frommelde het papier ineen en wierp het in de haard. Met haar rug naar me toe keek ze hoe het opvlamde.

Ik voelde echt medelijden met haar. Ofschoon ze het niet kon zien, knikte ik vol respect naar haar en daarna naar Van Leeuwenhoek, die tegen me glimlachte. 'Zorg dat je jezelf blijft,' had hij me zo lang geleden gewaarschuwd. Ik vroeg me af of ik dat had gedaan. Het was niet altijd gemakkelijk dat te weten.

Ik glipte over de vloer met mijn oorbellen in mijn hand en mijn voeten deden de losse tegels tegen elkaar klikken. Ik sloot de deur zacht achter me.

Cornelia stond in de gang. De bruine jurk die ze droeg was op verscheidene plekken versteld en niet zo schoon als wel hoorde. Toen ik rakelings langs haar heen liep zei ze zacht en gretig: 'Je zou ze aan mij kunnen geven.' Haar hebzuchtige ogen lachten.

Ik haalde uit en sloeg haar in het gezicht.

Toen ik terug was op de Markt bleef ik staan bij de ster in het midden en keek naar de parels in mijn hand. Ik kon ze niet houden. Wat moest ik ermee doen? Ik kon Pieter niet vertellen hoe ik eraan kwam – het zou betekenen dat ik alles moest uitleggen wat zo lang geleden was gebeurd. Ik kon trouwens de oorbellen toch niet dragen – de vrouw van een slager droeg zulke dingen niet, evenmin als een dienstbode.

Ik liep een paar keer om de ster heen. Toen liep ik naar een plaats waarvan ik had gehoord, maar waar ik nooit was geweest, weggestopt in een straatje achter de Nieuwe Kerk. Tien jaar geleden zou ik zo'n plaats niet hebben bezocht.

Het vak van de man was het bewaren van geheimen. Ik wist dat hij me geen vragen zou stellen en ook niemand zou vertellen dat ik bij hem was geweest. Nadat hij zoveel goederen had zien komen en gaan, was hij niet langer nieuwsgierig meer naar de verhalen erachter. Hij hield de oorbellen omhoog in het licht, beet erin en nam ze mee naar buiten om ze te bekijken.

'Twintig gulden,' zei hij.

Ik knikte, pakte de munten aan die hij me toestak en liep weg zonder om te kijken.

Er waren vijf extra guldens die ik niet zou kunnen verklaren. Ik scheidde vijf munten van de andere en hield ze stevig in mijn vuist. Ik zou ze ergens verstoppen waar Pieter en mijn zonen ze niet konden vinden, een plaats die niemand verwachtte, die ik alleen kende.

Ik zou ze nooit uitgeven.

Pieter zou blij zijn met de rest van de munten, nu de rekening betaald was. Ik zou hem niets hebben gekost. Een dienstbode kreeg je voor niets.

Dankbetuigingen

Een van de nuttigste en meest leesbare bronnen over het Nederland van de 17e eeuw, is Simon Schama's *Overvloed en onbehagen. De Nederlandse cultuur in de Gouden Eeuw* (1987). Het weinige dat ons bekend is over Vermeers leven en gezin is uitvoerig gedocumenteerd door John Montias in *Vermeer en zijn Milieu* (1989). De catalogus bij de Vermeer-tentoonstelling van 1996 bevat prachtige reproducties en duidelijke analyses van de schilderijen.

Ik zou graag Philip Steadman, Nicola Costaras, Humphrey Ocean en Joanna Woodall willen bedanken omdat ze allerlei aspecten van Vermeers werk met me hebben besproken. Mick Bartram, Ora Dresner, Nina Killham, Dale Reynolds en Robert en Angela Royston hebben allen nuttige en stimulerende opmerkingen gemaakt over het manuscript in wording. Ten slotte mijn dank aan mijn agent Jonny Geller en mijn redacteur Susan Watt, omdat ze gedaan hebben wat ze zo goed kunnen.

ZILVER POCKETS
LEESCLUBWIJZER

Tracy Chevalier
Meisje met de parel

Tracy Chevalier groeide op in Washington, de Verenigde Staten, maar verhuisde in 1984 naar Engeland. Na een aantal jaren gewerkt te hebben als literair redacteur, begon Chevalier aan haar eigen schrijverscarrière te bouwen en behaalde een graad in 'creative writing' aan de universiteit van East Anglia. Van haar verschenen *Meisje met de parel*, *Vallende Engelen* en *Ik droomde in blauw*. Ze woont in Londen met haar echtgenoot en zoon en hoopt alle vijfendertig schilderijen die aan Vermeer zijn toegeschreven, ooit te kunnen bewonderen (ze heeft er tot nu toe achtentwintig gezien).

In gesprek met Tracy Chevalier

Het alledaagse leven in het zeventiende-eeuwse Delft wordt zo levendig beschreven in Meisje met de parel. *Hoe heb je je onderzoek gedaan en waar?*

'Het meeste onderzoek, moet ik eerlijk toegeven, heb ik gedaan vanuit mijn leunstoel. Ik heb veel gelezen en veel schilderijen bekeken. Gelukkig zijn veel Hollandse schilderijen uit die eeuw gericht op het dagelijkse leven, dus het was tamelijk gemakkelijk om te zien hoe huizen er vanbinnen uitzagen en hoe het huishouden eraan toe ging. Ik ben ook naar Delft gegaan voor een aantal dagen, alleen maar om rond te lopen en het allemaal in me op te zuigen. Het huis van Vermeer bestaat niet langer, maar er zijn nog meer dan voldoende gebouwen over uit die periode, evenals het Marktplein, de Vleeshal, de grachtjes en de bruggen. Heel moeilijk is het niet om een beeld te krijgen van hoe het leven toen was.'

We weten weinig over het leven van Vermeer – tenminste, vergeleken met iemand als Rembrandt. Waarom heb je Vermeer gekozen om over te schrijven?

'Ik heb hem gekozen omdat ik zijn werk zo ontzettend mooi vind. Die teruggetrokken vrouwen die hun taken verrichten – melk uitschenken, brieven lezen, goud wegen, een halsketting omdoen – en wonen in een ons onbekende wereld waarvan de sluier een tipje wordt opgelicht. En omdat het stiekem voelt, die vrouwen lijken immers niet te weten dat we naar ze kijken, lijkt het alsof er ook nog iets anders gaande is, iets mysterieus dat we niet helemaal kunnen vatten. Het feit dat we zo weinig weten van Vermeers leven is toevallig, maar een gelukkige omstandigheid bleek later, want het betekende dat ik er heel veel omheen kon verzinnen zonder voortdurend in de zorgen te moeten zitten of het wel "waar" was of niet.'

Werd u door dit specifieke schilderij geïnspireerd of door het werk van Vermeer in het algemeen?

'Ik werd door dit specifieke schilderij geïnspireerd, hoewel ik zijn andere werk ook ken. Een poster van dit schilderij hangt al jarenlang in mijn slaapkamer en ik lig vaak in bed ernaar te kijken en erover te fantaseren. Het is zo'n open schilderij. Nooit ben ik er zeker van wat het meisje denkt of wat precies haar uitdrukking is. Soms lijkt ze treurig, soms verleidelijk. Dus op een ochtend, een paar jaar geleden, lag ik bed me zorgen te maken over waar mijn volgende boek over zou gaan en ik keek op naar dat schilderij en vroeg me af wat Vermeer had gedaan of gezegd tegen dat model om haar zo te laten kijken. En op dat moment had ik mijn verhaal.'

Is Meisje met de parel *een waar verhaal? Tot op welke hoogte is het gebaseerd op feiten?*

'Het is geen waargebeurd verhaal. Niemand weet wie dat meisje is, of wie dan ook op zijn schilderijen. We weten bijna niets over Vermeer. Hij heeft niets achtergelaten, geen brieven, geen tekeningen, alleen de vijfendertig schilderijen. De paar dingen die we wel weten, zijn gebaseerd op juridische documenten – zijn doop, zijn huwelijk, de geboorte van zijn kinderen, zijn testament. Ik ben zorgvuldig geweest met de bekende feiten. Zijn huwelijk met Catharina Bolnes bijvoorbeeld en dat ze elf kinderen hadden, dat wil zeggen, elf die de eerste levensjaren overleefden. Andere feiten zijn niet zo duidelijk en daar moest ik keuzes maken: heeft hij wel of niet in het huis van zijn schoonmoeder gewoond (ik heb besloten dat dat inderdaad zo was); hij bekeerde zich tot het katholieke geloof toen hij trouwde, maar niet noodzakelijkerwijs omdat Catharina katholiek was (ik heb besloten dat dat wel degelijk de reden voor hem was om zich tot het katholieke geloof te bekeren); hij is mogelijk, maar dat weten we niet met zekerheid, bevriend geweest met de wetenschapper Antoni van Leeuwenhoek (in mijn verhaal zijn ze inderdaad bevriend geweest). Maar er is veel wat ik zelf verzonnen heb.'

Schilder je zelf? En als dat niet zo is, hoe kwam je te weten hoe het hele proces in zijn werk gaat en welke materialen ervoor gebruikt werden?

'Ik schilder zelf niet, maar heb een paar schilderlessen genomen terwijl ik dit boek aan het schrijven was, zodat ik een heel klein beetje wist hoe zoiets gaat. Ik was er echt heel slecht in, maar heb er wel veel van geleerd. Ik heb ook veel gelezen over Vermeers schildertechnieken en heb uitvoerig gesproken met de vrouw die het schilderij heeft gerestaureerd voor de grote tentoonstelling over Vermeer in 1996. Zij kon me bepaalde subtiele details over zijn schilderwijze uitleggen. Over verfstoffen en hoe ze gemaakt werden destijds heb ik boeken gelezen. En ik heb lijnzaadolie gekocht (dat wordt gemengd met het pigment om verf te maken) en de fles open laten staan zodat ik kon ruiken wat zij toen roken.'

Toen ik de roman aan het lezen was, moest ik telkens het schilderij bestuderen, iedere paar pagina's. Heb je de roman geschreven met de afbeelding bij je in de buurt?

'O zeker. Al zijn werk had ik om me heen eigenlijk. De catalogus van de tentoonstelling in 1996 had ik voortdurend opengeslagen voor me liggen. Veel van het uiterlijk van de personages is gebaseerd op zijn andere werk. Sterker nog, je kunt op de website www.pearlearring.com zien welke schilderijen aan welke personages gerelateerd zijn.'

Wist je hoe het verhaal zou aflopen voor je begon te schrijven?

'Ja. Ik had het hele verhaal uitgewerkt voor ik met schrijven begon. Dat is voor mij een ongebruikelijke werkwijze. Vaak weet ik maar een klein gedeelte van het verhaal voor ik begin te schrijven. Dit boek was door de al uitgewerkte structuur geweldig om te doen, ook omdat de stijl zo sober is.'

Vanwaar de camera obscura? Het speelt een hele belangrijke rol in je boek.

'De *camera obscura* vertegenwoordigt heel tastbaar een andere manier van kijken. Griet heeft die capaciteit om op een andere manier te kijken, maar ze heeft Vermeer nodig om haar te laten zien hóe. Hij doet dat gedeeltelijk met behulp van de *camera obscura*. Het herinnert ons er tegelijkertijd aan dat je moet focussen om goed te kunnen kijken, dat je de rest van de wereld moet uitsluiten. Dat is wat Vermeers schilderijen doen: ze onthullen de wereld in een kamer. Dat is ook wat de roman probeert te doen en in die beperkte benadering ligt een hele wereld besloten.'

Leesclubvragen en discussie-onderwerpen

1 In *Meisje met de parel* krijgen we een rijk geschakeerd portret voorgeschoteld door Tracy Chevalier, met verschillende religies en religieuze spanningen, erotische ontdekkingen, schandalen binnen de gemeenschap, en esthetische compromissen – alles op briljante wijze gefilterd door de ogen van het jonge personage Griet, die scherp en precies en met subtiel inzicht het karakter schetst van het zeventiende-eeuwse Delft. 'De camera obscura helpt me het op een andere manier te zien,' legde hij uit. 'Om meer te zien van wat daar is.' Bespreek de wijze waarop Chevaliers schrijfstijl hetzelfde effect bereikt. Welke technieken gebruikt ze om een bepaalde toon en spanning neer te zetten, om de beelden die ze schetst verder te verrijken, de motieven van haar protagonist te ontwikkelen, en om ons als lezers aan te moedigen om 'meer te zien van wat zich voor onze ogen afspeelt'?

2 Op het emotionele terrein van deze roman staat het hele thema van 'zien' centraal. Griet streeft ernaar in een groot deel van de roman om alles wat ze ziet in een soort harmonisch geheel te manipuleren, te beginnen met de soepgroenten die ze zo zorgvuldig arrangeert, 'de kleuren vechten wanneer ze naast elkaar liggen, meneer.' Op dezelfde wijze vertrouwt Vermeer voor zijn kunst op zijn talent om het universele te zien in zelfs de meest prozaïsche setting. Griets vader kan helemaal niet zien en dat is ook niet toevallig, want hij is misschien wel het meest tragische personage uit de

roman. Wat betekent 'zien' bij de andere personages in het boek? Is het fair om te zeggen dat van alle personages, Maria Thins uiteindelijk het helderst ziet? Waarom of waarom niet?

3 Wat is de kwaliteit van leven en wat zijn de mogelijkheden voor een jonge Nederlandse vrouw in de tweede helft van de zeventiende eeuw? Is ondanks al Griets talent om de wereld te bezien vanuit een artistieke hoogte, haar progressie van huishoudster naar huisvrouw uiteindelijk niks anders dan iets onvermijdelijks, gezien de repressie van haar sekse en de armoede van haar ouders? Bespreek de subtiele manieren waarop *Meisje met de parel* deze thema's aansnijdt.

4 Als je nogmaals kijkt naar Vermeers schilderij, op welke manier of manieren is je perceptie veranderd na lezing van Chevaliers boek? Ben je geneigd nu bepaalde emoties aan de expressie van het meisje te verbinden? Ziet het meisje er nu meer expliciet melancholisch uit? Of liefdevoller? Leg uit.

5 Wat voor soort man is Vermeer? Omdat we de wereld door Griets ogen bekijken krijgen we nooit echt een idee van zijn gevoelens ten opzichte van Griet, zijn vrouw Catharina of de liederlijke Van Ruijven. Hoewel we via Griet haar angst en uiteindelijke pijn meemaken tijdens haar strijd om niet verliefd te worden op Vermeer, komen we over Vermeer niet te weten hoe hij zich voelt. 'Zijn ogen waren verhuld,' vertelt Griet ons. Op welk punt in het boek krijgen we een duidelijk idee

van Vermeers ambivalente gevoelens? Welke subtiele suggesties weeft Chevalier in haar verhaal om Vermeers 'gemaskerde' verlangens aan te geven?

6 Denk je dat Griet een typisch voorbeeld was van hoe meisjes van haar leeftijd waren? Op welke manier? In hoeverre was ze anders? Vond je haar vol mededogen of egocentrisch? Gul of veroordelend?

7 Maria Thins begreep duidelijk meer van Vermeers kunst dan zijn vrouw. Waarom denk je dat dat zo was? Had zij hetzelfde talent als Griet?

8 Hoewel *Meisje met de parel* over een man en vrouw lijkt te gaan, is er sprake van verschillende relaties. Welke is de meest ingewikkelde en welke is de meest veelbelovende? Wat vind je van Vermeers relatie met zijn vrouw?

9 Bespreek de wijze waarop religie invloed had op de relatie tussen Griet en Vermeer. En op haar relatie met zijn vrouw? Of Maria Thins?

10 Denk je dat Griet de juiste beslissing maakte door met de slagerszoon te trouwen? Had ze andere opties?

Met dank aan Plume en Penguin Putnam.